NUNCA Digas NUNCA

DEL ORFANATO A LOS GRAMMY

NYDIA SAGRE

ola
PUBLISHING
INTERNACIONAL

ISBN: 978-1-63765-112-4

Hola Publishing Internacional
www.holapublishing.com

Impreso y encuadernado en los Estados Unidos de América

Dedico este libro a mi hija, Silia. Estoy tan orgullosa de la mujer en quien te has convertido. Siempre seremos tú y yo contra el mundo. Siempre seremos un equipo.

NUNCA DIGAS NUNCA
Del Orfanato a los Grammy

El escenario, Chicago, frente a un orfanato en llamas.

Era una joven de 15 años de apariencia latina —más alta de lo usual para alguien de mi edad, cabello largo y castaño, ojos verdes— mirando las llamas ardientes.

Con mi mano cuidaba el único objeto que logré rescatar. Miré con lágrimas en los ojos aquella fotografía en blanco y negro de una bebé envuelta en una manta, la cual también resguardaba una pequeña nota con el siguiente mensaje:

Su nombre es Carmen.

La Cruz Roja llegó y comenzó a reunir a todos los niños. Yo me quedé ahí parada, debía decidir: "¿Me quedo aquí o es ésta mi oportunidad de escapar y comenzar a perseguir mi sueño de convertirme en una famosa modelo de Nueva York?"

El escenario, las calles de Nueva York en un día frío de febrero.

Dormí las dos últimas noches en la banca de un parque, comiendo sobras de los contenedores de basura. Mientras caminaba por las calles, el olor a *hot dogs* y *pretzels* de los puestos callejeros de comida me hacía agua la boca. No había disfrutado de una comida completa desde la última vez que comí en el orfanato. Caminé todo el día por las calles de la ciudad hasta altas horas de la noche. Cansada y con hambre, me senté en la acera y me recargué contra la pared de un edificio. Me quedé dormida.

Me despertó la voz de un guardia de seguridad gritándome que me levante y me vaya: "¡No puedes dormir aquí!". En ese momento, una limusina negra se aproximó a la acera. El conductor salió del auto y abrió la puerta. De ella salió un hombre de cabello grisáceo, de aproximadamente 40 años, bien vestido con un largo abrigo negro y zapatos de piel. Le pidió al guardia de seguridad hacerse a un lado. Entonces, me miró y me preguntó: "¿Cuál es tu nombre?". No contesté. Los únicos hombres con quienes había hablado antes eran los padres del orfanato. Tenía miedo y temblaba de frío.

Me tomó del codo y me invitó a entrar al edificio para que pudiera comprarme un chocolate caliente. Me dijo: "No voy a lastimarte, sólo quiero librarte de este clima frío". Fue así como caminamos juntos hacia el elevador del edificio, y luego hasta su oficina.

Nos dirigimos hacia una puerta donde se leía: "Mario Varona. Diseñador de Moda". Entramos y caminamos hacia su oficina mientras el personal me miraba fijamente. Habían pasado tres días desde la última vez que me bañé y peiné mi ahora enredado cabello. Le pidió a una mujer que trajera un café y un chocolate caliente. Yo aún no decía nada. Entonces, me preguntó: "¿Quieres una dona?". En voz muy baja y con los ojos mirando hacia el suelo, respondí: "Sí". Karen, su secretaria, entró al cuarto con una bandeja de comida y la colocó frente a mí. No me moví hasta que el hombre señaló la charola con su mano, en señal de que comiera algo de ahí.

Me dejó terminar mi bocado cuando finalmente me preguntó: "¿Cuántos años tienes?". Hice una pausa antes de responder. Sabía que no debía dejar el orfanato hasta mi cumpleaños número 18, entonces, le dije: "Tengo 18", esperando que no llamara a la policía. El interrogatorio siguió:

—¿Dónde está tu familia?

—Soy huérfana.

—Tienes 18 años y no tienes familia, ¿cierto? —repitió y continuó hablando—. Entonces, supongo que llegaste hasta aquí tú sola, con la esperanza de convertirte en modelo.

Le di mi respuesta con mucha seguridad:

—Sí, ese ha sido mi sueño.

Usó el intercomunicador para llamar a Karen a su oficina. Le dijo que me llevara hacia el cuarto de estantes, me permitiera ducharme y que me diera algo de ropa limpia. También me dijo que había un catre en dicha habitación y que podía dormir ahí mientras él intentaba conseguirme un empleo para sacarme de las calles. Él volteó y se alejó, sin siquiera preguntarme si eso era lo que yo quería.

Seguí a Karen hacia el cuarto de atrás. Estaba lleno de estantes con ropa y las paredes estaban repletas de zapatos, bolsos y accesorios. Karen me mostró el baño y me dio dos toallas. El catre estaba a un costado del baño. "¿Qué talla eres?", preguntó. Le dije que yo calculaba ser talla seis, ya que nunca había comprado ropa para mí. En el orfanato solíamos vestir con la ropa que la gente donaba.

Sacó un par de pantalones de mezclilla y los colocó sobre el catre. Después, me ordenó: "No toques nada de los estantes". Ella me llevaría comida por la tarde antes de irse. Yo no podía dejar el cuarto ni hablar con nadie. Karen y el señor Varona eran los únicos que tenían las llaves de la habitación. Ella salió de ahí y cerró la puerta.

Me bañé y lavé mi cabello. En la regadera había un acondicionador llamado *Luvscent,* tenía el aroma más increíble que jamás haya olido. En el orfanato solíamos usar jabón en barra tanto para nuestro cuerpo como para el cabello. En el cajón del gabinete había un peine y un cepillo de dientes sin usar. Me sentí como una niña debe sentirse cuando estrena un juguete. Me senté en mi cama e intenté procesar todo lo que acababa de pasarme. Cansada y con sueño, me recosté. Al poco tiempo, me quedé dormida.

Abrí los ojos. Él estaba ahí. Mirándome en silencio. Volteó y caminó hacia la puerta. Karen entró a la habitación con una charola en las manos, en ella había un sándwich y dos botellas de agua. Me dijo que comiera para después ir a la tienda de ropa que se encontraba a unas cuadras de ahí, para comprar dos pares de pantalones, playeras, ropa interior y ropa de dormir. También necesitaría un par de tenis. Karen me dio la llave de la habitación donde me quedé aquella noche.

Le advertí que no tenía dinero; entonces, sacó de su bolso cien dólares en efectivo y me los entregó. Ella me dijo que, si huía con el dinero, ellos me encontrarían, a lo que pregunté: "¿Por qué me está ayudando?, ¿por qué necesito todo este dinero para comprar ropa?". Ella respondió: "Comenzarás a trabajar mañana a las 9 a.m., aquí, en la planta baja de este edificio, en la Runway Modeling School". Antes de irse, me dijo: "No te emociones demasiado, no estudiarás ahí, serás asistente y te pagarán el salario mínimo. ¡No llegues tarde!" Se fue y cerró la puerta.

Compré la ropa y corrí de regreso a la habitación. No dormí ni un momento. Me desperté a las 7:00 a.m. y tomé otra ducha. Usé el acondicionador *Luvscent.* Quería verme y oler bien. Probablemente, si me esforzaba lo suficiente, algún día me permitirían ser estudiante de modelaje.

Comencé a trabajar en la escuela de modelaje esa mañana. Trabajé duro. Hacía todo lo que me pedían, desde recoger la ropa del suelo hasta limpiar todo el lugar después de clases, cuando todos se habían ido. Terminaba cada noche a las 7:00 p.m. y, entonces, regresaba a mi cama. Esa fue mi rutina durante dos semanas, mientras, me preguntaba cuándo me pagarían por mi trabajo. Todavía me quedaba algo de efectivo para comprar comida, pero no me duraría por mucho tiempo más. Además, no había vuelto a ver ni a Karen ni al señor Varona desde el primer día que los conocí.

A la mañana siguiente, cuando llegué al trabajo, una empleada se acercó a mí y me dijo: "Debes darme una fotografía, tu tarjeta de seguridad social y una prueba de ciudadanía como tu certificado de nacimiento, para que podamos pagarte". Entonces, le respondí: "No tengo esos documentos conmigo". En ese momento, me dijo que no podía seguir trabajando ni podían pagarme hasta que no le llevara mis papeles.

Regresé a mi cama e intenté buscar una solución. Sólo tenía 15 años y si se enteraban llamarían a la policía para regresarme al orfanato. Lo único que podía hacer era empacar mis cosas e irme. Me recosté por un momento mirando hacia el techo con lágrimas en los ojos. El destino me lanzaba nuevamente una bola curva.

Escuché cómo se abrió la puerta y estaba segura de que el señor Varona se dirigía hacia mí. Me comentó que la escuela había llamado a Karen y reafirmó: "No puedes regresar a trabajar hasta que les traigas tus papeles". Entonces, me preguntó: "¿Los tienes?" Él supo que no contaba con esos documentos desde el momento en que vio las lágrimas correr a través de mis mejillas. Me senté ahí en silencio. "Parece que deberás regresar al orfanato en Chicago, ya que sólo tienes 15 años, y no 18, como me habías dicho". Le pregunté cómo supo la verdad, a lo que él respondió que era un hombre muy poderoso y era mi única salida hasta que yo cumpliera la mayoría de edad.

—¿Cuál es tu apellido? —me preguntó.

—Valdez —contesté. A todos los latinos nos ponían ese apellido en el orfanato, mientras que a los demás les llamaban "Smith".

—¿Carmen es tu verdadero nombre?

—Sí —asentí.

—Carmen Valdez, toma tus cosas, vendrás conmigo a mi casa en Miami. Ahí vivo con una ama de llaves llamada Rosa. Vivirás ahí con nosotros hasta que cumplas 18.

—¿Seré una sirvienta? —pregunté.

—Serás lo que yo te diga que seas, a menos que en este momento prefieras que llame a la policía. Es la única vez que te daré esta opción.

Incliné la cabeza mirando al piso y pregunté:

—¿Qué tal convertirme en modelo?

Él no respondió mi pregunta. Volteó y me dijo:

—Toma tus cosas y vámonos.

Puse mi ropa dentro de mi bolsa de basura y fui al baño. Tomé el acondicionador Luvscent, a estas alturas pensé que a nadie le importaría y que nadie se daría cuenta.

El señor Varona me esperaba en el elevador. Bajamos hasta el primer piso, la limusina esperaba por nosotros con la puerta abierta. Me quedé ahí y pensé por un momento que podía correr y él no me seguiría, pero lo único que lograría sería correr a esa banca fría donde solía recostarme en el parque y volvería a comer sobras de la basura. En ese instante me convencí de que tres años pasarían de la misma manera en esa casa que en el orfanato.

Quizás, algún día, si trabajaba duro en esa casa, podría regresar a la escuela de modelaje al cumplir los 18 años. La limusina nos llevó al aeropuerto, donde abordamos un avión privado. Esta era la primera vez que viajaba en una limo, y ahora, en un avión, todo en tan sólo una hora. Probablemente, todo estaría bien.

El señor Varona no dijo ni una palabra hasta que llegamos a la mansión en Miami. Entré a la casa detrás de él, y una mujer latina de cincuenta y tantos años caminó hacia nosotros. Él le dijo que me diera una habitación y que me quedaría con ellos durante los próximos tres años. Le daría más instrucciones por la mañana.

"¿Cuál es tu nombre?", —me preguntó, y antes de que pudiera abrir la boca, el señor Varona respondió: "Su nombre es Juliet". Él me miró con ojos penetrantes.

Rosa me pidió que la siguiera y me llevó hacia una habitación con una cama inmensa y un gran baño con un armario enorme y vacío. Entonces, me dijo:

—Esta será tu habitación, así que cuelga tu ropa y yo regresaré en la mañana.

Me bañé y usé nuevamente mi acondicionador *Luvs*. Todo ese tiempo lo pasé preguntándome cómo deletrear "Juliet", y si también me cambiarían mi apellido.

Tuve el descanso de mi vida en esa nueva cama. Mi cuerpo jamás había sentido unas sábanas tan suaves. Rosa entró a mi habitación en la mañana para despertarme y decirme que me vistiera lo antes posible. Ella había recibido instrucciones del señor Varona respecto a mi cuidado. Debía llevarme al doctor en una hora, a lo que yo respondí: "Pero no estoy enferma". Ella me comentó que el señor Varona me explicaría todo después de la consulta.

Me vestí y me encontré con Rosa en la puerta principal, donde Diego, el chofer de la limusina, esperaba por nosotros. Una vez en el auto, le pregunté a Rosa: "¿Me quiere revisar para tener sexo conmigo?, todavía soy virgen". Ella puso su mano en mi rodilla y me dijo que con él nunca tendría que preocuparme por algo así.

Seguía sin comprender por qué hacía él todo esto por mí. En lo más profundo de mi mente, llegué a pensar que él quería acostarse conmigo, como lo hacían por las noches muchos adolescentes en el orfanato, una vez que se apagaban las luces.

Rosa me preguntó si hablaba español, a lo que asentí. Buena parte del personal del orfanato era de origen latino. Comenzamos a hablar en español, no era tan fría y distante en ese momento, y pensé que, quizás, algún día, podría aprender a confiar en ella.

Llegamos a la oficina del doctor Hoffman y nos llevaron al consultorio. La enfermera me entregó una bata de hospital y me pidió que me quitara mi ropa, me pusiera la bata y me acostara sobre la mesa del consultorio con ambos pies recargados en el banco. Rosa me ayudó a desvestirme y nos sentamos en silencio hasta que entró a la habitación acompañado de la enfermera.

Le dijo a la enfermera que me sacara sangre para unos análisis y, sin siquiera mirarme a la cara, se sentó frente a mí y me dijo: "Relájate y abre tus piernas". Empecé a temblar, no sabía si era por el miedo o por el aire frío en la habitación.

Me preguntó si alguna vez había tenido relaciones y le dije que no. Sentí como algo frío tocó mi vagina y lo vi encender una luz con dirección hacia ella. Él le dijo a Rosa: "Coméntale a Varona que ella aún es virgen y que le llamaré en cuanto tenga los resultados de los análisis de sangre". Rosa me ayudó a vestirme y nos fuimos del consultorio.

En el coche, le pregunté a Rosa:

—¿Por qué el señor Varona quería saber si yo era virgen si no piensa acostarse conmigo?

—Él te explicará lo que piensa hacer contigo una vez que estén listos los resultados del estudio —respondió—. Además, recuerda que no debes salir de tu cuarto en ningún momento cuando él esté en casa. Sólo puedes dejar tu habitación cuando él se encuentre de viaje.

Ella me llevaría comida a mi habitación cuando él estuviera en la ciudad.

—Él no quiere verte, a menos que te llame.

En mi mente, seguía comparando la situación con vivir en un orfanato. Aunque en dicho lugar tendría que compartir lo que ahora era mi cuarto y el baño con muchos otros huérfanos. Decidí que me quedaría ahí hasta averiguar lo que él quería de mí.

Pasé dos días sin salir de mi habitación; sin embargo, esa mañana, Rosa entró con mi desayuno y me pidió que comiera y me vistiera, ya que el señor Varona y su abogado llegarían a la casa en dos horas para hablar conmigo. Pensé que, finalmente, sabría cuál sería mi trabajo durante los próximos tres años. Dos horas después, Rosa entró a mi cuarto para comentarme que Varona me esperaba en su oficina.

Salí de mi habitación y pude ver a un hombre con un portafolio sentado en la mesa de la cocina. Seguí a Rosa hacia la oficina de Varona, esta vez él me miró directo a los ojos. Me dijo: "Siéntate, por favor". Me senté en la silla de piel que se encontraba frente al escritorio y también lo miré. Quería asegurarme de no perder ningún detalle de lo que me fuera a decir para no tener que hacer más preguntas.

Él me dijo: "Vivirás en esta casa por tres años, y esto es lo que harás". Entonces, me dictó toda una lista de instrucciones:

1. Ahora te llamarás Juliet Varona.

2. Tendrás el cabello teñido de rubio y en todo momento usarás lentes de contacto color azul.

3. Un estilista y experto en maquillaje vendrá a la casa a ayudarte con tu imagen.

4. Tendrás un asesor de moda que vendrá a vestirte. No podrás opinar sobre qué usarás ni cómo luces.

5. No podrás dejar la casa a menos que él lo ordene.

6. Un doctor te revisará cada seis meses para asegurarse de que sigas siendo virgen.

7. Tu régimen alimenticio ya fue entregado a Rosa. Nada de comida rápida o comida frita, tampoco habrá postres. Debes mantener el peso que tienes actualmente.

8. No podrás dejar tu cuarto cuando él esté en la ciudad, aunque en realidad él viaja mucho. Rosa te dará todo lo necesario hasta que él se vaya.

9. Sólo tienes permitido hablar inglés.

10. No tienes permitido tener contacto con nadie que venga a la casa, incluido el hombre de la piscina, el jardinero o alguien más. Sólo puedes ver a Rosa, Diego, tu asesor de moda, tu estilista y al maquillista.

También me informó que, cuando visitaba Miami, el señor Varona solía asistir con frecuencia a comidas con importantes hombres de negocios. Yo lo acompañaría a esas reuniones y él me presentaría como su esposa. Me daría un anillo para dichas ocasiones, pero en la realidad no estaríamos casados. Él me comentó: "Tú te sentarás ahí en silencio y no te involucrarás en ninguna conversación. Un especialista en etiqueta vendrá a casa y te entrenará para esas ocasiones".

Añadió que podía usar la piscina si no había nadie ahí. Él quería que luciera bronceada, no latina. "Recibirás un certificado de nacimiento con el nombre de Juliet Smith, también se te entregará un número de seguridad social y un pasaporte con el nombre de Juliet Varona. Tendrás una cuenta de ahorros, a la cual no podrás acceder hasta cumplir los 18 años y estar lista para dejar esta casa. Se te depositarán anualmente 20 mil dólares en esa cuenta".

Siguieron dándome indicaciones: "Deberás firmar un contrato que el abogado ha traído; en él, aceptas los términos de este trato. Firmarás como Carmen Valdez". Entonces, se levantó, abrió la puerta e invitó a Brian, el abogado, a entrar.

Brian entró y colocó el contrato frente a mí. No me atreví a leerlo. Su abogado me preguntó si estaba de acuerdo con las condiciones. Lo pensé por un momento, ¿dónde más podía hacer 60 mil dólares en tres años? Estar aquí encerrada sería mucho mejor que quedarme en un orfanato. Quizás, al finalizar estos tres años, podría finalmente pagar la escuela de modelaje.

Así que acepté. Entonces, pensé que con el abogado presente sería la única vez que yo podría pedir algo. Miré a Brian y le dije: "Como estaré encerrada en esta casa la mayor parte del tiempo me gustaría contar con una bicicleta para ejercitarme y una caminadora para mantenerme en forma. También me gustaría una televisión y, más que nada en el mundo, quiero una guitarra". Brian miró a Varona y él aceptó, pero sólo tenía permitido ver las noticias —el señor Varona no quería que me hiciera ideas en la cabeza—. También, me comentó que sólo podía tocar la guitarra en mi habitación, y cuando él estuviera fuera de la ciudad. Brian añadió que agregaría mis solicitudes al contrato.

Varona me ordenó que fuera a mi cuarto y esperara a que Rosa me llamara para firmar el contrato. Me levanté y salí de la habitación sin mirar a Varona. Si él no quería verme o hablarme, entonces yo le haría lo mismo. Firmé un contrato y mi nueva vida comenzaría al día siguiente. No había vuelta atrás.

Ese día me iría a dormir como Carmen Valdez, y al día siguiente, me convertiría en Juliet Varona durante los próximos tres años. Varona no bromeaba cuando me decía que era un hombre poderoso. Él me dijo en quién me convertiría y cómo luciría desde entonces, pero ¿por qué? No era alguien viejo para su edad, y estaba segura de que muchas mujeres podrían enamorarse de él sin necesidad de pagarles. Supongo que tenía todo este tiempo para averiguarlo.

Después de esa conversación, tomé un baño y me fui a dormir. Varona se fue de regreso a Nueva York. Las semanas siguientes estuvieron llenas de estilistas de ropa, de cabello y maquillaje, y de un especialista en etiqueta. Tenía todo lo que había pedido, incluida la guitarra que no sabía cómo tocar.

Rosa y yo nos relajábamos cuando Varona no estaba en casa. Nosotras hablábamos en ambos idiomas, inglés y español.

Le conté mi historia de vida, cómo mi madre a sus 16 años me abandonó con un padre de una iglesia católica en Chicago, ella no tenía dinero suficiente para alimentarme o comprarme ropa. Mi madre no mencionó nada sobre mi verdadero padre. Ella sólo dijo que su familia era muy pobre como para alimentar a alguien más. Le mostré a Rosa la imagen que tenía de mí con la nota que decía: "Su nombre es Carmen". Mi madre le dijo al padre que quería que al menos yo supiera mi nombre.

Rosa vivía en la casa del señor Varona de lunes a viernes. Los fines de semana se quedaba con su hija y sus dos nietos. Esos días, ella me dejaba comida preparada. Era mi tercera semana en la casa. Rosa había ido al mercado a comprar la comida para el fin de semana. Estaba en la cocina, cuando escuché cómo se abría la puerta principal, pensando que era Rosa, me asomé para ayudarla con las bolsas de la despensa.

Cuando me acerqué, vi que se trataba de Varona, quien me estaba mirando. Me preguntó: "¿Por qué no estás usando tus lentes de contacto color azul?" Sabía que algo malo estaba a punto de ocurrir. Balbuceé. Pensé que sólo debía usarlos al salir de casa. Con una mirada de enojo, se acercó a mí, y de repente, me golpeó en el estómago. Mis piernas se derrumbaron y caí al piso. Él comenzó a gritarme: "No debes verte como lo que eres, una prostituta latina".

Me pateó todo el cuerpo, de izquierda a derecha. Afortunadamente, Rosa llegó en ese momento y Varona me ordenó que me levantara y me fuera de su vista. Él se dirigió a su oficina y Rosa me ayudó a levantarme. Me llevó a mi cuarto. Ella me preguntó qué había pasado y le conté que él se había enojado porque no traía puestos mis contactos azules. Sabía que ella también se sentía mal por lo ocurrido, pero le tenía miedo.

Rosa me sugirió que no saliera de mi cuarto hasta que ella regresara en la mañana del lunes. Ella me dejaría suficiente agua y comida en mi cuarto, ya que no tenía autorización para salir cuando él estuviera ahí.

Me recosté sobre mi cama mirando al techo, sin vida ni emociones. Me di cuenta de que esta Bella acababa de conocer a su Bestia. Pasé las siguientes dos semanas en mi cuarto, sanando mis heridas. Ni siquiera me atrevía a encender la televisión por el miedo a hacerlo enojar. Tenía que ser muy cuidadosa durante los próximos tres años y no volver a olvidar mis lentes de contacto.

Nuevamente, él se fue y pude salir de mi cuarto para platicar con Rosa. No hablamos sobre lo ocurrido semanas atrás. Ella me habló de su familia y sus nietos. Con eso tenía para seguir por ahora. Pasaron dos semanas y Rosa me dijo que él volvería al día siguiente. Tenía una cena de negocios, la primera a la que asistiría con él. El estilista estaría ahí para ayudarme a estar lista a tiempo.

Me senté en mi cuarto, esperando a que Rosa llegara por mí. Abrió la puerta y me dijo que me dirigiera a la puerta principal. Varona me esperaba en la limusina. Rosa me recordó que no debía hablar con él, sólo debía saludar a sus socios en el restaurante. Ella me esperaría para asegurarse de que todo estuviera bien. Me abrazó por primera vez y me dio un beso en la mejilla. Nunca nadie había hecho algo así por mí antes, lo que me permitió sentirme más segura.

Cuando llegamos al restaurante, había cuatro hombres y un joven de aproximadamente 16 años. Varona me presentó como Juliet, su esposa. Saludé y me senté donde Varona arrimó mi silla. El adolescente era uno de los hijos del socio de Varona. Se acercó para presentarse y se sentó a mi lado. Comenzó a hablarme y yo debía responder. ¿Qué más podía hacer? Pude ver cómo esto molestaba a Varona, pues se suponía que no podía hablar con nadie.

A la mitad de la cena, yo no sabía qué hacer, así que me disculpé y me dirigí al baño de damas. Varona me siguió. Me llevó de vuelta a la limusina. Yo le dije que no era mi culpa, no podía sólo sentarme ahí sin responder. Diego abrió la puerta y Varona me aventó hacia el asiento trasero de la limusina. Me dijo que lidiaría conmigo al regresar a casa. Lloré todo el camino de vuelta. Pude ver a Diego mirarme por el espejo retrovisor. Me preguntó si quería un poco de agua y le dije que me encontraba bien. Sabía que él también le temía a Varona.

Llegué a casa y Rosa ya me esperaba. Le conté lo que había pasado y ella me dijo que me cambiara y me quedara en mi cuarto. A veces, Varona no regresaba a casa después de la cena. Entonces, probablemente, estaría a salvo.

Apagué las luces y esperé en la oscuridad. Me quedé dormida, y a las tres de la mañana, escuché cómo azotaban la puerta principal. Pude escucharlo caminar hacia mi cuarto, abrió la puerta y se acercó a mí, me sacó de la cama jalando mi cabello y me arrojó nuevamente al piso. Una vez más, me golpeó y me llamó "prostituta latina", insistía en que esa era la única forma en que aprendería. Yo lo obligaba a golpearme al desobedecer.

En cuanto se cansó de patearme, se detuvo y dejó mi habitación. Me quedé ahí en el suelo hasta la mañana siguiente. Me di cuenta de que esa sería mi vida durante los próximos tres años, si él no me mataba antes.

Se fue por otras dos semanas, mientras, yo me recuperaba del maltrato de aquella noche. Rosa y yo jamás volvimos a hablar del tema.

El siguiente sábado, antes de que Rosa se fuera, me llevó a su habitación y me mostró una computadora que tenía en su escritorio. Ella se sentó ahí y me mostró cómo usarla, también me enseñó cómo ingresar a YouTube para que pudiera escuchar música e, incluso, aprender a tocar la guitarra. Me dijo que no podía usarla cuando él estuviera en casa, ya que, si Varona se enteraba, ella perdería su trabajo que tanto necesitaba. Le dije que tendría cuidado, pero por dentro pensaba en qué era lo peor que podía pasarme, ¿otra paliza?

Valdría la pena escuchar música y aprender a tocar mi guitarra. Llegué a planear que, si Varona llegaba de visita inesperadamente, dejaría mi puerta cerrada mientras yo estuviera en la habitación de Rosa. Él asumiría que yo estaba en mi cuarto y jamás iría a la habitación de Rosa. Extrañaría a Rosa y sus historias los fines de semana, pero no podía esperar a utilizar la computadora en cuanto ella se fuera.

Las semanas se volvieron meses, y él continuaba golpeándome cada vez que estaba en la ciudad. Me encontré provocándolo, sólo para hacerlo enojar, de cualquier modo, me iba a golpear, pero por loco que sonara, eso me dio el control de las golpizas, y también le molestaba al mismo tiempo. En realidad, quería que él me golpeara para que pudiera sacar toda la furia de su sistema y, finalmente, dejarme en paz hasta que llegara el momento de irse de nuevo. Noté que él jamás golpeaba mi cara, sólo mi cuerpo, esto para que pudiera seguir acompañándolo a los eventos, sin rastro alguno de los golpes que me daba.

Tocar mi guitarra me hacía sentir llena de vida y me di cuenta de que tenía una muy buena voz. Sabía de mis raíces latinas y disfrutaba de las canciones de amor de Roberto Carlos y Luis Miguel, pero también había un poco de música *country* en mí. Soñaba con tener mi propio par de botas de vaquera para usarlas con mis vestidos y faldas, mientras escuchaba a Luke Bryan y Brad Paisley, soñando que, algún día, yo sería el todo para alguien más.

Un día, desperté y encontré un par de botas sobre mi cama. Era mi cumpleaños número 17 y Rosa lo había recordado. Me las puse y corrí por todo mi cuarto y el resto de la casa, hasta que encontré a Rosa. La abracé y le di un beso, ella era ahora mi única familia y yo la amaba. Cocinó un panecillo para mí, le colocó una velita y me cantó *Feliz Cumpleaños*. No tenía permitido comer dulces, pero ocasionalmente ella me traía algunas comidas prohibidas. Era un día feliz, lo único que debía hacer era sobrevivir un año más y sería libre.

La próxima vez que Varona regresó, había contratado al sobrino de Rosa, Sebastián —quien era contratista— para que construyera una biblioteca como un espacio adicional en la casa. Varona coleccionaba libros poco comunes que guardaba bajo llave. Un mes después, escuché a alguien hablar afuera de la ventana de mi habitación; me asomé y vi a tres hombres que miraban algo que se asemejaba a unos planos de construcción.

Era fácil identificar al que estaba a cargo de todo, probablemente era Sebastián Aron, el sobrino de Rosa. Aparentaba tener unos 25 años, vestía unos pantalones azules y una camisa a cuadros con mangas enrolladas. Rosa me había contado que su esposa lo había dejado porque él no podía tener hijos. Él reía y sonreía mientras platicaba con los trabajadores. Me imaginaba que era un hombre muy agradable, pero también sabía que no debía acercarme.

Me dirigí a la cocina y Rosa se encontraba friendo tocino, entonces supe que no había peligro, no había manera de que Varona estuviera en casa con Rosa. Antes de que tuviera oportunidad de retirarme de la cocina, Sebastián entró por la puerta trasera. Yo miré a Rosa sin saber qué hacer, en ese momento, Sebastián, con una sonrisa, extendió su mano hacia mí y me dijo: "Soy Sebastián, tú debes ser Juliet. Un gusto conocerte". Yo le respondí de la misma forma y él continuó hablando: "Mi tía me consiente con un buen desayuno, ella dice que no como lo suficiente, como buena tía cubana, claro". Entonces, me invitó a sentarme con él, ya que siempre desayunaba solo. Miré a Rosa y ella asintió en señal de aprobación.

Me senté y comimos juntos, platicamos por hasta una hora, él era muy amable conmigo y me hizo sentir cómoda. Le agradecí y me fui a mi habitación con una sensación curiosa en mi estómago. Todos los días esperaba con ansias escuchar su voz afuera de mi ventana. Yo sabía que él pronto entraría a desayunar y yo me uniría a él.

Rosa me comentó que Varona vendría al día siguiente. Ella nos recordó a Sebastián y a mí que Varona no podía enterarse de que nosotros nos habíamos conocido. No pude disimular una cierta expresión de pánico en mi cara, por lo que él se inclinó hacia mí, tomó mi mano y me dijo: "No te preocupes. No le diré nada".

Durante las siguientes dos semanas, sólo podría ver a Sebastián por la ventana de mi habitación. Cerraba mis ojos y podía sentir como él sostenía mi mano con fuerza. Un día de esas semanas, el personal de la construcción se encontraba trabajando hasta tarde, yo debía salir con Varona esa noche. Era extraño que él me llamara prostituta cuando él era quien me hacía usar esos vestidos cortos y ajustados.

Mientras caminaba hacia la puerta principal, vi a Sebastián acercarse a la limusina; volteó su cabeza fingiendo que no me había visto. Me apresuré a entrar al auto, preguntándome qué pensaba Sebastián de mí.

Él sólo me había visto vistiendo pantalones y *shorts* con mis botas, pero esa noche parecía una prostituta costosa. No podía esperar para hablar con él nuevamente. Le preguntaría a Rosa si Sebastián sabía la verdad sobre mi relación con Varona.

Llegó el sábado y Varona se fue una vez más. No tuve oportunidad de platicar con Rosa, ya que también se fue a su casa durante el fin de semana. Me senté yo sola en la cocina, pensando en que faltaban dos días para que pudiera ver y hablar nuevamente con Sebastián, lo extrañaba tanto. De repente, escuché que alguien tocaba la puerta trasera. Miré por la ventana y era él.

Estaba sonriendo y me pidió que abriera la puerta. Lo dejé entrar y me dijo: "Yo sé que tú no cocinas. Tenía hambre y pensé en que quizás te gustaría que cocine huevos con tocino para ambos". Yo sonreí y le dije que estaba muy hambrienta.

Platicamos durante horas. Era tan fácil hablar con él. Él me preguntó si había leído alguno de los libros de Varona. Yo me reí y respondí: "Me mataría si toma alguno de sus libros". Entonces, quiso saber si a mí me gustaría leer un libro, porque él leía cada noche y tenía muy buenos libros en su casa. Me senté en silencio. No estaba segura si él quería traerme un libro o si esperaba que yo pudiera leer en su casa.

Entonces, él dijo: "¿Por qué no vienes a mi casa, cocinaré para ambos y podemos leer esta noche? No te preocupes, nadie lo sabrá y yo te traeré de vuelta hoy mismo". Acepté la invitación de Sebastián, me subí a su camioneta y dejé esta prisión por una noche de libertad.

Fuimos a su casa, no era tan grande como la de Varona. Tenía unos grandes ventanales por los que se podía ver un lago y, debajo, estaba una piscina. La cocina se ubicaba a un lado del cuarto familiar, donde había una gran televisión, también pude ver los libreros llenos de libros.

Él me preguntó si me gustaba el salmón, a lo que respondí que sí, de hecho, estaba en la lista de alimentos permitidos. Él inclinó la cabeza, entonces, le respondí: "No debo aumentar de peso; sin embargo, Rosa a veces me deja comer algunas de mis comidas favoritas, como el helado de chocolate". Él sonrió y abrió el congelador, me mostró un envase de helado.

"¿Te gusta el vino?", me preguntó. Yo le comenté que tenía prohibido tomar alcohol. Él insistió y me dijo: "¿Por qué no rompemos algunas reglas mientras estés en esta casa? Aquí no usarás esa palabra. Puedes hacer lo que tu corazón desee y nadie lo sabrá. Este lugar será tu espacio seguro. Sonreí y respondí: "Quisiera un poco de vino, por favor". Me sirvió un poco y dijo: "Tómalo muy despacio, es un gusto adquirido". Tomé un sorbo que me hizo hacer un gesto con mi boca, pero también me hizo sonrojarme y mi cuerpo se relajó.

Después de comer, nos sentamos en el sillón y él me dio un libro para leer. También tomó un libro para él. Nos sentamos durante horas, leímos y tomamos vino en silencio. A medianoche, él me dijo que era hora de que Cenicienta regresara a casa. Mis ojos se llenaron de lágrimas porque sabía que mi noche de ensueño había terminado. Pero él dijo: "¿Por qué no hacemos esto cada sábado cuando estés sola?" Yo respondí que sí, realmente me gustaría repetirlo. Él me besó en la mejilla y me reafirmó: "Es un trato".

Me recosté en mi cama esa noche, me sentí muy cálida y no podía dejar de pensar. Esa misma noche fue la primera para vivir cuatro nuevas experiencias, tomé vino, leí un libro, Sebastián me besó en la mejilla y yo me había enamorado profundamente. Sabía que mi vida estaba a punto de cambiar, y con Sebastián aún faltaban muchas primeras veces por vivir. Debía esperar 10 meses más para cumplir los 18 años y poner fin a esta temporada de mi vida.

Poco a poco le conté a Sebastián acerca de mí, desde el día en que nací hasta cómo era vivir con Varona, a excepción de las golpizas. Sentía que, si le contaba sobre eso, él lo confrontaría y yo no quería que Sebastián resultara herido. Unos meses más e iniciaría una nueva vida, quizás con Sebastián, si él me quería a mí.

Una semana antes de mi cumpleaños número 18, estaba en casa de Sebastián y ya era tarde. Habíamos tomado mucho vino. Él puso una canción lenta, me tomó de la mano y comenzamos a bailar, muy despacio; demasiado cerca. Mi cuerpo comenzaba a sentirse cálido y yo quería que él me besara en los labios, ya no en la mejilla. Pude sentir mi respiración volverse más pesada mientras recargaba mi cabeza en su hombro, esperando con ansias a que él tocara mi cuerpo, lo deseaba tanto. Estaba a una semana de terminar mi contrato y ya no necesitaría ser virgen. Realmente quería que Sebastián me tomara y me llevara directo a su cama.

Pero en ese momento, él me empujó. Me dijo que necesitaba hablar conmigo. Varona regresaría en dos días y él quería saber cuáles eran mis planes. Él sabía que yo estaba por obtener 60 mil dólares y también le había contado que quería usar ese dinero para entrar a la escuela de modelaje. Con lágrimas en los ojos, le dije que lo amaba y le pedí que no me abandonara. Él se sentó con su cabeza mirando hacia el piso, pensé en que quizás él no me quería y lo mejor era irme, así que me levanté del sillón y me alejé.

Él tomó mi mano y me dijo que me amaba, pero no podía ofrecerme lo que la mayoría de los hombres sí podía. Le respondí que yo sabía por qué su esposa lo había abandonado, porque él no podía tener hijos. Yo no necesitaba hijos, mientras lo tuviera a él, y todo su amor. Él aún miraba fijamente al piso.

Sebastián me expresó sus sentimientos: "Es más que eso. Puedo darte todo mi amor, ser tu apoyo y cuidar de ti para siempre, pero jamás podré hacerte el amor. Sé que eres virgen, y mientras bailábamos sentía mi cuerpo temblar por el deseo de tenerte. Pero jamás podré complacerte de ese modo; tendríamos que dormir en cuartos separados. No puedo soportar el tenerte a mi lado y no ser capaz de hacerte mía nunca". No quería perderlo ni al amor que sentía por él. Le dije que no necesitaba eso, sólo necesitaba que estuviéramos juntos como lo estuvimos ese año. Él sonrió y me dijo:

—¿Estás segura?

—Sí, respondí.

Sebastián me dijo que, en cuanto dejara la casa de Varona en una semana, después de mi cumpleaños 18, me mudaría con él y, una vez que me divorciara de Varona, podríamos casarnos. Pensaba decirle que no estaba casada con ese hombre, pero pensé en sorprenderlo con la noticia una vez que viviéramos juntos. Él me besó en la mejilla y me llevó de vuelta a la casa de Varona por última vez.

Él me había dado un celular para que habláramos cada vez que Varona estaba en la ciudad. Le prometí que hablaríamos esa semana y, mientras tanto, él podía planear cómo llegaría yo a su casa. También era el momento de contarle a Rosa sobre nuestra relación y nuestros planes de casarnos. Estaba segura de que sólo quería su amor, incluso si no era posible de una forma física, con lo que teníamos era suficiente.

A la mañana siguiente, cuando Rosa me despertó, le conté todo sobre mi relación con Sebastián en los últimos meses, y sobre nuestros planes para el próximo viernes, cuando finalmente cumpliría 18 años.

Ella estaba llorando, y me dijo que ella quería que yo fuera feliz, también que lamentaba mucho no haberme ayudado cuando Varona me golpeaba. Le recordé que esto terminaría pronto, y que no lo habría logrado sin todo su cariño hacia mí durante esos tres años de mi vida. Ella me contó que el señor Varona era homosexual, por eso jamás había tenido intenciones sexuales conmigo. Le dije que lo había notado hace ya unos años, pero tenía miedo de contarle a alguien sobre ello. Supongo que estos tres años habrían sido mucho peores si él me hubiera violado.

El martes, Varona regresó y yo me fui a mi habitación a aislarme, de nuevo. Sebastián y yo hablábamos todos los días, él tenía miedo de que Varona no respetara su parte del contrato. Yo no sabía el apellido del abogado que me hizo firmar, sólo podía recordar su primer nombre, Brian.

La mañana del viernes, Rosa me dijo que Varona se había ido y que no regresaría hasta dentro de un mes, él jamás mencionó nada sobre mi cumpleaños o sobre el final del contrato. No me importaba el dinero, lo único que yo quería era irme de ahí, así que le conté a Sebastián. Iba a empacar mis cosas y le llamaría en cuanto estuviera lista para que él pasara por mí. Tenía una sorpresa para él y deseaba con todo mi corazón que él aún estuviera interesado en mí. Él quería recogerme en ese instante, pero le pedí que me diera dos horas, esto era importante para mí, además, Varona ya se había ido.

Le pedí a Rosa que fuera a la tienda a comprar un kit de tinte para el cabello color café. Quería que, cuando Sebastián viniera por mí, listo para iniciar una nueva vida, me viera como Carmen, con mi cabello café y ojos verdes. Juliet moriría hoy y yo me iría de esta casa para siempre. Rosa me dijo que ella también estaba empacando para irse, ya no quería vivir con la Bestia, y seguramente él encontraría otra mujer bella y joven —con ansias de convertirse en modelo— para reemplazarme. Rosa me dijo que ella siempre cargaría con la culpa de haber permitido que ese hombre me lastimara sin que ella pudiera hacer algo, por miedo a perder su trabajo.

Me teñí el cabello y tiré mis lentes de contacto azules. Rosa se había ido, me dijo que Sebastián la había llamado para trabajar con él de lunes a viernes, para que siguiera cuidando de mí.

Estaba tan feliz y lista para llamar a Sebastián, cuando escuché cómo se abría la puerta principal. Eran las pisadas de Varona dirigiéndose a mí, no había tiempo de correr y meterme a mi cuarto para que no me viera. Se quedó ahí, mirándome. Después, comenzó a reírse, me dijo que ya parecía una prostituta latina. Mi cuerpo había cambiado desde que cumplí los 15 años, la última vez que me miré como realmente era.

Le dije que había empacado y estaba lista para irme, pues ya había cumplido los 18 años y el contrato vencía en ese momento. Él seguía riéndose, me decía que sólo podría irme cuando él lo dijera, y que nunca me daría el dinero. Insistía en que yo sólo era una tonta y estúpida prostituta latina, como mi madre seguramente lo era.

Mi celular comenzó a sonar. Su cara se llenó de rabia. Me dijo que después de todo no era tan estúpida como él pensaba, pues fui capaz de conseguir un celular. Él tomó el celular de mi mano y lo aventó contra la pared, quedó destrozado.

Después se abalanzó sobre mí, intenté correr, pero él me acorraló; esta vez, el primer golpe se dirigió hacia mi cara, sentí que se me rompía el labio y la sangre comenzó a brotar de mi boca. Me golpeó en la cara y el cuerpo una y otra vez, diciéndome que para el momento en que él terminara conmigo, nadie me contrataría nunca como modelo. Si quería irme, sería en pedazos, nunca nadie iba a quererme. Me golpeó tan fuerte, que vomité toda la comida que tenía en el estómago. Él no dejaba de llamarme prostituta latina. Sólo podía recordar mis últimos pensamientos, que Juliet moriría esa noche en esa casa. Estaba segura de que él me mataría esa noche.

Su teléfono sonó y él se detuvo. Le dijo a la persona en el teléfono que había olvidado su pasaporte y había regresado por él, pero que salía rumbo al aeropuerto en cinco minutos. Me dijo que volvería en un mes, y esperaba que yo hubiera aprendido mi lección. Estaba condenada a ser su esclava hasta el día en que dejara de ser útil para él. Más me valía teñirme nuevamente el cabello de rubio y ponerme mis lentes de contacto azules para cuando él regresara. Después de amenazarme, se dio la media vuelta y se fue.

No podía moverme. Me quedé ahí, con la esperanza de que Sebastián llegara por mí antes de morir aquí, sola. Debí desmayarme porque cuando abrí mi ojo derecho, pude notar que ya era de noche y todas las luces de la casa estaban apagadas. Podía percibir el sabor a sangre en mi boca y no podía abrir mi ojo izquierdo. En ese momento, las luces se encendieron, pude escuchar a Rosa y Sebastián gritando mi nombre. Escuchaba las voces de dos mujeres más y dos hombres a quienes no reconocía. Intenté gritar, pero el dolor en mi abdomen no me permitía ni hablar.

Rosa fue la primera en encontrarme, en cuanto me vio, gritó con horror y acento latino: "¡La mató!", queriendo decir que Varona me había matado. Sebastián se acercó con lágrimas en los ojos y me tomó en sus brazos. Con la poca fuerza que me quedaba, abrí mi ojo derecho y él gritó: "Está viva".

Podía escuchar a una mujer diciendo: "Debemos llamar a la policía", pero yo le susurré a Sebastián: "No, a la policía no, por favor". Me dijo que debía llevarme al hospital, pero insistí entre murmullos que no era necesario, que estaría bien.

Sebastián me preguntó si fue Varona quien me había golpeado, y asentí. Rosa estaba llorando, diciendo que era su culpa por permitir que ese hombre me golpeara durante tres años sin ella hacer algo al respecto. Sebastián estaba furioso y no dejaba de gritarle: "¿Por qué no me dijiste que la golpeaba?". Me entrometí en la discusión y exclamé: "¡Basta! No es su culpa. Por favor dejen de gritar. Estaré bien".

Para ese momento, Rosa ya me había traído una bolsa de hielo y la colocó en mi ojo. Pude ver a dos mujeres; asumí que se trataba de la hija de Rosa y los otros dos hombres me resultaban familiares, los había visto a través de mi ventana, trabajando con Sebastián en la construcción.

Sebastián me llevó al sillón con ayuda de Mike y Joe. Después de descansar un poco, le pedí que me sacara de esa casa. Me llevaron hasta la camioneta de Sebastián y todos nos siguieron hasta su casa. Rosa se quedaría con nosotros y cuidaría de mí durante los días siguientes, mientras ambas lográbamos explicar a Sebastián lo ocurrido. Rosa tomó algunas fotografías de mi cuerpo y mi cara. Debimos haber hecho eso desde la primera vez que Varona me golpeó.

Lentamente, comencé a sanar. Sabía que Varona regresaría a la casa en dos semanas. Necesitaba encontrar una manera de hacerle saber que Rosa y yo lo habíamos dejado, y jamás volveríamos. Le dije a Sebastián que Varona era un hombre muy poderoso y que no me dejaría escapar tan fácilmente.

Un sábado por la noche, a una semana del regreso de Varona, pude sentarme y comer la cena. Sebastián cocinó y tomamos un poco de vino. Él tomó mi mano y me dijo que tenía una solución para mi situación con Varona. Sacó un anillo de la bolsa de su camisa y me dijo que podíamos casarnos, pero respetando nuestros acuerdos previos: nada de sexo y nada de niños. Además, yo debía dormir en un cuarto distinto al suyo.

Nos podíamos casar antes de que Varona regresara, con una pequeña ceremonia en su casa. Acepté. Todo lo que yo quería era estar con él. No dije más, pero pensé en que quizás podíamos adoptar un niño algún día.

Llamó a Rosa y le pidió venir a la casa ese domingo. Él prepararía el desayuno, ya que también quería hablar con la hija de Rosa, quien estaba casada con Mike. En la lista de invitados había otro lugar para Joe y su esposa. Nos sentamos y leímos juntos esa noche, después, mientras me cargaba a mi cama, me decía que le gustaba más mi cabello como lucía ahora, así como mis ojos verdes. Lo había olvidado por completo, así fue como todo había comenzado.

A la mañana siguiente, llegó la familia de Sebastián y ellos pudieron conocerme. Comimos el desayuno como una familia, otra "primera vez" para mí. Después de ese momento, Sebastián se colocó a mi lado y anunció ante sus familiares que nos casaríamos el siguiente sábado y necesitábamos su ayuda. Todos lucían tan felices, nos llenamos de besos y abrazos. Esto era mucho más importante para mí que cualquiera de las cosas que sacrificaría al concretar mi matrimonio.

Laura, la hija de Rosa, estaría a cargo de comprar mi vestido blanco y unos lindos zapatos. La esposa de Joe, Emily, se encargaría de la decoración y dijo que me haría una diadema de flores para usar en mi cabello, que coincidiera con el color de mis ojos, finalmente, Rosa cocinaría para todos. Mike sería el fotógrafo. Me preguntaron si era católica, y asentí, pues fui criada por monjas y sacerdotes en un orfanato. También les conté más sobre mí y mi verdadero nombre, Carmen Valdez. Le dije a Sebastián que quería casarme con él con mi nombre de pila, Carmen.

También le pregunté a Laura si me podía comprar un poco de maquillaje, porque anteriormente sólo el personal de Varona me ayudaba a arreglarme. Solía mirar como lo hacían y estaba segura de que podía hacerlo por mi cuenta.

Finalmente, el sábado llegó, aún me preocupaba que Varona apareciera en la casa de Sebastián con sus matones para llevarme con él. Pero, llegó el mediodía, salí de mi habitación y recorrí ese pasillo para casarme con Sebastián, ahí estaba toda su familia y amigos, mi nueva familia y mis nuevos amigos.

Cuando todos se fueron, Sebastián me mostró las fotos que había mandado a Varona donde podían verse mi cuerpo y cara víctimas de su maltrato, también le envió fotos de nuestra acta de matrimonio. Todo venía acompañado del siguiente mensaje: "Si te acercas a ella, llamaré a la policía". Finalmente, ese capítulo estaba cerrado. Ahora mi nombre era Carmen Aron.

Nos dimos las buenas noches. Él me besó en la mejilla y yo caminé hacia mi habitación. Me desvestí mirándome en el espejo con esa ropa íntima tan sexi que Laura había comprado para mí. Supongo que ellos no sabían que Sebastián no podía hacerme el amor. Me recosté en mi cama, me sentía feliz pero también algo sola, todo al mismo tiempo. Pensé en concentrarme en hacer otras cosas, como tocar mi guitarra y cantar.

Sebastián me sorprendió en la mañana: había ambientado un cuarto para que pudiera hacer ejercicio, estaba equipado con una bicicleta, una caminadora, una computadora, mi guitarra con un micrófono y mis audífonos. Él era tan bueno conmigo, y yo lo amaría para siempre, más allá de nuestro acuerdo.

Rosa llegó y se dio cuenta de que dormíamos en cuartos separados. Ella me preguntó si todo estaba bien con Sebastián, le dije que sí. No podía mencionar nada sobre nuestro acuerdo a menos que ella preguntara directamente. Necesitaba algo de ropa, por lo que Sebastián había creado para mí una cuenta de Amazon. Me mostró cómo comprar todo lo que yo necesitara, era increíble. Todos mis pedidos llegarían en dos días, ¡bienvenida al mundo de Amazon Prime!

Cuando la ropa llegó, modelé mis nuevas prendas para él. Sonrió porque podía ver la felicidad en mí. Tomé unas tijeras y corté los pantalones con los que llegué aquella primera noche y los convertí en pantalones cortos. Cuando terminé de probarme mi ropa nueva, me puse mis pantalones recién cortados. Cuando caminé hacia la sala, la cara de Sebastián cambió. Le pregunté si algo andaba mal, ¿acaso había gastado mucho dinero en ropa?

Él me dijo que no, que la ropa estaba bien, pero no quería que usara esos *shorts* fuera de casa o si alguien venía de visita. Podía usarlos para dormir o estar en casa, siempre y cuando sólo Rosa estuviera aquí para verme. Me pareció extraño, pues eran cortos, pero no mostraban ninguna parte privada de mi cuerpo. Estuve de acuerdo y le dije que estaba bien. Él me dijo que no quería que yo usara ropa sexi, ya que no quería que otros hombres me miraran. Una vez más, dije: "Ok".

Pasamos los siguientes meses viviendo como compañeros de cuarto. La vida era diferente, nada de joyería o ropa costosa. Vivíamos con un presupuesto ajustado. Sebastián tenía una pequeña empresa y eso nos facilitó una vida cómoda, dentro de nuestras posibilidades. Yo pasaba las mañanas ejercitándome y desarrollando mis habilidades con la guitarra, también comencé a escribir canciones. Cantar se había convertido en mi nuevo reto y realmente lo disfrutaba.

Para mi cumpleaños número 19, había terminado mi primera canción en español. La canté a Sebastián en nuestro aniversario de bodas. Me sugirió que la grabara con el karaoke. Él acababa de firmar un contrato para remodelar la casa de Alfred Dunst, amigo cercano de los padres de Sebastián, quienes habían fallecido en un accidente de navegación hace cinco años. Alfred Dunst era productor en el estudio de grabación Servi. Sebastián quería darle mi canción a Alfred para escuchar su opinión. Sebastián estaba tan feliz por mí; yo no pensaba que estuviese haciendo algo valioso para mí. Esto sólo reforzó mis razones para estar con Sebastián, aunque sólo fuéramos compañeros de cuarto.

Había algo que no me hacía sentir cómoda. Sebastián solía salir cada noche de viernes a un casino y regresaba a casa a la mañana siguiente, borracho. Yo no tenía acceso a nuestro dinero, pero podía asegurar que él no estaba ganando el dinero que esperaba porque llegaba azotando las puertas y maldiciéndose a él mismo. Yo me quedaba en mi cuarto.

Al siguiente viernes, mientras comíamos la cena, le pregunté si tenía pensado salir esa noche, a lo que respondió que sí, que yo sabía que los viernes él visitaba el casino/

frontón de Jai-Alai. Era su forma de relajarse, como cuando yo tocaba mi guitarra y cantaba. Le dije que nunca había ido a un casino o visto un juego de Jai-Alai e insistí en si podía acompañarlo. No pensaba apostar, sólo quería tener otra primera vez en mi vida y ver cómo lucía un casino, también tenía curiosidad sobre cómo se jugaba un juego de Jai-Alai. Él me respondió con un "NO" rotundo y argumentó que ese no era un ambiente para mí, pues yo era una joven demasiado atractiva y él tendría que estarme cuidando todo el tiempo, lo que ya no sería relajante para él.

Me quedé en casa y seguí practicando mi canción, Sebastián le había hablado a Alfred sobre ella y le había dicho que la grabaría el lunes en la mañana. Como siempre, Sebastián llegó a las cinco de la mañana, maldiciendo en español, azotando la puerta principal y la de su habitación una vez que entró en ella.

El domingo en la noche le di a Sebastián mi grabación y le pregunté si podía acompañarlo para conocer a Alfred. Nuevamente, me dijo que no, pues no quería presionar a Alfred. También me preguntó por qué ahora tenía tantas ganas de salir. Él me quería en casa y que las cosas se mantuvieran como antes. Le comenté que Rosa me había contado sobre una boda de su familia que sería dentro de un mes y le pregunté si podíamos ir. Tenía muchas ganas de conocer a sus primos y al resto de su familia. Él dijo que lo pensaría y yo insistí en que me hiciera saber su respuesta lo más pronto posible para poder comprar un vestido. Rogué como una pequeña niña pidiendo un juguete. Él sólo respondió: "Ya veremos".

Han pasado dos semanas desde el día en que Sebastián le dio mi grabación a Alfred, empezaba a pensar que no estaba interesado.

Cuando Sebastián regresó a casa, me dijo que a Alfred y sus socios les había gustado mi canción. Alfred quería que fuera al estudio para grabar mi canción con Sam, su productor musical. Tenía tres días para prepararme. No tenía idea de qué ponerme, por lo que decidí usar un vestido casual con mis botas favoritas. Quería que mis botas fueran mi sello, incluso si mi canción no era *country*.

Sebastián me llevó al estudio donde conocí a Alfred Dunst y algunos ejecutivos. Alfred me llevó al cuarto de grabación. Ahí conocí a Sam. Él tenía una voz muy suave, y una sonrisa muy sencilla. Me sentí cómoda de trabajar con él. Alfred le dijo a Sebastián que necesitaría un par de horas y que yo le llamaría en cuanto estuviera todo listo. No tenía teléfono celular; entonces, insistió en esperarme. Pude notar en su mirada que no le agradaba mucho la idea de dejarme ahí.

Pasé toda la mañana cantando mi canción, acompañada de mi guitarra. Sam movía su cabeza de arriba a abajo. Podía notar que le gustaba lo que estaba escuchando. Después de tres horas de grabación, Sam dijo que tenía suficiente material para trabajar en los arreglos musicales. Él le avisaría a Alfred cuando la canción estuviera lista, para que yo pudiera regresar y cantar la letra de la canción con la música. Sentí que lo había hecho muy bien. Era muy sencillo platicar con Sam y él me daba mucha confianza en mí misma, con sus sonrisas y el movimiento de su cabeza. Le agradecí a Sam y salí de la sala de grabación para encontrarme con Sebastián, quien me esperaba afuera.

Alfred caminó por el pasillo hasta encontrarse con nosotros para decirnos que Sam le había llamado y le había dicho que todo salió muy bien, y que yo regresaría en una semana para grabar la canción completa. Notaba que Sebastián no estaba feliz con la noticia.

Por un momento pensé que, quizás, él me había acompañado en todo este proceso, pensando en que fracasaría. Sacudí la mano de Alfred y le agradecí por todo el apoyo. Antes de irnos, le recordé que esperaba su llamada.

Dejamos el estudio y Sebastián manejó de regreso a casa. Ambos íbamos en total silencio. En cuanto llegamos a casa, le pregunté si algo andaba mal. Él sólo respondió que tenía mucho trabajo por hacer y no podía perder cuatro horas esperándome. Le dije que podía dejarme ahí y esperar a que yo le llamara para que regresara por mí. No respondió, entonces, fui a la cocina para comer con Rosa. Ella estaba muy emocionada por mí. Le conté sobre la reacción de Sebastián, pero me dijo que no me preocupara, que le diera tiempo para acostumbrarse a todo.

Sentí que había acordado sacrificar mi sueño de ser madre para vivir en pareja sin contacto físico, pero no pensaba desperdiciar esta oportunidad de grabar mi canción. Esperaría a que Alfred se comunicara conmigo para poder pelear esta batalla.

Pasó una semana, y mientras comíamos los tres, Alfred llamó a Sebastián. Él le dijo que me necesitaban el jueves, y probablemente el viernes, para grabar la canción. Rosa y yo nos quedamos sentadas en silencio, escuchando la conversación. Sebastián le dijo que yo no sabía manejar y que él no podía llevarme porque estaba muy ocupado. Pude notar que Alfred le había dicho algo que no le gustó nada, entonces, esperamos. Se quedó callado por un momento y dijo: "Ok". Entonces preguntó a qué hora pasaría la limusina por mí y a qué hora me regresaría a casa. Colgó. No dijo ni una palabra y dejó la casa, azotando la puerta principal. Me perdería de la vista de Sebastián por los siguientes tres días.

El miércoles por la noche, me dirigí a la cocina y le dije a Sebastián que necesitaba dinero para poder comprar comida los días que estaría lejos. Me dijo que le pidiera a Rosa prepararme algo de comer y un poco de agua. Y, de nuevo, salió de la cocina para dirigirse a su cuarto. Mantuve la calma, todavía tenía oportunidad de ganar la batalla. Gracias a Dios, a Alfred se le ocurrió la brillante idea de traer la limusina para mí. Además, la amistad de Alfred con los padres de Sebastián y los proyectos laborales que tenían en común hicieron posible que él no pudiera negarse. El tiempo estuvo de mi lado por esta ocasión.

La limusina pasó por mí la mañana del jueves, tal como estaba programado. Pregunté por Sam en cuanto llegué a la recepción. Él llegó y me mostró el resto del lugar, ahí había un comedor con un poco de comida para el desayuno. Nos sentamos juntos. Tomé un panecillo y me serví un poco de jugo. Tuve suerte de no tener que pagar por la comida. Todo era gratis.

Después de un par de horas, terminamos y yo había grabado mi primera canción. Alfred estaba escuchando todo el proceso en otra habitación detrás de Sam. Se acercó y me dijo: "Esta canción se venderá muy bien". Me llevó a su oficina y me dijo que Servi me daría un contrato para promocionar y vender mi canción. También me preguntó si podía escribir dos canciones más en los siguientes dos años.

Alfred me preguntó si quería que Sebastián estuviera informado al respecto. Estuve de acuerdo, pero le comenté que yo también quería ser parte de la conversación. Quería aprender sobre todo el proceso. Él aceptó y me dijo que era muy inteligente de mi parte. Finalmente, le pregunté: "¿Cómo me pagarán si esta canción se vende bien?" Alfred respondió que me darían 200 mil dólares por mi primera canción. Toda esa información estaría en el contrato. Intenté calmarme, pero realmente moría de ganas de bailar y saltar de mi asiento. Me preguntaba si Sebastián se molestaría porque grabé una canción con un valor de 200 mil dólares. Y yo pensando que había ganado un poco de dinero para el almuerzo.

Alfred me dijo que necesitaba una cuenta de banco a mi nombre. Era como si Alfred supiera que Sebastián no me haría el camino fácil. Me daba ideas para estar preparada.

No tenía una cuenta de banco, pero por la conversación con Alfred, pensé en que esa cuenta debía tener mi nombre. Esto me generaría una batalla más con Sebastián.

Regresé a casa, y como siempre, Sebastián dejó la habitación sin decir una sola palabra. Cuando entré a la cocina, le conté a Rosa sobre mi día y cómo me pagarían 200 mil dólares por mi canción. Sólo necesitaba una cuenta de banco a mi nombre. Le pregunté cómo podía hacer eso, si Sebastián ni siquiera me miraba ni hablaba conmigo. Tendría que hablar con él el domingo por la noche.

Rosa me dijo que Sebastián canceló nuestra asistencia a la boda del sábado. La noticia no me sorprendió para nada. Le dije a Rosa que había prometido ayudar a su hija con su maquillaje para el gran evento, y le pedí que le comentara que mi promesa seguía en pie, aunque no tuviera celular para comunicarme con ella. Sebastián no me había comprado un nuevo teléfono después de la ocasión en que Varona rompió el mío.

El viernes, Rosa me dijo que su hija Laura me recogería al medio día en su camino a casa, después de arreglarse el cabello, para que yo pudiera maquillarla. Rosa me comentó que Laura estaba muy molesta por la forma en que Sebastián me trataba. Insistió en que, si ella visitaba la casa, lo confrontaría.

El sábado por la mañana, pensaba en cómo le diría a Sebastián que Laura pasaría por mí al mediodía. Él estaba encerrado en su oficina desde temprano. A las 11 en punto, escuché el auto. Me asomé, y era Laura, había llegado una hora más temprano. Nerviosa, le grité a Sebastián que la hija de Rosa había llegado para recogerme, iríamos a su casa para maquillarla, como lo había prometido, para la boda. Le comenté que ella me traería de vuelta una vez que hubiera terminado. Me fui a toda velocidad antes que él siquiera pudiera decirme que no. No tenía llave para cerrar la puerta principal, así que me alegré de que él estuviera en casa.

Cuando me senté en el auto, miré mis piernas y pude notar que ni siquiera me había cambiado la ropa, y traía puestos los pantalones cortos de mezclilla que él no quería que nadie más viera, a excepción de Rosa y él. No podía hacer nada. Si regresaba, él me vería y no me dejaría salir otra vez para maquillar a Laura. Mi único problema era que, si él cerraba la puerta de enfrente, tendría que tocar y él notaría mi ropa. Sólo me quedaba esperar a que él pasara esa hora en su oficina, sin siquiera darse cuenta de que la puerta estaba abierta.

Me olvidé de todo por un momento y decidí concentrarme en el maquillaje de Laura. Emily también me había llamado y me preguntó si podía ayudarla con su maquillaje. Dije que sí, con mucho gusto, a pesar de que tenía mucha ansiedad por regresar a casa. A los 15 minutos, Emily y Joe entraron a la casa, con Mike. Estaba terminando el maquillaje de Laura. Joe y Mike seguían en la cocina. Podía sentir sus ojos mirando fijamente hacia mis piernas y mis pantalones cortos.

Empecé a maquillar a Emily, cuando, de repente, pude escuchar la voz de Sebastián en la cocina, platicando con Joe y Mike. Lo vi de reojo. Sabía que esto se pondría feo. ¿Cómo iba a explicarle? Laura llegó más temprano de lo esperado y, como estaba nerviosa porque él no me hablaba, dejé la casa sin darme cuenta de que traía puestos aquellos pantalones cortos.

Terminé de maquillar a Emily, y Sebastián me llamó: "¡Vámonos! Tengo trabajo que hacer". Le di a todos un beso en la mejilla a manera de despedida (es una tradición latina, dar un beso al saludar y al despedirse) y caminé hacia la puerta principal.

En cuanto salimos, Sebastián me tomó del hombro y me empujó hacia adentro de la camioneta. No dijo ni una palabra, así que comencé a explicarle por qué estaba vestida así.

En cuanto llegamos a casa, me llevó hasta mi cuarto y, en cuanto estuvimos frente a mi cama, él comenzó a gritarme y pedirme que me quitara esos pantalones. Yo lloraba e insistía en que había sido un error, que por favor no me lastimara. Él seguía gritándome: "¡Quítate esos *shorts*!", entonces, lo hice. Él me aventó a la cama y me puso boca abajo, se quitó su cinturón de cuero y comenzó a golpearme con él. Siguió gritándome: "Mira lo que me haces hacer, sabías que no podías salir de esta casa vestida así. Seguramente lo hiciste para que Joe y Mike miraran tus piernas y tu trasero". Insistió en que debía darme una lección para no volver a olvidar las reglas de la casa, pues, ahora, Joe y Mike sabían que yo no era más que una prostituta latina. Esas palabras me lastimaron más que los azotes con el cinturón. Después de unos minutos, se detuvo y salió de mi habitación, azotando la puerta detrás de él.

Me quedé ahí llorando hasta que no me quedaron más lágrimas. Estaba oscureciendo y no tenía energía para levantarme de la cama. Pasé mis manos por mis nalgas y podía sentir las lesiones. Mis dedos se ensuciaron de un líquido pegajoso, sabía que era sangre. Pude notar en el reloj de la mesa que eran las nueve de la noche. Escuché cómo alguien azotaba la puerta de enfrente. Supuse que Sebastián había salido hacia el casino. Esperé otra media hora y me aseguré de que no iba a regresar, me levanté y tomé una ducha.

Después, fui a la cocina y tomé un jugo. También me llevé un poco de agua a mi habitación, la guardaría para más tarde. Había terminado de llorar, estaba lista para dejar esa casa. Necesitaba la ayuda de Rosa, así que esperaría hasta el lunes por la mañana. Estaba harta de ser maltratada de esa forma.

Me quedé encerrada en mi cuarto todo el fin de semana. Llegó el lunes por la mañana, pude escuchar a Rosa hablando con Sebastián en la cocina. Desde el domingo había sacado una maleta de la cochera mientras Sebastián dormía. Había empacado toda mi ropa. Sólo necesitaba mi guitarra. Pude ver un hotel ubicado a un costado del aeropuerto aquella vez que fuimos al estudio. No sé cómo, pero desde ese momento supe que algún día terminaría en ese hotel.

El problema era que yo no tenía dinero ni una tarjeta de crédito. Rosa sabía que yo obtendría 200 mil pesos por mi canción. Mi única esperanza era que ella pudiera prestarme algo de dinero para irme a ese hotel, abrir una cuenta bancaria y comprar un teléfono celular. Le pediría un préstamo y Sebastián jamás se enteraría de que ella me había ayudado, después de todo, ella era su tía.

Pude escuchar la puerta de enfrente. Estaba segura de que Rosa iría a verme a mi cuarto. Me dijo que estaba preocupada por mí, pues Laura había visto a Sebastián jalar mi brazo y arrojarme dentro de la camioneta el día de la boda. Le pedí que fuera por su teléfono porque necesitaba su ayuda para tomarme unas fotos. Su cara se veía horrorizada por todo lo que pasó por su mente. Regresó y yo me volteé, le mostré mi trasero, bajándome los pantalones cortos y la ropa interior. La escuché respirar hondo y decir "Oh, no, otra vez no".

Me volteé y le dije que necesitaba su ayuda. No permitiría nunca más que me maltrataran de esa forma. Asintió con la cabeza y me dijo que haría todo lo posible por ayudarme. Quería llamar a su hija Laura, pero le dije que no, porque eran parte de su familia y yo no quería involucrar a nadie más en esto. Sólo necesitaba una forma de llegar al hotel y que ella pudiera prestarme algo de dinero para reservar una habitación, hasta que pudiera hablar con Alfred.

No quería que Sebastián se enterara de que ella me había ayudado. Le informé que además ya había empacado todo.

Necesitábamos movernos rápidamente antes de que Sebastián regresara para la hora del almuerzo. Cerré mi puerta con seguro para que ella pudiera decir que intentó abrir la puerta, pero pensó que estaba dormida. Ella era su tía, y no quería que ella o su familia quedarán en el medio de esto. Ella aceptó.

Salimos y ella hizo una parada en el banco, sacó dos mil dólares y me los dio. Le prometí que le devolvería cada centavo en cuanto me pagaran mi canción y que le llamaría una vez que consiguiera un teléfono celular. Me dejó en el hotel Hilton y, con lágrimas en los ojos, me dio un gran abrazo. Se fue lo más rápido posible, esperando que Sebastián no hubiera regresado para esa hora.

Me registré en el hotel con el nombre de mi pasaporte, Juliet Varona. Sabía que Sebastián jamás me encontraría con ese nombre. En cuanto llegué a mi habitación, tomé un baño y enjuagué mi cabello con el acondicionador *Luvscent*. Quería olvidarme del olor de la casa de Sebastián. Ya era la una de la tarde. Para ese momento, sabía que Sebastián ya había descubierto que me había ido. Pensé en ordenar algo de servicio al cuarto y descansar esa noche. Lo primero que haría en la mañana sería llamar a Alfred para pedirle ayuda. Había estado con dos hombres y aún era virgen. Todo lo que había obtenido de ellos fueron moretones y cicatrices.

Dormí muy bien aquella noche. Ordené el desayuno y comencé a planear cómo hablaría con Alfred. Debía asegurarme de que él no supiera mi ubicación, después de todo, lo había conocido por Sebastián. No sabía cuán fiel podía ser a su viejo amigo, o bien, si era capaz de anteponer los asuntos de negocios a temas personales. Decidí buscarlo para hablar con él en persona, en lugar de hacer una llamada. No quería darle explicaciones, pero debía notar la desesperación en mi mirada. Los dos mil dólares no me durarían por mucho tiempo y no pensaba regresar con Sebastián.

Bajé las escaleras y le dije al conserje que venía de Nueva York y había perdido mi teléfono. Él me dijo dónde podía comprar uno. Había una tienda de AT&T a unas cuadras. Me acompañó afuera y me ayudó a pedir un taxi. Me dijo que me instalaría una cuenta de Uber una vez que tuviera un teléfono.

En cuanto conseguí mi celular, pedí un taxi al estudio. Pregunté por la asistente de Alfred, Rebecca, quien me recibió en el *lobby*. Ella me dijo que no tenía ninguna cita programada con Alfred. Mis ojos se llenaron de lágrimas. Ella me llevó a su oficina y me sirvió un café. Necesitaba su ayuda para hablar con Alfred. Le dije que había dejado a Sebastián y me había ido a un hotel, pero no tenía mucho dinero.

Por primera vez, estaba sola y necesitaba abrir una cuenta bancaria para que me pagaran por mi canción. También debía conseguir un abogado para divorciarme cuanto antes. Necesitaba alguien en quien pudiera confiar para guiarme. Rebecca me pidió que esperara un momento, y ella hablaría con Alfred. Minutos después, él apareció y me llevó a su oficina.

Le dije que había abandonado a Sebastián y necesitaba un abogado para divorciarme. También requería ayuda para obtener una identificación. Sebastián tenía todos mis papeles y estaba segura de que él no pensaba devolverlos. No podía abrir una cuenta de banco sin una identificación y tampoco tenía tarjeta de crédito, sólo un poco de dinero que me duraría un par de semanas. Él me respondió que no me preocupara por el dinero. Sólo debía firmar mi contrato y él se encargaría de darme algo de dinero lo más pronto posible.

Llamó a Rebecca y le pidió que pusiera a Weinstein al teléfono. Me miró y me dijo que era un muy buen abogado. Él podía ayudarme con mi divorcio. Me preguntó qué había pasado; él podía notar que Sebastián no quería que yo tuviera éxito en mi carrera musical.

Le dije que era peor que eso; yo sólo quería terminar con mi matrimonio y estar segura de que Sebastián no pudiera encontrarme. Podía notar que Alfred entendía el miedo que sentía.

Rebecca regresó para informarnos que Weinstein estaba al teléfono. Alfred le pidió a Rebecca que me llevara a su oficina, mientras él hablaba con Weinstein. Accedí y le insistí: "Por favor, no le digan a Sebastián que estoy aquí". Él me prometió que no lo haría.

Después de 15 minutos, Alfred me llamó y me pidió que entrara nuevamente a su oficina. Me dijo que Weinstein vendría al estudio en una hora, y que se reuniría conmigo después de otra junta que tenían programada. Alfred también me recomendó que usara a Weinstein para revisar mi contrato. Me preguntó dónde me estaba hospedando y le dije que, en un hotel, sin dar el nombre. Me sugirió que podía quedarme con Rebecca hasta mi reunión con Weinstein, y me dijo que, si necesitaba algo, le dijera a ella con toda confianza.

También me comentó que él me estuvo esperando para que viniera a firmar mi contrato. Me ofreció trabajar en un dueto con Louis Franc. Le dije que estaba encantada con la propuesta. Alfred le pidió a Rebecca que llamara a Louis para agendar una cita y comenzar las pruebas. Había sido una mañana muy dura, pero tenía esperanza en que todo se acomodaría pronto. Ahora, tenía la oportunidad de conocer a Louis Franc y, probablemente, cantar un dueto con él.

Después de que Rebecca y yo comimos el almuerzo, Weinstein me llamó. Era un hombre de avanzada edad. Me preguntó qué necesitaba sin interrogarme, lo que me hizo sentir mucho más cómoda. Me dijo que contactaría a Sebastián para informarle que él me estaría representando durante el proceso de divorcio. También me daría el apoyo necesario para recuperar mis identificaciones. Le comenté que no quería nada de él, sólo el divorcio, y, si era posible, impedir que Sebastián se me acercara.

Weinstein me comentó que toda nuestra charla era confidencial. Como mi abogado, él debía preguntarme si Sebastián me había lastimado de alguna forma física o psicológica. Hice una pausa. Si él iba a defenderme como mi abogado, debía saber la verdad. No le dije nada sobre mi acuerdo con Sebastián, pero sí le comenté que dormíamos en cuartos separados, y que jamás habíamos tenido contacto físico. Le conté sobre el incidente de los pantalones cortos que ocurrió el sábado anterior y en el que me golpeó con su cinturón. También le hablé sobre cómo mi espalda estaba llena de moretones y tenía fotos para probarlo. Le insistí en que prefería no incluir eso en los papeles del divorcio.

Weinstein me dijo que intentaría conseguir una orden de restricción para mantener a Sebastián lo más alejado posible de mí. También haría una revisión de mi contrato para mañana, así podríamos avanzar lo más pronto posible en que yo tuviera algo de dinero.

Después de la reunión, Rebecca me comentó que el ensayo con Louis había quedado programado para el día siguiente a las 10 de la mañana en el estudio con Sam. Louis quería que grabáramos el dueto lo más pronto posible, pues él aún no había encontrado la voz que tanto estaba buscando, así que me deseó suerte y me comentó que una limusina me llevaría a mi hotel para recogerme mañana temprano. Insistí en que no era necesario. Temía que con la limusina ellos pudieran averiguar el hotel donde me encontraba, y, en realidad, todavía no estaba segura de en quién podía confiar

Llegué al estudio a las 9:30 a.m., tomé un panecillo y me serví un café. Mientras, esperaba a que Sam apareciera, siempre desayunaba antes de entrar al cuarto de grabación. Como lo imaginé, llegó diez minutos después, traía su desayuno en la mano y se sentó a un lado de mí. Me informó que Louis le había enviado un mensaje, avisándole que llegaría tarde, pero quería que cantara y grabara tres canciones. Después, Sam debía enviarle mi grabación, sólo entonces, él podría decidir si estaba interesado en venir al estudio.

Las canciones eran de Marc Anthony: *When I dream at night*, *You sang to me*, y la canción que grabó con Jennifer Lopez, *No me ames*. Eran dos canciones en inglés y una en español. Supuse que quería probar mi acento en ambos idiomas. Estaba familiarizada con las canciones, así que sería sencillo.

Al mediodía, cuando terminamos de grabar, Sam envió a Louis las grabaciones. Fuimos a almorzar mientras esperábamos su respuesta. A la una de la tarde, regresamos al cuarto de grabación, cuando, de repente, la puerta se abrió. Louis Franc y Alfred entraron en la habitación. Nos presentaron, y en ese momento, Louis preguntó por qué nadie le había dicho lo alta y hermosa que era. Me dijo que mi voz le había gustado mucho en ambos idiomas, español e inglés. Sonreí, pero no pude responder. Cada vez que conocía a algún hombre por primera vez, lo primero que salía de su boca era algún comentario sobre lo hermosa que era, y yo sólo me quedaba callada, quería evitar esos comentarios lo más posible.

Él le dijo a Sam que me diera las letras y la música para el dueto, me comentó que tenía dos días para practicar, y Sam debía enviar mi grabación. Si le gustaba, agendaría una cita para que comenzáramos a practicar juntos la siguiente semana. Sonreí y dije: "Gracias por la oportunidad". Él me dio un gran abrazo, demasiado duradero y fuerte para mi gusto. Sabía que estaría muy ocupada con Louis de ahora en adelante.

Alfred me pidió que no me fuera, pues Weinstein estaba en camino para reunirse conmigo. Había hablado con Sebastián.

Mi contrato estaba listo, entonces, también podían darme un adelanto en cuanto abriera mi cuenta bancaria.

Alfred me llamó a su oficina, donde Weinstein esperaba por mí. Por la mirada de mi abogado, podía notar que algo andaba mal. Le pregunté qué ocurría y él me pidió que primero nos enfocáramos en firmar el contrato para que Alfred me diera un adelanto. Él transferiría el dinero a la cuenta de Weinstein y me daría el efectivo hasta que lograra divorciarme y resolver los problemas de mi nombre e identificación.

Firmé el contrato, y le pregunté qué pasaría si finalmente grababa el dueto con Louis. Él me dijo que sería un contrato distinto que debía negociarse directamente con Louis. Una vez que terminamos la reunión, mi abogado le preguntó a Alfred si podíamos vernos en privado para hablar sobre el tema de Sebastián. Pensaba que el principal problema era el dinero y el contrato, pero después me di cuenta de que mi principal obstáculo era definitivamente Sebastián. Alfred nos llevó hacia una oficina vacía con un escritorio y dos sillas. Antes de entrar me dijo que por favor le llamara si tenía alguna duda o si necesitaba algo de ayuda. Era un hombre mayor, pero podía notar que su interés por mí no era por atracción física, sino que realmente me estaba cuidando.

Weinstein se sentó en el escritorio y yo me senté en la silla frente a él. Le pregunté: "¿Es tan grave?" Me contó que Sebastián quería mi dinero y, sólo así, me daría el divorcio rápidamente. También me informó que un juez había girado una orden de restricción inmediatamente después de que comenzó el proceso, así que Sebastián no podía contactarme, y si lo hacía, podía llamar a la policía y él iría a prisión.

"Ni siquiera tengo dinero, ¿cuánto quiere?", pregunté. "Bueno, tienes dos opciones: si peleamos en la corte, eso podría prolongarse hasta un año y te dejaría sin dinero, incluyendo el adelanto que te daremos pronto, ya que todo ese dinero debe ser declarado en tu acuerdo de divorcio. La otra opción es darle lo que quiere, él te da el divorcio y mantenemos la orden de restricción", respondió mi abogado.

Alfred le había contado a Weinstein que Louis me daría un contrato pronto, pero primero debía grabar la canción y, finalmente, tomaría un par de meses el que yo pudiera obtener ese dinero. En ese momento, me recomendó no firmar el contrato con Louis hasta obtener el divorcio.

—Entonces, ¿cuánto dinero quiere?, repetí la pregunta.

—Él quiere todo, los 200 mil dólares. Podríamos hacer todo lo más rápido posible. Si decides no reclamar nada de su negocio o su casa, él te dejará en paz para siempre. Sólo debes tomar una decisión, replicó Weinstein.

—¿Cómo se supone que viva durante los próximos seis meses? —insistí con preocupación— Mi cuarto de hotel me está costando 200 dólares al día.

Él me preguntó si tenía amigos con quienes pudiera quedarme todo ese tiempo. Y sólo pude pensar en una persona a quien yo consideraba realmente como mi amiga, Rosa, la tía de Sebastián.

Nunca le conté a Weinstein que yo era una huérfana. Mucho menos le hablé de la vida que viví con Varona. Sólo mencioné mis intenciones de cambiar mi nombre a Carmen Valdez en cuanto consiguiera el divorcio. Así que decidí contarle toda la verdad, que fui una niña huérfana de Chicago, le platiqué sobre cómo viví en un orfanato hasta los 15 años, cuando el lugar se incendió. Mi nombre era Carmen, y en ese lugar me habían colocado el apellido de "Valdez", como nombraban a todos los huérfanos latinos. No le hablé sobre mi acta de nacimiento ni del pasaporte que me dio Varona con el nombre de Juliet. Ahora tenía esperanzas de tener una carrera musical, y no quería que esa parte de mi vida se hiciera pública.

Weinstein me dijo que lo pensara toda la noche, pero que no permitiera que Sebastián contratara a un abogado, porque lo que estaba haciendo aquí en el estudio podría darse a conocer y hacer que Sebastián buscará un acuerdo más alto. Le pregunté cómo iba a pagar sus honorarios, y me dijo que no me preocupara por eso hasta que me divorciara y me pagaran por el dueto de Louis.

Regresé a la oficina de Alfred, y Rebecca me dijo que él se encontraba en una junta, así que me fui al hotel. Tenía mucho que pensar y decidir. ¿Cómo fue que la víctima de maltrato, ahora se convertía en el cofre del tesoro de Sebastián, para gastar dinero en el casino?

Decidí tomarme el fin de semana para practicar mi canción, pues ya el lunes comenzaríamos a trabajar en ella. En medio de los ensayos, decidiría qué hacer con Sebastián. Tenía suficiente dinero para pagar la comida y el cuarto de hotel durante dos semanas. Debía concentrarme en conseguir un contrato con Louis, ese dueto seguramente me daría estabilidad financiera en el futuro. Comenzaba a alcanzar notas más altas, y estos pequeños logros me daban mucha confianza para seguir con mi sueño de convertirme en cantante.

Lunes, la grabación siguió su curso sin problemas. Louis recibió las grabaciones y, nuevamente, esperamos. Alfred entró a la cabina de grabación para darme la noticia de que Louis finalmente me había elegido como la cantante para el dueto. Comenzaríamos los ensayos al día siguiente a las 10 de la mañana. Alfred me pidió que fuera a su oficina porque Weinstein y yo necesitábamos hablar de lo que haríamos con Sebastián y sobre su negociación para el dueto.

Weinstein me dijo que Sebastián quería una respuesta a la brevedad o contrataría a un abogado a la mañana siguiente. Le comenté que entre más rápido me deshiciera de Sebastián, mejor. Insistí: "Le daré los 200 mil en cuanto firme los papeles de divorcio, y podemos hacerlo en dos semanas". Weinstein aceptó y me comentó que no habría problema. No se trataba de una disolución impugnada, tampoco había propiedades por repartir. Él programaría el divorcio para dentro de dos semanas, esperando con eso detener a Sebastián, al menos por ahora.

Weinstein recalcó que había tomado la decisión correcta, antes de que Sebastián se enterara del dueto con Louis. Él había escuchado mis grabaciones, y estaba seguro de que, algún día, el dinero no sería un problema en mi vida.

También me contó que Louis era un hombre rico. Además de cantar, él y su mejor amigo y socio Carlos Rubio, quien también tenía una o dos canciones latinas grabadas, se encargaban de representar a más cantantes de origen latino. Louis se había especializado en la grabación de videos musicales; mientras Carlos estaba a cargo de cuestiones administrativas y de decisiones financieras. Louis era un mujeriego que amaba la fiesta, por lo que Weinstein me advirtió que tuviera cuidado. Yo ya lo suponía. Mi abogado también me comentó que negociaría con Carlos y estaba segura de que me tratarían de forma justa. Pero una vez más, nada de esto sería posible hasta conseguir el divorcio.

A la mañana siguiente, comencé lo que llamé como los días de "huye al primer contacto". Louis Intentó tocar cada parte de mi cuerpo: mis brazos, rodillas, espalda, y hasta mis hombros; en cuanto eso ocurría, yo intentaba alejarme lo más rápido posible de él dentro de esa cabina de grabación. Después de unos días, logré demostrarle que mi voz hacía muy buena armonía con la suya. Así que decidí que era el momento de detener el juego.

Me senté y comencé a repasar la letra de la canción. En ese momento, él entró y se dirigió directo a mi cuello, intentando darme un masaje innecesario. Me levanté con mi guitarra en la mano, la utilicé como una barrera entre nuestros cuerpos, y le dije:

—¡BASTA! Estoy atravesando por un divorcio, y lo último que necesito es a un pulpo intentando acostarse conmigo. Así que, tú decides, en este instante, podemos ser amigos, trabajar juntos y crear una excelente canción, la cual me han dicho tiene muchas oportunidades de ganar un Grammy Latino, cosa que ambos necesitamos, o me voy de aquí.

Él quedó sorprendido y exclamó:

—¡Vaya! La bella jovencita realmente tiene una voz —entonces, su mirada falsa e inmadura se convirtió en una expresión sincera—. Siéntate. Tienes razón, y me disculpo por mi actitud. Carlos, mi mejor amigo, dice que jamás voy a crecer. Siempre intento alardear y mantener mi mala reputación de mujeriego.

Siguió hablando:

—Sabes, por estos pasillos se corre la voz rápidamente, y sé cuán importante es esta canción para tu carrera y tu estabilidad económica.

Él se enteró sobre cómo el imbécil de mi exesposo quería tomar el único dinero que estaba a punto de ganar a cambio del divorcio. Ante todo esto, él añadió:

—Me creas o no, admiro todo lo que estás haciendo, y le dije a Carlos, mi socio, que te pagara el máximo en un contrato como éste. Tienes mucho potencial y quiero ayudarte a triunfar. Y no, no te elegí por tu triste historia, o porque seas increíblemente bella, que en realidad lo eres, sino porque tú y tu voz se ha ganado ser parte de este proyecto. Esta canción no sería lo mismo sin tu voz y sin los cambios que hiciste a la letra.

Le agradecí y, por primera vez en mi vida, finalmente había logrado levantarme como un león furioso y, con suerte, había logrado domesticar y convertir a Louis en un minino, al menos por hoy. Con un suspiro, regresamos a trabajar y nuestras voces se fusionaron en un sensual dúo de salsa. Claro, sin que hubiera tensión sexual entre nosotros, si él tan solo supiera que esta gatita aún era virgen.

Para el viernes, hicimos los primeros ensayos de grabación. Le hice algunos ajustes a la letra, de hecho, comenzaba a disfrutar la composición musical, tanto como cantar. Ya era tarde y él dijo: "Dejemos a nuestras cuerdas vocales descansar durante el fin de semana y regresemos a grabar el lunes". Estuve de acuerdo con su decisión.

Estaba cansada y hambrienta, pero, mientras caminábamos hacia la entrada, me propuso que fuéramos a Versalles, un restaurante cubano, a comer algo. "Como amigos, te prometo que iremos en paz, sólo a cenar, no te hostigaré como un pulpo", insistió. Le conté que había escuchado sobre ese lugar, pero nunca había ido, y, sinceramente, extrañaba la comida cubana de Rosa. Entonces, le dije: "Está bien. Vamos". Pidió la limusina y eso me hizo sentir a salvo. Realmente no quería estar en un auto sola con él.

En el camino al restaurante, Rosa me llamó. Quería saber cómo estaba y me contó que ya no trabajaba con Sebastián. Ella estaba muy sorprendida de que él quisiera quitarme todo mi dinero a cambio del divorcio. Yo le dije que la extrañaba mucho, y que no se preocupara por mí, que estaría bien. Le pregunté dónde estaba trabajando y me dijo que todavía no encontraba trabajo. Le reiteré que no se angustiara, pues era la mejor cocinera cubana en Miami, seguramente pronto encontraría una oportunidad. Le prometí llamarla de nuevo al día siguiente.

Cuando colgamos, Louis me preguntó si era Rosa, la cocinera, al teléfono. Ya le había contado sobre ella. Le dije que sí, y que ella me había cuidado desde mi adolescencia. Era como mi familia, era la tía del desgraciado de mi ex, por ella lo conocí.

Llegamos al restaurante, cuando la mesera se acercó a nuestra mesa, me preguntó si quería ordenar algo de tomar mientras veíamos la carta. Él pidió una cerveza Heineken y me preguntó si yo quería una. Le respondí que yo quería algo de vino, pero también quería probar la cerveza. Entonces, le pidió a la mesera una Budweiser para mí, otra "primera vez" en mi vida. Ordené el picadillo (uno de mis platillos favoritos hecho de carne molida). Estuvo bien, pero no como el de Rosa.

Louis y yo platicamos durante tres horas. La tensión se había ido. Me sentí un poco borracha, y sentí algo que nunca había sentido con el vino.

Louis se dio cuenta y me dijo que no era su culpa si yo me estaba emborrachando, sólo había tomado media cerveza. No entendía cómo media cerveza podía ponerme así, ya que antes solía tomar una o dos copas de vino durante la cena. Me reí y le dije: "Realmente me gusta esta cerveza, me hace sentir con ganas de pararme a bailar". Él estaba sonriendo y me dijo que estaba feliz de que pudiera relajarme, porque siempre estaba muy seria.

Comencé a contarle algunos detalles de mi vida, incluyendo que aún era virgen. La cerveza estaba guiando toda la conversación. Me preguntó dónde vivía, y le conté que me estaba quedando en un hotel, al menos por una semana más, hasta quedarme sin dinero. Se quedó pensando en silencio y, entonces, me dijo, tengo una oferta que hacerte, sin ataduras ni compromiso, sólo como amigos. No me contestes ahora mismo, sólo piénsalo durante el fin de semana".

No me gustaba hacia donde iba la conversación. Un hombre intentando ofrecerme algo no había salido bien las dos veces anteriores. Entonces, le dije: "Gracias por cenar conmigo como mi amigo y por compartir conmigo el momento de mi primera cerveza, pero estoy cansada y quisiera ir a descansar". Me comentó que me llevara la limusina y él pediría un Uber. Me levanté para irme y me dijo: "Necesito tu número para enviarte mañana un mensaje con mi oferta". Se levantó y ambos quedamos al mismo nivel, pensé por un momento, él se había comportado, ¿cómo podía hacerme daño el darle mi número de teléfono. No me estaba preguntando en qué hotel me encontraba, sólo quería mi número. Como me vio con algunas dudas, me dijo:

—Toma mi número, puedes llamarme en caso de que necesites un amigo, y tú decidirás cuándo darme tu número. Te mandaré mi oferta en la mañana y, si tienes alguna duda, puedes llamarme, o podemos discutirlo el domingo a la hora del desayuno, o en el estudio después de la grabación, tú decides.

Acepté el trato y le di mi número de teléfono. Cuando llegamos a la entrada del restaurante, le dije que tomaría Uber. Ya había descargado la aplicación. Sabía que, si tomaba la limusina, él sabría dónde encontrarme. Cuando la limusina llegó, yo ya me había ido.

Como lo había prometido, mi teléfono sonó a las nueve de la mañana de aquel sábado, con muchos mensajes donde me hablaba de su oferta. Él me ofreció entrevistar a Rosa para el puesto de cocinera de lunes a viernes. Él ya contaba con una ama de llaves que trajo de Puerto Rico, de donde él venía. Su nombre era Consuelo, pero le decían Coqui. Ella era muy buena en su trabajo, pero muy mala cocinera. Coqui vivía en la casa, y tomaba dos semanas de vacaciones cada dos meses para visitar a su familia puertorriqueña.

Ella no tenía hijos, debido a un aborto clandestino que tuvo a los 16 años. Hace muchos años, este tipo de situaciones era muy común en distintos países de Latinoamérica, donde el aborto se utiliza como un mecanismo de control natal para familias de bajos recursos, principalmente, las más afectadas son mujeres sin educación. En ese entonces, Coqui desarrolló una infección de ese aborto, lo que resultó en una histerectomía. Por eso, ella nunca se casó, y, probablemente, se quedaría con Louis para siempre. Rosa podía ser buena compañía para ella, si ambos llegaban a un acuerdo.

Entonces, su oferta era llevarme a vivir a su casa, en un cuarto diferente al suyo y en una inmensa casa, hasta que consiguiera el divorcio, pudiera firmar el contrato y, entonces, recibir el dinero por nuestra canción. Rosa cocinaría para él y me cuidaría, como siempre lo había hecho desde que yo era una adolescente. Él siempre debía comer fuera antes de volver a casa, así que era un ganar-ganar para nosotros cuatro.

Como Coqui siempre estaba en casa, yo jamás estaría sola, y, probablemente, lograría mudarme antes de su siguiente viaje a Puerto Rico, en dos semanas. Él prometió respetarme a mí y mantener nuestra relación como amigos. Él sabía que yo no estaba lista para iniciar otra relación en ese momento. Presionarme sólo lograría que yo huyera de él, y él no quería que eso pasara.

Contacté a Rosa y le expliqué todo, que Louis nos ofrecía una oportunidad a ambas. Le mandé todos los mensajes de Louis, para que ella pudiera leerlos. Me dijo que ella haría todo lo que yo quería, pues necesitaba el trabajo. Su único miedo era que yo me involucrara en otra relación volátil con otro hombre, sólo por ayudarla. Pensó en que lo mejor era verme en el hotel después de ir a misa, y juntas iríamos a conocer a Louis, para su entrevista. Eso nos ayudaría a ambas a decidir.

Le dije que le debía dos mil dólares, pero peor que eso era que sólo me quedaba dinero para una semana más en el hotel y para comprar comida. Mi divorcio tomaría dos semanas más, y todavía ni siquiera grababa el dueto. Todavía no conseguiría dinero sino hasta dentro de dos meses, al menos. Colgué. Sabía, muy en el fondo de mi corazón, que aceptar la oferta de Louis era mi única salida. Sólo podía rezar porque él fuera un hombre de palabra. No sentía atracción por él como hombre, como ocurrió cuando conocí a Sebastián. Pero estaba atrapada en un callejón sin salida, con Louis como mi única escapatoria.

"Domingo. Ocho de la mañana", recibí un mensaje de Louis.

"¿Desayunamos?", decía el siguiente mensaje.

Le respondí que Rosa había aceptado reunirse con él para la entrevista, y, según como eso resultara, seguiríamos adelante. Le pregunté si estaba disponible ese mismo día a las tres de la tarde. Su siguiente mensaje fue su dirección y me preguntó si necesitaba una limusina o pediría Uber para no dejarlo saber mi ubicación. "Ja, ja. La inteligente minina ataca de nuevo", dijo. Sólo me reí y le dije que lo vería a las tres en punto en su casa. Tenía pensado llegar en Uber.

"Gracias, amigo", respondí.

Rosa y yo llegamos a la gran mansión con un guardia de seguridad en la puerta. Nos dejaron entrar. Nos llevaron por un camino largo y sinuoso hasta la puerta principal. La casa de Varona era grande, pero esta era una mansión. Weinstein no bromeaba cuando me dijo que Louis era un hombre muy rico. Todo lo que Rosa pudo decir fue: "¡Hay, Mamá!"

Tocamos la puerta y una mujer vestida de mucama abrió la puerta, se presentó y dijo que era Coqui. Resultó que Rosa y ella iban a la misma iglesia, y ya habían hablado varias veces. Comentaron sobre lo pequeño que era el mundo. La seguimos por una inmensa escalera, para llegar al segundo piso. Después, fuimos hacia la izquierda, hasta que llegamos a una puerta con dos entradas, que llevaba hacia otra habitación de gran tamaño. Todo estaba decorado de color amarillo pastel, y había una cama *king size*. El cuarto también tenía un espacio para sentarse con un sofá muy amplio y dos sillones más. No podía ni siquiera imaginar cómo lucía el baño. Rosa y yo nos miramos. No podíamos creer lo que estábamos mirando.

Dude si era el cuarto de Louis. Parecía más un cuarto para una mujer. Pensé en que quizás esa era la habitación donde me permitirían quedarme. Coqui me dijo que esperara ahí, hasta que Rosa terminara su entrevista con el señor Franc. Rosa no podía resistir y le preguntó a Coqui si este era el cuarto del señor Franc. Ella respondió que no, y con un gesto, me señaló y comentó que este sería mi cuarto. Coqui llevó a Rosa abajo para reunirse con Louis. Pensé en que, entonces, esta sería mi segunda habitación, por tercera vez. Ahora, sólo me quedaba esperar a que Rosa terminara su entrevista.

Pasaron 45 minutos, cuando Rosa entró de nuevo a la habitación, lucía muy seria. Le pregunté qué había pasado. Me dijo que había aceptado el puesto, ya que la paga era buena y pensó que sería fácil trabajar con Coqui. Todo dependía de que yo también aceptara vivir ahí, ya que ella sólo se quedaría, si yo hacía lo mismo.

Entonces, le pregunté: "¿Por qué esa cara larga?" Me dijo que no podía decirme exactamente la razón, pero había algo en Louis que le hacía pensar que escondía algo. No le parecía una persona sincera.

Louis me esperaba en su oficina. Y le había dicho a Rosa que me llamara para ir a verlo. Caminé hacia su oficina. Todo en su casa estaba elaborado con piso de mármol, candelabros, e, incluso, perillas de oro, cada espacio gritaba: "en esta casa hay dinero".

Louis señaló la gran silla de piel frente al escritorio, invitándome a sentarme. Dijo que todo había ido bien con Rosa, que sólo estaba pendiente mi aprobación. Me dijo que el cuarto en que esperé sería el mío mientras yo aceptara. Había un par de condiciones: un experto en moda me ayudaría a tener un guardarropa adecuado, y, mientras viviera en esa casa, debía vestirme bien. Tenía muchos amigos que asistían a grandes fiestas aquí, y no debía socializar con ellos, pero no debían pensar que yo era parte del personal de servicio.

Había mucha gente a quien él podía presentarme, y me podía ayudar con mi carrera musical. Acepté con la condición de que todos los gastos en ropa serían deducidos del dinero que recibiría por la canción. Louis sonrió y aceptó.

Además, una cosa más. Él era asmático, así que le dijo a Rosa que no podía usar perfumes de olor fuerte dentro de la casa. Le conté que yo también tenía un problema con ese tipo de aromas. Una vez fui a cenar a un pequeño restaurante que tenía arreglos florales en todas partes. No podía respirar; incluso, llamaron a los cuerpos de emergencia, quienes me administraron una inyección de EpiPen. Yo sólo utilizaba Luvscent para mi cabello, y él me dijo que debía olerlo antes de que lo usara.

Se levantó, caminó hacia mí y me dijo: "Mi casa es tu casa". Pude identificar el olor a alcohol en su aliento. Él sólo tomaba champán, común en las Mimosas del desayuno. Lo tomaba para el resto del día y la noche. Sus ojos estaban rojos y lucía como si no hubiera dormido. Entonces, me dijo: "Múdate aquí el lunes, y ese día nos vemos". Salió. Pude notar a lo que se refería Rosa cuando decía que no confiaba en él, era como si dejara la historia incompleta. Estaba ocultando algo.

Llegó el lunes, y Rosa y yo nos mudamos a casa de Louis Franc. Coqui me mostró mi habitación y, después, me llevó al estudio musical y al gimnasio, ambos estaban en el primer piso, a un costado de la cocina. Louis le dijo que podía usar todo el equipo que necesitara. Él me notificaría esa noche del horario de grabación para la semana. Le pregunté a Coqui dónde estaba Louis y ella me dijo que él dormía hasta el mediodía, o hasta más tarde, según la hora en que regresaba en la noche. Rosa siempre debía tener la comida lista, en caso de que él estuviera en casa. Él jamás le dijo a Coqui cuándo estaría ahí para la hora de la comida.

Mientras desayunábamos, Coqui nos contó que Louis venía de una familia puertorriqueña muy adinerada. Lo enviaron a Miami desde muy joven, a una escuela católica, después, conoció a su mejor amigo y socio, Carlos Rubio, cuando ambos iban en la preparatoria. Después de graduarse, fueron a la Universidad de Miami, y ambos vivieron en esta casa hasta que terminaron sus estudios. Coqui cuidó de ellos siempre. Carlos se mudó al terminar la universidad y, aunque la familia de Louis quería que él regresara a Puerto Rico, él prefirió quedarse en Miami. A su familia nunca le gustó su estilo de vida tan fiestero.

Así que nos instalamos. Casi no vi a Louis esa primera semana. Estuve esperando por la fecha para comenzar a grabar, pero él estaba en "modo fiesta" todo el tiempo, como Coqui solía decir. Su habitación estaba al otro lado del segundo piso, del lado opuesto de la casa. También tenía dos grandes puertas que siempre estaban cerradas.

Finalmente, una tarde pude verlo. Me dijo que tenía razón, pues Rosa era una excelente cocinera. Le pregunté cuándo empezaríamos a grabar. Me dijo que él me avisaría cuando tuviera ánimos para cantar. Unos amigos suyos habían venido de visita a la ciudad, y él les estaba mostrando cómo era andar de fiesta en South Beach.

No quería presionarlo; después de todo, él me había salvado de vivir en la calle. Entonces, debía ser paciente y esperar a que él decidiera terminar el dueto. Decidí llamar a Alfred al día siguiente para informarle sobre lo que estaba pasando, quizás él podía presionarlo para terminar la canción. Entre más pronto grabara, más rápido me pagarían, Rosa y yo podríamos irnos, y yo podría rentar mi propio apartamento.

Hablé con Alfred, y me dijo que Louis era un niño rico que jamás maduró. En realidad, él no necesitaba dinero de ninguna canción. Entendió mi punto y me dijo que hablaría con Carlos para ver si podía hacerlo entrar en razón. Mientras tanto, opté por trabajar en mis canciones para mantener la calma. Tenía esperanza en que Carlos, su amigo y socio, lo haría recapacitar.

Cada noche, Louis se arreglaba y alardeaba sobre su cita con una modelo, y se iba con unas cuantas botellas de champán caro. Siempre me invitaba, pero luego terminaba diciendo: "Olvídalo, eres demasiado aburrida". Yo sólo sonreía, y pensaba: "Tienes todo el dinero del mundo y lo único que haces es tirarlo a la basura".

Weinstein finalmente me llamó para informarme que el proceso de divorcio había terminado. Le agradecí y le pregunté si había alguna manera en que pudiera reunirme con Carlos. Le expliqué que Louis no tenía ninguna prisa por terminar la canción, y yo dependía de ese dueto para tener dinero, ya que el divorcio me había dejado sin un peso. Me dijo que me había advertido sobre Louis. Él llamaría a Carlos para ver si podía convencerlo de terminar la canción.

Dos días después, cuando bajé las escaleras, Coqui me dijo que Louis me estaba esperando afuera, en la piscina. Me preparé un café y salí, con la esperanza de que Carlos lo hubiera convencido de terminar la canción. Me senté y esperé a que él iniciara la conversación. Me miró por la parte superior de sus lentes oscuros y me preguntó si tenía todo lo que necesitaba. Entonces, le dije que sí, que mi divorcio finalmente había terminado y yo realmente quería terminar la canción para tener dinero y no depender más de él, aunque estaba sumamente agradecida por todo el apoyo.

Me dijo que me podía dar mucho más dinero de lo acordado por el dueto. Esa paga no era nada, en comparación con todo lo que podía ofrecerme. Tan sólo con escucharlo y pensar sobre su nueva oferta, ahora que me había divorciado, mi corazón se hundía dentro de mi pecho. Otra oferta. Me senté en silencio por un minuto, mientras mi corazón golpeaba mi pecho, evitando que pudiera pronunciar una palabra. Respiré profundo y le dije que sólo quería terminar nuestra canción. No necesitaba mucho dinero. Yo sólo intentaba mantener la conversación en el tema de nuestra canción.

Ignoró mi respuesta y me dijo que su herencia se basaba en condiciones, como terminar la escuela. Para poder recibir la parte más grande del dinero, él necesitaba casarse; y tendría el resto de su herencia, una vez que tuviera un hijo. Únicamente si su esposa no podía tener hijos, él se quedaría con la última parte de ese dinero.

La joven con la que salía de fiesta no tenía el perfil para convertirse en su esposa, y su familia debía aprobar a la mujer con quien él se casaría. Sólo así, él podría reclamar su herencia.

Él me daría 10 millones de dólares por casarme con él, pero debía acordar reunirme con él una vez al mes, cuando estuviera ovulando, para tener sexo con él. No debía desvestirme por completo, sólo quitarme las bragas por unos minutos en esos días. Si en dos años, yo no quedaba embarazada, entonces él podía obtener un certificado del doctor, donde establecía que yo era incapaz de tener hijos. Sólo debía tener un hijo suyo que pudiera llevar su apellido. Yo me quedaría con la custodia del niño, y, por supuesto, al niño también lo esperaría una herencia inmensa.

Él sabía que yo no pertenecía a su clase social, pero su familia estaría feliz conmigo, tomando en cuenta el tipo de mujeres con quienes él salía. El matrimonio debía durar dos años. Si yo podía darle un hijo, entonces, yo recibiría otros 10 millones. No debíamos enamorarnos; todo era para mantener una imagen. Podía quedarme en la habitación que utilizaba actualmente, pero debía asistir con él a las reuniones familiares y hacer creer a todos que estábamos felizmente casados, incluso a Rosa y a Coqui.

Me dijo que sólo terminaría el dueto conmigo si yo aceptaba su nueva oferta. Me levanté de la silla y le dije que ahora entendía por qué me había ayudado. Él no necesitaba una cocinera, él me quería a mí porque no era una chica que pasaba la vida de fiesta, también porque sabía que yo estaba en la quiebra, y pasando por un divorcio. Me había presionado sólo para utilizarme y conseguir su herencia. Ahora, estaba atrapada en su casa, sin dinero, y con Rosa, quien necesitaba el trabajo. Me di la media vuelta y me fui sin derramar una sola lágrima hasta que llegué a mi cuarto.

Me encerré en mi habitación. No quería que Rosa se enterara de lo ocurrido. Yo nos había puesto a ambas en esta situación. Ella necesitaba el trabajo más que nunca, su yerno había dejado de trabajar con Sebastián cuando Rosa renunció, y aún no encontraba trabajo. La familia de su hija necesitaba su salario para pagar las cuentas.

Me recosté en mi cama mirando al techo. Me sentía como si me hubieran golpeado, no de forma física, pero sí emocionalmente. Eso dolía mucho más. Aceptar la oferta de Louis implicaba quedar atrapada dos años más de mi vida, bajo el control de un joven borracho e inmaduro. Perdería mi virginidad con un hombre que no amo. Dos años más en esta habitación, completamente sola.

Ni siquiera podía decirle a Rosa. Si le decía, ella se iría sin mí y yo no podría acompañarla porque, a pesar de todo, era la tía de Sebastián. Y yo no quería ningún vínculo con él. Rosa le había dado la espalda a Sebastián para protegerme, y yo todavía le debía dos mil dólares. Yo sabía que su familia necesitaba ese dinero ahora mismo.

Una vez más, la vida había dado un giro inesperado. Yo sabía que me encontraba en un callejón sin salida, pero, esta vez, yo pondría las condiciones. Llamé a Weinstein, y le dije que necesitaba verlo en ese instante. También le debía dinero por mi divorcio, y no podía confiar en ningún otro abogado relacionado con Louis. Me dijo que estaría en el estudio, y podíamos reunirnos después del almuerzo, a las dos de la tarde.

Dejé la casa y pedí un Uber. Le dije a Rosa que iría al estudio a recoger mi libreta de canciones que dejé en la oficina de Sam. Le llamaría en cuanto estuviera de regreso. Odio mentirle, pero no iba a lastimarla económicamente ni a ella ni a su familia. Este era mi problema, y yo debía lidiar con él, incluso si implicaba mentirle a Rosa.

Le conté todo a Weinstein, estaba sorprendido de que aceptara el acuerdo de matrimonio con beneficios. Pero entendió que mi preocupación era no afectar a Rosa económicamente. Él pensó que era un gran sacrificio de mi parte. Él no sabía que ya había pasado por algo similar antes, y mientras Louis no me pegara, podía aguantar dos años, y después darle a Rosa la mitad del dinero que obtuviera de él. Así, ella nunca más tendría que trabajar o cocinar para alguien de nuevo. Weinstein me dijo que trabajaría en el contrato y notificaría a Louis cuando estuviera listo.

Cuando llegué a casa, Louis estaba en su oficina, así que entré y le dije lo que había platicado con Weinstein, y que estaba de acuerdo en casarme con él por dos años. Quería que esto quedara sólo entre Weinstein y nosotros dos. No quería que Coqui o Rosa, o alguno de sus amigos o familia se enterara de la verdad. Si esto se daba a conocer, él debía pagar 10 millones por incumplimiento de contrato. Si él me pegaba, también estaría incumpliendo las cláusulas.

Le aseguré que, por mi parte, yo no diría nada. Mi única intención era obtener el dinero y darle la mitad a Rosa por todos los años que había cuidado de mí. Él no podía tocarme salvo una vez al mes para intentar embarazarme, nada de besos u otras formas de afecto. Tampoco íbamos a dar explicaciones a nadie sobre por qué dormíamos en cuartos separados.

Como parte del contrato, debíamos terminar inmediatamente la grabación del dueto. En ese tiempo, yo necesitaba 20 mil dólares de adelanto por la canción. Necesitaba pagarle a Rosa y a Weinstein el dinero que les debía. El resto de las ganancias irían a la cuenta de Weinstein hasta terminar estos dos años.

Mi nombre se quedaría como Carmen Valdez, y no aceptaría su apellido. Si iba a estar de acuerdo con tener un hijo suyo, yo tendría la custodia total, y yo establecería las condiciones de las visitas. Jugaría el papel de su esposa por los próximos dos años. Él debía encontrar la manera de hacer creíble esta historia para todas las personas a nuestro alrededor.

Una vez que la canción estuviera completa, nos casaríamos lo más pronto posible, para dar comienzo a esos dos años. Yo asistiría a todos los eventos o reuniones familiares para convencer a su familia y amigos de nuestro deseo de casarnos cuanto antes.

Le conté a Rosa que Louis necesitaba una esposa y un hijo, y como yo era una mujer decente, acordamos casarnos. Era hora para mí de iniciar una familia. No estaba enamorada, pero siempre y cuando él me respetara, y no me hiciera daño físico, podía casarme con él. A Rosa no le gustó la idea, pero le dije que era lo mejor para mí, necesitaba una familia. Ya estaba harta de esperar a mi príncipe azul. Parecía que sólo lograba atraer a los hombres más patanes del mundo.

Terminamos el dueto y firmamos el contrato. Me pagaron 20 mil dólares. Pude pagarle cinco mil dólares a Weinstein por las cuotas de divorcio, y le di a Rosa otros cinco mil. Yo me quedé con 10 mil dólares por si ocurría algo.

Louis y yo anunciamos nuestras intenciones de casarnos y su familia viajó desde Puerto Rico para conocerme, y darme su aprobación. Nuestra historia era que nos habíamos vuelto muy cercanos desde que comenzamos a trabajar en el dueto, el cual, por cierto, se estaba convirtiendo en un éxito. Jugamos bastante bien nuestros papeles frente a su familia. Él me dio un anillo de compromiso antes de que su familia llegara; no pensaba pasar por ninguna de esas tonterías de arrodillarse para pedir matrimonio.

Su familia aprobó nuestro matrimonio y fijamos fecha para la boda dentro de un mes. Probablemente pensaron que estaba embarazada por la forma en que apresuramos las cosas. Si tan sólo supieran.

Una planificadora de bodas se encargaría de todos los preparativos. A mí no me importaba nada, yo sólo debía firmar en la línea punteada y dejar que el tiempo corriera. Su familia se fue el viernes, y Louis me dijo que iríamos el sábado al rancho de Carlos para almorzar con él. Finalmente conocería al amigo misterioso, Carlos Rubio.

Llegamos al rancho ubicado en Homestead. Afuera de la casa estilo granja había dos hermosos caballos ensillados, amarrados a un poste. Uno era negro y el otro tenía el pelaje color café rojizo. Nunca había estado tan cerca de un caballo, pero inmediatamente me sentí atraída por el segundo. Lo acaricié por la espalda. Louis me gritaba que tuviera cuidado porque el caballo podia patearme. Era otra "primera vez" para mí, y no tenía miedo. Me preguntaba cómo iba a soportar el miedo a todo y los lloriqueos de Louis durante los próximos dos años.

Repentinamente, se abrió la puerta y apareció un hombre que parecía estar en sus casi 30 años. No era tan alto como Louis, probablemente era más de la estatura de Sebastián, probablemente, 5'9" o 5'10" de alto. Tenía el cabello café claro, y unos ojos cafés que miraban directamente hacia los míos. Era un hombre con mucha confianza en sí mismo. Ignoró a

Louis y me habló a mí directamente. Me preguntó: "¿Sabes montar?" Le dije que era la primera vez que estaba cerca de un caballo y me gustaría intentarlo. Le pregunté cómo se llamaba aquel fascinante animal que robó mi atención.

Sonrió y me respondió: "Mi nombre es Carlos, y me alegra finalmente poder conocerte, Carmen. Si gustas, me encantaría llevarte a dar tu primer paseo a caballo con Roja. Sólo si a Louis no le molesta porque a él no le gusta acercarse a los caballos". "No necesito permiso", respondí.

Para ese momento, Louis ya se había metido a la casa. Carlos nos dijo que había calentado la parrilla y que los bistecs ya estaban esperando a que llegáramos, entonces, podíamos montar a caballo después del almuerzo. Extendí mi mano derecha y le dije: "Un gusto conocerte, Carlos". Me estrechó la mano con un fuerte apretón. Nunca había sentido algo así. Hasta mis piernas temblaron un poco después de ese momento.

Él abrió la puerta principal y nos llevó al área de la piscina. Se dirigió a la gran parrilla y le gritó a Lisa para presentarme. Le dijo que yo era Carmen, la prometida de Louis. Lisa estaba en una silla a un lado de Louis. Ambos se encontraban mirando sus teléfonos. Ella agitó su mano y me saludó sin siquiera mirarme.

Caminé hacia la parrilla, Carlos se encontraba colocando los filetes mientras tomaba una cerveza. Abrió otra cerveza para mí y me la dio sin siquiera preguntarme si quería una. La tomé y recordé tomarla muy despacio. No quería emborracharme como la primera vez que tomé con Louis. Hoy iba a montar a caballo por primera vez. Entonces, dije:

—Oh, un hombre que realmente prepara su parrillada por sí mismo.

—No toques mi parrilla, él respondió con una sonrisa. Una vez más, me miró fijamente a los ojos.

Cada vez que él me miraba, me hacía sentir como si me estuviera leyendo. ¿Por qué hacía que mis piernas temblaran tanto? Me había convencido de que nunca me agradaría ningún amigo de Louis, pero 15 minutos después de haber conocido a Carlos, descubrí que era muy diferente a mi prometido. Odio admitirlo, pero sentí cierta atracción entre nosotros, y no me refiero necesariamente a una amistad.

Carlos llamó a Louis y a Lisa. "Los bistecs están listos, comamos". Debo enseñarle a esta joven cómo montar a caballo. Me miró de arriba a abajo y me dijo: "Vienes preparada, lindas botas".

Lisa y Louise se levantaron y fueron hacia la parrilla. Carlos le extendió un plato a Lisa y le dijo: "Término medio". Después se dirigió hacia Louis e igual dijo: "Medio". Finalmente, volteó a verme y dijo: "Éste es para ti". Yo le respondí: "A mí no me preguntaste cómo me gustaba la carne". Entonces, él afirmó con mucha confianza: "Estoy seguro de que éste te gustará". Nos sentamos. Lisa era una amiga de Carlos, probablemente una "amiga con beneficios". No había muestras de afecto entre ellos, tal como ocurría entre Louis y yo. Pensé en que quizás Louis y ella debían casarse, todo lo que hacían era estar en su teléfono. Le di una mordida a la carne, y Carlos preguntó: "¿Qué te pareció?". "Bien", respondí. En realidad, estaba perfecto, pero no estaba lista para ceder con él.

Louis le anunció a Carlos la fecha de la boda y que le entregaría una invitación. Louis dijo que quería celebrar la boda en su casa, sería una celebración tan pequeña como su familia lo permitiera. A él realmente no le importaba, pues él no estaba pagando por ello. Mientras hubiera buen champán, su familia podía gastar tanto como quisiera.

Carlos me miró y preguntó: "¿Estás de acuerdo con eso?" Louis interrumpió y dijo que yo quería que una planificadora de bodas se encargara de todo; después, volteó a verme y dijo: "Ah, por cierto, nuestra tradición familiar es que la esposa del primer hijo debe utilizar el vestido de novia de mamá". Louis agregó que su madre lo enviaría con mi estilista para realizar los ajustes necesarios.

Yo sólo respondí que estaba bien. Agregué que ojalá el vestido no estuviera muy corto, ya que yo era al menos seis pulgadas más alta que su mamá. Él encogió los hombros. No podía importarle menos. Carlos sacudió la cabeza en desaprobación. Louis lo miró y le dijo: "Más te vale que estés ahí porque tú serás mi padrino de bodas".

Cuando terminamos de comer, Carlos me miró y dijo: "Vamos por un paseo".

Me levanté y lo seguí. Mientras tanto, Louis gritaba: "Asegúrate de que no se rompa el cuello, la necesito para la boda". Carlos movió la cabeza nuevamente y me miró.

Fuimos afuera y él fue a conseguir una escalera. Entonces, yo le dije: "No, gracias. Sólo dime cómo subirme al caballo". Él me ayudó en todo el proceso. Con un pie en la silla, y gracias a mis piernas fuertes, pude subirme en un segundo. Él me miró y le dije: "Tengo piernas fuertes. Me ejercito todos los días". "Puedo notarlo", respondió.

Él también se subió a su caballo y comenzamos a recorrer el lugar. Era un hermoso día de marzo y no había ni una nube en el cielo. Me sentía en la cima del mundo. Pensé en que quizás estaba viviendo uno de los momentos más felices de mi vida. Nada podía lastimarme en este momento. No podía dejar de sonreír. Carlos también se veía feliz. Me dijo: "Eres una jinete con talento innato". Le pregunté si podíamos ir más rápido; entonces, él respondió: "Claro. Vamos". Él marcó el paso y yo iba justo detrás de él como si tuviera alas en la espalda.

Llegamos al río y él bajó la velocidad. Dijo que debíamos dejar descansar a los caballos y permitirles tomar un poco de agua. Bajé del caballo como vi que él lo hizo. Tomó dos botellas de agua y me dio una. Después caminamos hacia la sombra de un árbol para ocultarnos del sol. Me miró y preguntó: "¿Por qué te casarás con Louis?" Me quedé callada. Supongo que Louis no le había hablado sobre nuestro acuerdo. Entonces, yo pregunté: "¿Por qué no?" Carlos contestó con mucha certeza: "Porque no estás enamorada de él y él te hará sentir a ti, o a cualquier mujer, miserable. Tú no eres el tipo de mujer para Louis".

Después de todo, dije: "Bueno, quizás por eso haremos que funcione". Él respondió: "Estás cometiendo un grave error. Él es mi amigo, pero es un mujeriego. Tú pareces una buena chica, no eres para nada como imaginé que serías". A pesar de que Weinstein le dijo, él también podía notar trabajo duro y muchas ambiciones en mí.

—Entonces no creo que sea por el dinero. Tú y Louis son como el día y la noche, agregó.

—Tú y Lisa tampoco se ven muy enamorados, contesté.

—Por eso jamás me casaría con ella. Además, ¿cuál es la prisa? ¿Estás embarazada?

—No, él jamás me ha tocado.

—¿Y eso es normal para una persona con quien te casarás en menos de 30 días?

No pude seguir con la conversación porque terminaría contando todo e incumpliría el contrato. El teléfono de Carlos sonó y él contestó: "Estaré ahí en 15 minutos". Colgó y dijo:

—Era el hombre con quien te vas a casar, y él quiere que regresemos ya porque tiene una fiesta al rato. Escucha —me comenzó a dar su opinión—, si fueras como las otras mujeres con quienes Louis suele salir, a nadie le importaría, pero Alfred, Weinstein, y ahora yo, estamos preocupados de que te lastime. Por lo que me han contado, te divorciaste recientemente de un hombre que tomó todo tu dinero. Louis es mi amigo, pero él sólo se ama a sí mismo. Quizás no lo has pensado bien. Date más tiempo para estar segura. Te hablo como si fueras una hermana para mí.

Él no me veía de esa manera, aunque así me lo dijera. No dije ni una palabra. Monté mi caballo y cabalgué tan rápido como pude para regresar al rancho.

Necesitaba alejarme de Carlos. Él me ponía a temblar cada vez que me miraba a los ojos. Pensé por un momento, mientras me encontraba recargada contra el tronco del árbol, que él intentaría besarme. Estos dos años serían difíciles, y yo debía mantenerme lo más lejos posible de Carlos. Sabía cómo me miraba; él también sentía esa atracción.

Carlos comenzó a visitarnos con frecuencia para almorzar, con la excusa de que tenía trabajo que discutir con Louis. Intenté alejarme, pero no podía evitarlo. Fue así como inició nuestra amistad. Hablábamos de todo, excepto de Louis, y sus visitas me hacían el día. Solía elegir mi atuendo desde la noche antes de verlo.

Intentaba no demostrar demasiado entusiasmo cuando él estaba cerca para que Rosa no se diera cuenta, pero él disfrutaba hacerme reír y sacarme una sonrisa. Todo el tiempo lo llamaba "mi mejor amigo" para librar cualquier sospecha. Me contó que había terminado con Lisa, en el fondo, eso me hacía muy feliz, pero cuando lo veía, sólo podía decirle cuánto lamentaba la situación. Mentira, mentira, mentira...

Más rápido de lo que pensaba, llegó el día de la boda. Yo estaba en mi cama llorando, no tenía otra opción más que casarme con Louis, por el bien de Rosa. No tenía escapatoria. Me vestí con ese viejo vestido manchado de amarillo y me maquillé. Rosa entró y me vio llorar, me dijo: "No hagas esto, te mereces a un hombre mejor". Le dije que no se preocupara que estaría bien.

Rosa me comentó que ya todos se encontraban en la planta baja y que Carlos le había preguntado si podía subir a verme. Él debía llevarme por las escaleras y entregarme a Louis. Le dije que sí, que le permitiera subir a verme. ¿Podía Carlos salvarme? Tocó la puerta y entró a mi habitación. Pensé en cómo todo sería diferente si estuviera a punto de casarme con él.

Se me acercó, y como siempre, me miró directo a los ojos. Me preguntó: "¿Estás segura de que deseas hacer esto?" No podía mirarlo a los ojos, esperaba a que él me dijera: "No te cases con él, cásate conmigo". Miré al piso y le dije: "Debo casarme con Louis".

—Como gustes, pero yo no voy a entregarte a Louis —me dijo Carlos antes de voltearse e irse.

Supuse que él no podía librarme de su mejor amigo. No era esa clase de persona, y yo no podía escapar de él, así que caminé yo sola por las escaleras para casarme con Louis. No habría luna de miel. Louis les dijo a todos que estaba muy ocupado y que dejaríamos ese momento para otra ocasión.

El lunes, Louis me llevó a ver a la doctora Deborah, como la llamaban. Ella me examinó y le dijo a Louis que yo aún era virgen. Me dijo que probablemente mi primera vez sería dolorosa, pero no debía tener miedo, porque sangraría muy poco. Louis le dijo que queríamos tener un hijo lo más pronto posible, entonces nos explicó cómo funcionaba todo el proceso de ovulación.

Si tan sólo supiera, que lo más doloroso para mí era darle mi virginidad a Louis y no a Carlos. Mi corazón me dolía más que otra cosa. Ahora, como nunca, estaba segura de que estaba enamorada de Carlos. Cuando llegamos a la limusina, Louis me dijo que debía decirle cuando tuviera el primer día de mi periodo, cada mes, entonces, él me llamaría la noche antes, debía ir a su habitación en la mañana.

Pasaron dos semanas, y dejé de recibir noticias de Carlos. Decidí encerrarme a componer canciones para distraerme. Ya no quería asomarme a la ventana cada vez que escuchaba la puerta.

El momento deseado llegó. Tuve mi periodo. Louis me preguntaba todos los días, incluso le pidió a Rosa que le avisara cuando tuviera mi periodo. No tenía otra opción más que decirle. Deseaba embarazarme en el primer intento, así no tendría que soportar estar cerca de Louis cada mes.

Diez días después, Louis me pidió poner mi alarma e ir a su cuarto a las ocho de la mañana. Acepté. No sabía ni para qué molestarme en poner mi alarma, si me costaba mucho trabajo conciliar el sueño.

A las siete de la mañana, me levanté y tomé una ducha. Caminé hacia el cuarto de Louis como si fuera una mujer zombi. Deseaba que se hubiera emborrachado como cada noche y que no hubiera regresado a casa. Toqué la puerta y respondió: "Entra. La puerta está abierta". Entré a la habitación, él traía puesto un bóxer negro de satín, pensé que el negro era un color apropiado para mi sentimiento de luto.

Me dijo que me quitara las pantaletas y me acostara en la cama. Hice todo lo que me pidió y a la mitad cerré los ojos. Se arrodilló frente a mis piernas, y me dijo que las abriera. Sentí cómo se me helaba el cuerpo. Sin siquiera tocarme y sin que pudiera verlo a los ojos, lo sentí hacer unos movimientos con su mano. Su respiración se aceleró y repentinamente sentí algo caliente y húmedo dentro de mí. Se levantó y fue al baño.

Nos tomó como tres minutos, y no sentí dolor. Sólo me quedé ahí sin saber si todo había terminado. Louis regresó a la habitación y me dijo que ya podía irme. Me levanté y sentí un líquido correr por mis piernas. Miré las sábanas y no vi ninguna señal de sangre. Me puse mis pantaletas y corrí al baño. Tomé una ducha para quitarme todo. Me alegré de que todo había terminado. ¿Así se sentía tener sexo? Me dio calma que nunca intentó tocarme, y que todo terminó muy rápido. Ni siquiera miró mi cuerpo, y eso estuvo bien.

Me imaginé que todo debe ser muy diferente cuando dos personas se aman, pero si esto era todo lo que se necesitaba para embarazarme, podía soportarlo. Probablemente, si tenía suerte, para ese momento ya estaría embarazada.

Rosa me llevó el desayuno y me preguntó si Louis y yo habíamos estado juntos como hombre y mujer. Le dije que sí. Si todo salía bien, me embarazaría pronto. Entonces, ella insistió en que no estaba bien que una pareja casada tuviera relaciones sólo una vez al mes. La detuve y le dije que estaba feliz y eso era lo importante.

Terminé de escribir mi primera canción. Tenía la letra y necesitaba agregarle música. Sam podía ayudarme con eso, así que llamé a Alfred, y me dijo que programara una reunión con Sam. Fui al estudio al siguiente día. Estaba muy feliz de verlos a todos y salir de casa por un rato. Todos me felicitaron por mi matrimonio, yo fingí la sonrisa y dije: "Gracias".

Alfred me dijo que mi dueto con Louis había sido nominado a un Grammy Latino. Debía comprar un vestido cuanto antes, era casi un hecho que nuestra canción ganaría. Estaba entusiasmada por escuchar más sobre los Grammy, pero estaba aún más entusiasmada por volver a ver a Carlos en este gran evento. Canté mi canción, y Sam llamó a Alfred para que la escuchara. Me dijeron que Sam agregaría la música, y que ellos me llamarían para regresar al estudio y comenzar a grabar.

Regresé a casa, y le pregunté a Rosa si podía comprarme una prueba de embarazo. La doctora Deborah me dijo que podía conocer los resultados una semana después de haber tenido sexo. La prueba resultó negativa, así que esperé otra semana, y aún daba ese mismo resultado. Louis me preguntó sobre la prueba, y le informé que ambas resultaron negativas. Él se enojó conmigo y me dijo: "¿No puedes hacer nada bien?" No respondí. No tenía ganas de comenzar una discusión con él.

Louis me habló de nuestra nominación a los premios Grammy, y le dije que Alfred también ya me había contado cuando fui al estudio. Ahora, sólo esperaba la llamada de Sam para volver a grabar mi canción.

Louis insistía en que yo era nadie, y en que nunca nadie compraría mi canción. Pude notar que estaba muy molesto porque no logré embarazarme. Él esperaba que su alcancía se hubiera abierto de nuevo. Pero no iba a arruinarme el día; iba a ir a los Grammy y pronto tendría mi propia canción.

Llegó el día de los Grammy. Le pedí a mi estilista que me comprara un vestido rojo. Ella me llevó tres vestidos, pero me enamoré del rojo. Pasé todo mi día deseando que Carlos estuviera presente esa noche, y quizá podríamos ser amigos de nuevo. Louis jamás volvió a mencionar el nombre de Carlos desde el día de la boda. Supuse que Carlos tenía razón, a Louis sólo le importaba él mismo.

Rosa y Coqui me ayudaron a vestirme. El vestido rojo me quedaba muy bien, y yo no podía esperar para llegar a los Grammy. Podrían pensar que estaba emocionada por asistir a los Grammy, y lo estaba, pero eso no era lo único en mi mente. Louis ya me esperaba abajo, así que tomé mi bolso, y comencé a bajar por la escalera, cuando llegué hasta donde él estaba, me miró y me dijo que lucía como una prostituta latina. Me pidió que subiera las escaleras y fuera a cambiarme inmediatamente o llegaríamos tarde.

Pude ver como los ojos de Rosa y Coqui se llenaron de lágrimas. Mantuve mi cabeza en alto y subí a ponerme el vestido negro. No iba a dejar que me arruinaran esa noche, mi primer Grammy y mi oportunidad de ver a Carlos de nuevo. Bajé las escaleras y me dijo: "Vámonos. No tienes buen gusto ni para escoger tu ropa".

Ganamos el Grammy, y no había rastro alguno de Carlos, pero yo estaba muy feliz. Fuimos a la fiesta después del evento y nos asignaron una mesa. Estaba sentada allí asombrada por todo lo que me rodeaba, todos los artistas famosos que admiraba me felicitaban.

Como era de esperarse, Louis se emborrachó con champán; había estado tomando desde mediodía. Todos en nuestra mesa le decían que bailara conmigo, pero él insistía en que no le gustaba bailar. Yo no tenía ganas de bailar con él, porque eso significaría que él podría tocarme. Miré a mi alrededor buscando a Carlos, cuando de repente me encontraba mirando al piso, y pude sentir un apretón en mi hombro derecho; entonces, escuché la voz de Carlos: "Si tú no bailas con Carmen, lo haré yo". Louis movió su mano para despedirse, y con ese gesto, Carlos volteó a verme, tomó mi mano y me llevó hacia la pista de baile.

Bajaron el brillo de las luces, porque era una canción lenta, *Bésame mucho.* No hablamos, sólo nos miramos a los ojos mientras él me acercaba a su cuerpo. Mis piernas estaban temblando como cada vez que lo veía. A pesar de que no podíamos besarnos, sentía que ambos lo deseábamos. Una vez que la canción terminó, me llevó hacia un balcón, donde se disculpó por haberse ido el día de la boda. Me preguntó si era feliz. No respondí.

Le dije que lo había extrañado mucho a la hora del almuerzo, y cambié el tema para hablar de mi nueva canción. Yo sólo quería regresar a como estábamos antes, debía aguantar hasta que esos dos años terminaran para poder decirle la verdad. Después de unos minutos, ambos estábamos riendo y pasando un buen rato. Louis apareció en el balcón para decirme que ya nos íbamos. Miré a Carlos y le pedí que no se portara nuevamente como un extraño. Me respondió que ya le había pedido a Rosa que preparara arroz con pollo para el almuerzo del día siguiente. Todo estaba bien otra vez.

Pasaron los siguientes tres meses del acuerdo y con el usual, pero nada efectivo, ritual de embarazo. Cada mes, Louis se enojaba más e incrementaba sus insultos hacia mí. Le pregunté: "¿Por qué ni siquiera siento nada?". Él me dijo que por ser una mujer fría y frígida. Habían sido sus peores encuentros sexuales, y le creí. Después de cada intento, me arrastraba a mi cama. Me tomaba unos días recuperarme de estos rituales de una vez al mes, que eran seguidos por dos semanas de pruebas, con la esperanza de quedar embarazada, y terminar con esta tortura.

Rosa entró a mi cuarto, para decirme que Carlos había llegado y quería verme. Louis se fue, así que le pedí a Rosa que invitara a Carlos a subir a mi habitación. Entró y me preguntó: "¿Estás enferma?" Le dije que no, sólo un poco cansada, había estado tomando clases de baile para mi primer video musical. Me contó que Louis le había pedido hacer la última escena del video. Le expresé que lo prefería a él antes que a cualquier otro actor.

Miró alrededor, y vio todas mis cosas. Preguntó: "¿Tú duermes en esta habitación?" Dije: "Sí, éste siempre ha sido mi cuarto". No me presionó para obtener más información. Se dio cuenta de que no me sentía muy bien. Entonces, cambió el tema. Me dijo que tenía el guion para el final del video musical, que sería en la playa. Me dijo que me recogería mañana por la mañana y que podríamos ir a la playa y ensayar, antes del ensayo ya programado y la grabación.

Le pregunté: "¿Por qué haces esto, si no eres bailarín?" Me respondió que me sentiría más cómoda con él, que con cualquier otra persona, después de todo, Louis se había negado a grabar el video, y realmente no le gustaba bailar, sólo quedarse ahí y abrazarme. Le agradecí, y le dije que pasara a recogerme a las nueve de la mañana. Lo acompañé abajo, y lo vi platicar con Rosa en la puerta principal antes de irse.

Al día siguiente, Carlos ya estaba en la cocina a las nueve de la mañana, tomando un café mientras me esperaba, pude escucharlo a él y a Rosa mientras platicaban. Ella le contó que estaba a cargo de lavar las sábanas de toda la casa, y se había dado cuenta de que yo todavía era una "Niña". No sabía a qué se refería, así que le preguntaría más tarde.

Nos fuimos, y él me llevó a la playa. Practicamos el final que era muy corto. Lo único que debía hacer era caminar por la playa, y él me chiflaría. Yo debía voltearme y caminar hacia él. Luego, él debía darme la vuelta, con mi espalda mirando hacia él, y mientras me sostenía, soltar mi pareo de playa. Traía puesto un diminuto traje de baño de una pieza, que mostraba mis largas piernas bronceadas. Realmente hubiera preferido que me volteara mirando hacia él, soltara mi falda y me besara.

Cuando terminamos, caminamos por la playa desolada, hasta que llegamos a una casa de playa grande de dos pisos con cristales largos. Tenía una escalera desde la terraza hasta la playa. Era la única casa en esa parte de la playa, parecía vacía. La miré y dije: "Me encantaría vivir en esta casa, cualquiera que viva aquí debe ser muy feliz, escuchando las olas cada mañana al despertar, y dejándose llevar por el ruido del océano al momento de dormir".

Una semana después, filmamos el video. Louis lo dirigió, y como siempre, pasó todo el tiempo gritándome e insultándome. Todo el equipo se sentía incómodo, y Carlos ya estaba harto. Louis se acercó a mí, gritándome y diciéndome que era una estúpida, y que estaba molesto porque, una vez más, la prueba de embarazo había resultado negativa, y él me estaba castigando por eso.

Carlos le pidió cortar la grabación y le preguntó: "¿Por qué la tratas de ese modo?". A lo que Louis respondió que lo hacía porque podía, y yo estaba acostumbrada a ello, al menos él no me golpeaba. Carlos me miró confundido. Nunca le había contado a él sobre Varona o Sebastián.

Hice a Carlos a un lado y le pedí que por favor termináramos y no le prestara atención a Louis. "¿Cómo puedes tolerar tanto abuso?", me preguntó. Le dije que me tuviera confianza y que algún día le explicaría todo. Aún quedaba un año para la terminación del contrato, pero la situación era cada vez más insoportable.

Pasaron dos semanas, y no hubo señales de Carlos. Louis se iría ese día a Puerto Rico para dirigir y grabar un video musical en la selva Yunque. Yo estaba muy feliz porque se iba todo un mes; entonces, no haríamos el ritual de embarazo por uno o dos meses.

Estaba en la cocina almorzando con Rosa, cuando de repente escuché la voz de Carlos, hablando con Louis, ambos se dirigían a la cocina. Nos saludó a Rosa y a mí, luego, como de costumbre, Rosa les ofreció el almuerzo. Se sentaron a la mesa y Louis empezó a tratar de convencer a Carlos de que fuera con él a Puerto Rico, diciéndole que podían divertirse como en los viejos tiempos. Carlos dijo que no, que tenía mucho trabajo. Louis le preguntó desde cuándo se había vuelto tan aburrido. Él le respondió que eso pasaba al crecer, como ya era hora de que Louis lo hiciera. Louis dijo: "Nunca, nunca, saldré de fiesta hasta el día de mi muerte". Con eso dio media vuelta y se fue.

Carlos y yo estábamos sentados en la mesa. Rosa salió de la cocina y él me preguntó cómo estaba. Le respondí que todo estaba bien. Me dijo que debía irse a Buenos Aires por una semana para cuidar del negocio, pero que me llamaría al regresar. Le respondí: "Seguro, ¿ocurre algo malo?" "No, nada", dijo. "Quiero hablar contigo; tengo algunas preguntas que han estado rondando en mi mente y que quiero hacerte", agregó. "Muy bien, estaré aquí. Buen viaje", le dije, y se fue. Supuse que sus preguntas se referían a los comentarios de Louis sobre que me golpeaban.

Rosa regresó a la cocina y se sentó a mi lado. Ella me quería mucho, pero me reiteró que no podía seguir trabajando en casa de Louis, y sólo mirar cómo me trataba. Ella sabía que yo les estaba ocultando algo. Le pregunté qué había hablado con Carlos. Él la interrogó sobre por qué Louis y yo dormíamos en cuartos separados, y por qué toleraba tanto abuso.

Ella le dijo que no tenía idea de lo que estaba pasando, pero sabía que era un matrimonio falso, desde el primer día. No había amor en esa relación y ella pensaba dejar de trabajar ahí en cuanto Louis partiera a Puerto Rico. Si tenía suerte, yo iría con ella. Me contó también que Carlos le había pedido no hacer nada y darle un par de semanas para cambiar todo para ambas. En ese momento supe que todo había sido en vano, no podía decirle que me había casado con Louis para poder darle a ella dinero y una vida sin preocupaciones económicas. Ella iba a estar muy molesta conmigo.

Le comenté que Carlos iba a llamarme en un par de semanas. Le conté lo que Louis había dicho durante la grabación, sobre cómo mis exparejas solían golpearme. No quería contarle a nadie sobre mi pasado. Así que alguien más debió contarle a Louis, porque yo no había sido. Sólo le había contado que Sebastián tomó todo mi dinero.

Weinstein era el único que sabía toda la verdad, pero él era mi abogado, y yo estaba segura de que él no le había contado a Louis, porque él siempre me había advertido sobre mi actual esposo. Me derrumbé y comencé a llorar, diciéndole a Rosa que todo era un desastre. Ella me preguntó si estaba enamorada de Carlos, y moví mi cabeza diciendo que sí. Entonces, ella dijo: "Está bien. Nos iremos en un mes. Esperemos a ver cuál es el plan de Carlos".

Le dije que él jamás iba a querer estar conmigo, una vez que supiera todo lo que había pasado.

También le conté un poco sobre la razón por la que me casé con Louis. Sonaba barata y como si me hubiera vendido, pero juré que estaba en un callejón sin salida, y sólo estaba tratando de encontrar una buena vida para ella y para mí. Ella me dijo que debía contarle todo, y que, si él me amaba, como yo lo amaba, él entendería que había sido víctima de hombres abusivos. Si no entendía, las dos nos iríamos juntas. Le dije que no tendría dinero hasta dentro de un año. No quería explicar los detalles de mi contrato con Louis, porque era más importante lo que pensaba de mí que de cualquier otra persona.

Todo lo que ella dijo fue que rezaba todas las noches a Dios para que yo no me embarazara. Porque eso haría todo más difícil, ahora que nos iríamos de aquí sin mirar atrás. Acordamos quedarnos hasta que yo hablara con Carlos, le prometí que la amaba y le diría a Carlos toda la verdad desde el día en que nacía. Si no era suficiente para él, entonces ahí terminaría todo. No iba a vivir otro año con Louis, y no pensaba tolerar un ritual más, a pesar de que eso implicara perder todo el dinero.

El viernes en la mañana, Carlos me llamó. Estaba por abordar su vuelo en Argentina para regresar a Miami. Él vendría a la casa para hablar como a las ocho de la noche. Le dije que le pediría a Rosa que preparara arroz con pollo para la cena. Nos sentamos a cenar y después de que Rosa nos preparara un café, él me preguntó: "¿Dónde podemos hablar?" Le dije: "Vamos arriba, tengo la sensación de que esta charla tardará un rato".

Me senté en el sillón que estaba en mi cuarto. No quería hacerlo sentir incómodo con recostarme en la cama.

Él se sentó en la silla junto a mí, en total silencio, como si no supiera cómo iniciar la conversación. Entonces, le pregunté qué hizo en Buenos Aires, como una forma de romper el hielo. Me dijo que tenía una oficina allá, donde representaba a los próximos cantantes latinos. Sólo cantaban en Sudamérica, con la esperanza de algún día venir a Miami a triunfar. Me contó que solía ir al menos una vez al mes. Le pregunté si Louis también era su socio en ese negocio, y me dijo que no.

Finalmente, me preguntó: "¿Somos amigos, cierto?". "Sí, claro", respondí. Continuó diciendo que él era amigo de Louis, pero también estaba preocupado por mí. Le pregunté si quería saber por qué Louis había dicho lo de que ya me habían maltratado antes. Él me dijo que esa no era la razón por la que quería hablar conmigo desde hace meses. Añadió: "Te quiero a ti y a Rosa, soy alguien que se preocupa por ti y quiere que confíes. No puedo ayudarte a menos que me digas quién eres, de dónde vienes. Nadie sabe nada de ti, fuera de tu divorcio de Sebastián".

Rosa le había confiado que se iba, que no podía quedarse quieta y ver cómo Louis me lastimaba, que había hecho eso una vez antes, y nunca se había perdonado por permitir que sucediera, y no iba a cometer ese error de nuevo.

Le conté que Rosa me habló un poco de esa conversación, pero mi vida era algo muy personal y no quería que el mundo supiera sobre mi pasado. Pero confiaba en él, y sin importar lo que pasaría después, le contaría toda mi historia.

Me dijo que no importaba lo que hubiera pasado en mi vida, eso no cambiaría lo que él pensaba de mí. Quería quitarme el velo de la cara, y sólo entonces ambos podríamos construir una relación más fuerte.

Si había algo que yo quisiera saber sobre su vida, él también respondería todas mis preguntas. Tenía que ser de la misma manera para ambos, poner todas las cartas sobre la mesa.

Me moví a mi cama para ponerme más cómoda. Le dije que podía recostarse a mi lado porque sería una larga noche. Pensó en traer una botella de vino para que ambos nos relajáramos un poco. Le pedí que apagara la luz, no quería verlo a los ojos en las partes más difíciles de mi historia.

Después de unas horas, y entre lágrimas, terminamos la historia hasta el momento en que me divorcié de Sebastián. No estaba lista para hablar del compromiso con Louis. Él ya me conocía, y se veía satisfecho con lo que le conté. Él me dijo que no me quería ver sufrir de nuevo en las manos de nadie. Me quería mostrar algo al día siguiente, así que me recogería a las dos de la tarde. En ese momento, yo entendería mejor sus intenciones y su plan para Rosa y para mí.

Le dije que estaba de acuerdo. Tomó mi mano y la besó. Con lágrimas en los ojos, me dijo que todo sería diferente a partir del día siguiente. Me levanté y lo acompañé a la salida. Cerré la puerta. Rosa estaba en la cocina, y le dije que había contado todo, que estaba agotada, y no quise entrar en detalles con la historia de Louis.

Cuando volví a mi cama, recibí un mensaje de texto de Carlos que decía: "Eres la mujer más fuerte y maravillosa que he conocido, nunca te avergüences de tu vida". Le di las gracias y le pregunté qué debía ponerme para nuestra salida, me dijo: "Pantalones cortos y chanclas". Él traería nuestro almuerzo. Supongo que era una forma de decirme que usar pantalones cortos nunca sería un problema para él. Esa fue una buena señal.

Dormí como no lo había hecho en mucho tiempo. Sentí como si me hubiera quitado una pesada carga de mis hombros. Afortunadamente, Carlos tenía un plan, así que Rosa y yo nos iríamos de la casa ese mismo día. Mientras bajaba las escaleras, podía escuchar la voz de Carlos mientras Coqui abría la puerta. Apenas eran las 11 de la mañana, había llegado más temprano.

Una vez que vi su rostro supe que algo andaba mal, me tomó de la mano y me acompañó a la cocina. Me dijo que me sentara. Había ocurrido un accidente hace dos horas, Louis se había caído en la selva tropical mientras filmaban el video musical. No estaba muerto, pero en estado crítico en un hospital de Puerto Rico.

Carlos tenía boletos de avión para nosotros dos. Nuestro vuelo salía en tres horas, así que debía empacar y él regresaría por mí en 45 minutos. Estaba sorprendida, no quería vivir con él, pero tampoco lo quería muerto. No podía imaginar qué tan perplejo se sentía Carlos. Cuando llegamos al aeropuerto, tomó mi mano hasta que abordamos, e incluso después de eso, continuó sosteniendo mi mano.

Le agradecí por haber ido conmigo, y le dije que no quería quedarme con la familia de Louis. Me dijo que no me preocupara, había reservado dos habitaciones en el hotel San Juan.

Fuimos directo al hospital. Louis estaba inconsciente. Los doctores dijeron que no podían darnos información sobre su diagnóstico. Cada hora que pasaba era crítica. Por fortuna, su familia se había ido. En el hospital sólo estaba el personal de la película. Me senté ahí, mientras todos me expresaban sus condolencias. Llamaron a Carlos y él seguía moviendo su cabeza. El equipo se acercó para despedirse y disculparse, había sido un largo día para ellos.

Le pregunté a Carlos qué le habían dicho. Parecía que Louis había estado tomando mucho la noche anterior. En la mañana, aún seguía borracho y no había dormido nada. Le sugirieron suspender la filmación hasta que él se sintiera mejor y hubiera dormido. Pero Louis insistió en que se encontraba bien. Subió a un acantilado, y había una ligera llovizna. Todo estaba muy húmedo. Louis resbaló y cayó por el borde del acantilado. Los rescatistas tardaron más de una hora en llegar hasta él, nunca recuperó el conocimiento. Le prometieron a Carlos que habían tratado de retenerlo en el hotel ese día, pero Louis estaba fuera de control. Carlos les aseguró que no era culpa suya.

Nos quedamos ahí hasta las nueve de la noche. Después nos fuimos al hotel. Nuestras cosas estaban todavía en el auto que alquilamos. Carlos conocía Puerto Rico, y yo estaba feliz de que no necesitábamos de la familia de Louis para ubicarnos. Nuestras habitaciones de hotel estaban una al lado de la otra y con una puerta contigua entre ellas. Carlos me acompañó a mi habitación y abrió la puerta que conectaba nuestras habitaciones. Me dijo que iba a encargar el servicio al cuarto, ya que no habíamos comido; me dio el menú y me preguntó si quería algo de comer.

Me metí a bañar y, cuando salí, Carlos tocó a mi puerta para avisarme que mi tabla de quesos había llegado. Me preguntó si no quería una copa de vino para acompañarla. Acepté. En ese momento, lo llevó a mi habitación y lo puso sobre una mesa. Me sugirió que descansara un poco, ya que saldríamos a las nueve de la mañana para poder hablar con los médicos. Me sugirió quedarme en mi habitación a la hora del desayuno porque en las noticias ya estaban hablando sobre la caída de Louis. Pedí un jugo de naranja y un panecillo para la mañana siguiente. Dijo buenas noches y cerró la puerta.

Efectivamente, el hospital estaba repleto de medios de comunicación cuando llegamos, nos estaban esperando. Solté la mano de Carlos, no es que Louis mereciera mi respeto.

El padre de Louis estaba allí y ya había hablado con los médicos. No creían que el pronóstico fuera bueno. Nada había cambiado de la noche a la mañana. Así que nuevamente pasamos el día en la sala de espera, hasta las siete de la noche. Luego, regresamos al hotel y pedimos nuevamente servicio a la habitación. Así pasamos la semana. Carlos me tomaba de la mano cuando estábamos solos, pero mantuvo la distancia en el hospital.

Al día siguiente, nos dijeron que Louis sería sometido a muchas pruebas, por lo que no podríamos visitarlo durante dos días. Después de eso podrían decirnos si tenía algún daño cerebral. Esa noche, Carlos me dijo que ambos necesitábamos un día de descanso, así que sugirió que pasáramos el día siguiente en la playa del hotel. Le dije que no había traído traje de baño y que nunca había estado en una playa. Dijo que podíamos comprar uno en el hotel, ya que tenía muchas tiendas.

Me dejó dormir hasta las diez de la mañana, luego llamó a la puerta y me dijo que mi desayuno estaba en su habitación. Comimos y hablamos mucho más relajados, ya que no teníamos la tensión de ir al hospital.

Bajamos las escaleras y me compré un traje de baño, muy parecido al que había usado en nuestro video. Cuando me vio, sonrió y dijo que iba a causar revuelo en la playa, se sentía bien reír y coquetear un poco.

El mar en esta playa era poco profundo, así que entré y me volví hacia él, pensando: "Éste habría sido un lugar maravilloso para tener una luna de miel, si Carlos y yo estuviéramos casados". No me quitaba los ojos de encima; ambos nos mirábamos el uno al otro; después de un rato, un camarero se acercó a nuestras sillas de descanso con bebidas y algo de comer. Carlos me invitó a acercarme.

Me dijo que había ordenado un mojito para mí. Era una bebida refrescante y estaba seguro de que me gustaría. También me sugirió probar unas frituras de bacalao por los que Puerto Rico era famoso. Los llamaban "bacalaitos". Le dije que todo era muy lindo allí, y claro que me habían gustado el mojito y las frituras de bacalao.

Él estaba leyendo un periódico local, cuando me dijo que iríamos a un restaurante a cenar a la noche siguiente. Me preguntó si tenía un vestido. Le dije que no llevaba uno, pero tenía muchas ganas de comprar un vestido rojo. Me preguntó por qué quería un vestido de ese color, le conté sobre la ocasión en que Louis no me dejó usar el mío. Me preguntó si estaba en Miami, y le dije: "No, Louis me hizo devolverlo a la estilista junto con los zapatos". Me dijo que teníamos mucho tiempo para conseguir uno similar.

Caminamos por la playa sin tomarnos de la mano. La gente comenzaba a reconocernos. Volvimos a las tiendas del hotel y me compró dos vestidos, no tenían de color rojo. Carlos quería comer esa noche en el restaurante de carnes que estaba dentro del hotel; dijo que necesitábamos un descanso del servicio a la habitación.

Me di una ducha y tomé una siesta, sé que probablemente todo estaba mal, pero no me había sentido tan libre en toda mi vida. Llamó a mi puerta y me esperaba con una copa de vino. Dijo que me veía muy bien y bronceada. Insistió en conseguirme un vestido rojo que fuera con mi bronceado. Me encantaba ser mimada por él; Louis tenía todo el dinero del mundo y nunca me había hecho sentir especial.

Fuimos a cenar, había un piano bar, mientras esperábamos nuestra cena, me llevó de la mano a la pista de baile. Siempre mantuvo su distancia mientras bailamos, ya que toda la gente nos miraba.

El camarero nos trajo la comida y le comentó a Carlos que tenía una esposa muy hermosa. Carlos asintió y dijo: "Sí, ella es muy hermosa". Estaba muy oscuro en el restaurante, así que esperaba que nadie nos hubiera reconocido, aunque con el pasar de los días, yo sabía que nunca más volvería a ser la supuesta esposa de Louis.

Regresamos a su habitación y bebimos lo que quedaba de la botella de vino que había abierto antes de la cena. Los dos estábamos llenos y borrachos. Reíamos mucho. Esperaba que nadie nos llamara, porque no podríamos contestar ninguna llamada. Era tarde y me dijo que mejor volviera a mi habitación, que al día siguiente me llevaría a conocer San Juan. No sabíamos si alguna vez tendríamos otra oportunidad.

Carlos había llamado al hospital antes de que fuéramos a cenar. No hubo cambios en el estado de salud de Louis. Le harían más pruebas de imagen al día siguiente, y la enfermera le había confiado a Carlos que, con esos resultados, los médicos podrían finalmente darnos más información sobre el pronóstico de su gran amigo y socio.

Pasamos un día maravilloso mientras paseábamos como turistas; teníamos reservación para cenar a las ocho de la noche. Cuando llegamos al hotel, Carlos me acompañó hasta la puerta y me dijo que tenía una sorpresa para mí en mi habitación.

Le confesé que nunca había tenido una cita. Carlos dijo que quería que me vistiera y que llamaría a mi puerta a las 6:45 p.m.; esa noche, desde la puesta hasta la salida del sol, él sería mi cita. Mis ojos se llenaron de lágrimas y él me secó una lágrima con la mano. En ese momento, dijo: "No llores esta noche, nada en el mundo existe, excepto nosotros". Asentí con la cabeza y me dejó entrar por la puerta. La cerró detrás de mí.

Si Cenicienta fuera una historia real, esa noche yo sería Cenicienta en un vestido rojo. Mi vestido estaba colgado en el armario, el que Louis me había obligado a devolverlo. También estaban los zapatos que había elegido en esa ocasión.

Me senté en mi cama y lloré con todo mi corazón, ¿podría mi vida finalmente ser feliz y normal, como todas las mujeres sueñan, o esto terminaría esta noche? Me preparé y pensé en lo que había dicho Carlos: "Esta noche era para nosotros"; mañana nos ocuparíamos del resto. Esperaba que el reloj marcara la hora muy despacio esa noche para poder vivir lo que había soñado toda mi vida.

A las 6:45 p.m., Carlos llamó a mi puerta, y yo abrí rápidamente. Él se quedó allí, vestido con un traje negro con una corbata del color de mi vestido. Le dije que no sabía cómo lo había hecho, pero le agradecí por el vestido rojo. Dijo que había sido hecho para mí, y con eso, abrió un joyero con un juego de aretes de rubí rojo, una pulsera a juego y un anillo de rubí. Me puso las joyas y luego comenzó a escucharse *Lady in Red*, esta vez me sostuvo con fuerza en sus brazos. Mis piernas temblaban de nuevo y continuamos bailando, incluso cuando la canción había dejado de sonar.

Sonó su teléfono; era el conductor del restaurante que estaba abajo esperando para recogernos. No sé si hubiéramos llegado al restaurante esa noche, si el conductor no hubiera llamado en ese momento. ¿Y qué iba a pasar también cuando regresáramos a nuestra habitación esa noche?

Llegamos al restaurante y nos sentamos en el bar. El restaurante estaba en un acantilado con vista a la ciudad de San Juan. Carlos pidió un Black Label con hielo y un mojito para mí. Me gustó que supiera lo que yo quería, aunque como otros hombres en mi vida, no me preguntó primero si yo quería algo en particular; por alguna razón, con Carlos no me molestó.

Nos llamaron a nuestra mesa y, como de costumbre, me tomó de la mano y me llevó con él. Estábamos alejados del resto de las mesas, lo que nos dio algo de privacidad. Nos ubicaron justo al borde del acantilado. Un fotógrafo nos preguntó si queríamos una foto y Carlos dijo que sí. El fotógrafo nos colocó cara a cara para una pose romántica, la foto estaría lista antes de que nos fuéramos esa noche.

Nos sentamos. Carlos pidió una botella de vino y esperamos hasta que nos sirvieran. Carlos levantó su copa, brindó por la mejor cita de toda su vida, y después chocamos las copas. Lo miré y le dije que era muy diferente a Louis. Le dije que me gustaba que bebiera güisqui, una bebida de hombre. Que siempre supo lo que quería beber, comer y nunca dudó en tomar una decisión. Simple o complicado, siempre se apresuró a responder. Louis ni siquiera podía decidir qué comer; le tomaba una hora decidir entre una pizza y una hamburguesa.

Le pregunté por qué nunca se había casado. Respondió que él siempre había querido casarse y tener hijos, pero no quería un matrimonio que durara un par de años para después culminar con un divorcio. Aún no había encontrado a su alma gemela, al menos no una con quien pudiera casarse en ese momento. Pensé en que quizás se refería a mí o no. ¿Estaba bebiendo y cenando conmigo sólo para tener una aventura? Sé que, con Louis en estado crítico en el hospital, no era el momento de tener esta conversación, así que la cambié y me disculpé para ir al baño.

Una mujer que trabajaba como asistente en el baño de damas, me preguntó si estaba cenando con Carlos Rubio y si era la esposa de Louis. Sólo sonreí y no respondí. Cuando salí del baño, Carlos me estaba esperando y le dije que nos habían reconocido. Volvimos a nuestra mesa, cenamos y nos fuimos.

Carlos tenía un sobre en la mano con lo que supuse era nuestra foto. Entonces, le pregunté: "¿Y si el fotógrafo comparte nuestra foto?" Me dijo que se había encargado de ello y que no me preocupara.

Cuando llegamos al hotel, le dije que quería ir a dar un paseo por la playa. Estaba muy llena y algo borracha. No quería estar sola en la habitación del hotel con Carlos. No iba a ser su aventura de una noche, y él tampoco tenía claridad en cuanto a lo que buscaba en nuestra relación. Caminamos mientras él sostenía mi mano y luego nos detuvimos. Él me acercó a su pecho. Me miró a los ojos y me encontré diciéndole en ese instante que quería estar con él, antes de que saliera el sol. Sostuvo mi cuerpo cerca del suyo, y tuvimos nuestro primer beso largo y apasionado. Luego se apartó y me dijo que necesitaba que supiera algo sobre él antes de ir más lejos.

Fuimos a su habitación y nos sentamos afuera en el balcón. No quise más vino, necesitaba tener la cabeza despejada para esta conversación. Comenzó diciendo que cuando Louis le habló de mí, pensó que yo era una de esas mujeres con las que Louis salía. Él le dijo que quería casarse conmigo y necesitaba su ayuda, convenciéndome. Nunca le dijo por qué estaba tan desesperado por casarse conmigo.

Por un momento, Carlos asumió que Louis finalmente se había enamorado de una mujer. Louis jamás había tenido una relación seria. A él sólo le importaba el placer inmediato y él mismo. Carlos continuó. Le dijo a Louis que no podía ayudarlo porque no me conocía, pero Louis insistió en que él no quería presentarme con él hasta que no estuviéramos comprometidos. Louis lo convenció de asistir al gran evento del estudio.

Me llevaría allí y Carlos podía observarme, de lejos, sin encontrarse conmigo. Lo detuve y le dije: "Entonces eres experto en manipular a una mujer". No me gustó lo que estaba escuchando y comencé a enojarme. Dijo que no, que había creído que Louis estaba tratando de sentar cabeza. Parecía que Louis no podía durar más que unas pocas semanas con una mujer, siempre lo dejaban. Estaba tratando de ayudarlo. Todo esto fue antes de que Carlos me conociera en el rancho, y pensó que estaba haciendo algo bueno por su amigo.

Fue al evento y me vio por primera vez. Me observó y se paró cerca de mí siempre que pudo para escuchar mis conversaciones, sin que yo me diera cuenta de lo que estaba haciendo. Me vio tratando de esquivar a todos los hombres que me rodeaban en la fiesta. Había llegado sola porque nadie sabía que vivía en casa de Louis.

Louis le preguntó qué pensaba. Mientras tanto, yo caminaba por la habitación. Él le dijo: "La única manera de mantener feliz a una mujer como ella es mantenerla descalza y embarazada". Dijo que yo traía puesto un vestido corto de lentejuelas color azul marino, con botas de vaquera a juego. En ese momento, él pensó en que Louis estaba fuera de su liga. Yo parecía una *top model* o la esposa trofeo de alguien. Pero cuando escuchó una conversación que estaba teniendo con Rebecca, se dio cuenta de que no era el tipo de mujer que atraía a Louis, sino que estaba callada y muy discreta. Su primera impresión de mí había sido incorrecta.

Me senté en silencio, todavía sin saber a dónde iba esto. Me dijo que, al día siguiente, Louis lo había llamado y le había dicho que había descubierto una manera en que yo estaría de acuerdo con casarme con él y que necesitaba que fuera ese día a comprar un anillo. Le había preguntado a Louis si yo estaba enamorada de él, y él dijo que, si no lo estaba, algún día lo estaría.

Así que recogió a Carlos y fueron con Jared. Louis, como dije antes, no podía decidirse por un anillo, así que Carlos lo eligió por él. Él sabía que yo no querría algo caro o extravagante, pensó en algo más simple y elegante. Me preguntó si estaba equivocado.

Dije de forma sarcástica: "Tenías razón. Pareces un experto en mujeres". Me levanté para irme y me dijo: "Por favor, déjame terminar". Carlos dijo que le había dicho a Louis que él ya no quería ser parte de su plan, y que quería conocerme.

Insistió en que no había podido sacarme de su mente desde el día que me vio en la fiesta, y no sólo porque yo fuera muy hermosa, sino porque en verdad deseaba tener una conversación conmigo. Él quería averiguar qué me pasaba. No creía que ninguna mujer decente quisiera casarse con Louis, pero yo vivía en su casa con mi ama de llaves. Él pensó que Louis me estaba mintiendo con seguridad, o que yo era la mujer más ingenua del mundo.

Cuando Louis finalmente me llevó a su rancho, se dio cuenta de que yo era muy genuina e inexperta, en comparación con las otras mujeres que Louis le había presentado. Carlos me dijo que se sentía abrumado por la sensación de que no debía casarme con Louis y que intentaría detenerme.

Esa noche terminó su relación con Lisa. Empezó a venir a casa de Louis, tratando de acercarse a mí, y sin planearlo, también se volvió muy cercano a Rosa, era como si ambos desearan evitar que yo me casara con Louis.

Se fue el día de mi boda porque era evidente para él, que ya no sólo buscaba salvarme de Louis, sino también tenerme para él. Por fin había encontrado a la mujer que sentía que era su alma gemela.

Intenté no llorar, pero las lágrimas no hicieron más que salir, así que giré la cara hacia el otro lado. No quería que Carlos me viera llorar. Por qué no me había detenido ese día, antes de cometer el peor error de mi vida y cómo podía juzgarlo, cuando no sabía por qué me había casado con Louis. Pero era amigo de Louis, y cuando me preguntó aquel día si estaba segura de querer casarme con Louis, le había dicho que no tenía otra opción.

Ahora, él deseaba haber insistido en que dejara a Louis, y que lo conociera. Dijo que había intentado mantenerse alejado, desde que me había casado, pero que no podía sacarme de la cabeza. Había llamado a Louis para saber cómo iba el matrimonio y Louis sólo había hablado de un nuevo bar al que iba a ir, y que intentaba que Carlos fuera con él, que había muchas mujeres guapas. Le dijo a Louis que el matrimonio no le había cambiado ni un ápice, y como siempre, dijo Louis que nunca cambiaría.

Louis le preguntó si iba a ir a los Grammy, y en ese momento, decidió que no iba a renunciar a mí, que, si Louis no se preocupaba lo suficiente por mí como para cambiar, entonces todas las apuestas estaban canceladas. Louis no me necesitaba, pero Carlos sentía que ambos nos necesitábamos.

Le dije que necesitaba ir al baño y que me iba a cambiar de ropa, me preguntó si iba a volver y le dije que sí. Sólo necesitaba un café para continuar, Carlos pediría un café, un jugo de naranja y agua. Eran las tres de la mañana, pero quería terminar de hablar y acabar toda esta conversación antes de que saliera el sol.

Carlos se estaba sincerando, y ya era hora de que Cenicienta dijera toda la verdad, sobre por qué se había casado con Luis. Pasara lo que pasara, tenía que sacar toda la verdad.

Me cambié de ropa y volví a su habitación, el café estaba allí, así que me serví una taza, él estaba tumbado en su cama; también se había puesto unos *jeans*. Le pregunté si quería una taza y asintió con la cabeza, así que le serví y me senté en una silla. No sabía cómo continuar, y me di cuenta de que él también estaba luchando, sin saber lo que cada uno de nosotros estaba pensando, dijo que se alegraba de que yo hubiera vuelto, para dejarle terminar nuestra charla.

Le dije que quería terminar esta conversación antes de la salida del sol. Él rio, y dijo: "¿Antes de que termine nuestra cita?" Terminamos nuestro café y fuimos afuera para sentarnos en el balcón. Supongo quería terminar nuestra conversación justo donde comenzamos, además, quería ver salir el sol en unas horas.

Mientras Carlos se sentaba en la silla del balcón, sonó su teléfono. Ambos estábamos sorprendidos y preocupados al mismo tiempo. Era una llamada del hospital. Nos informaron que el estado de salud de Louis se había deteriorado en las últimas horas y debíamos ir lo más pronto posible. Le comentaron a Carlos que ya habían notificado al resto de la familia, también le pidieron que me avisara, ya que intentaron contactarme, pero había dejado mi teléfono en mi habitación cuando salimos esa noche.

Salimos inmediatamente, y tan pronto como llegamos a terapia intensiva, el doctor nos dio la noticia de que Louis había sufrido muerte cerebral, y su condición era inestable. No esperaban que viviera más de una hora. Su padre estaba ahí con él.

Le pidió a Carlos que me permitieran unos minutos a solas con Louis, para que pudiera decirle adiós. Me sentía culpable, lo último que yo quería era pasar tiempo a solas con Louis, pero no quería ser grosera con su padre.

Me quedé ahí y le hablé a Louis en voz baja. Recé por su alma y lo perdoné por todos los insultos y malos ratos que me hizo pasar. Le dije que había cometido un grave error al casarme con él, pero algo bueno salió de todo esto, pues conocí a Carlos y me enamoré de él. No fue algo planeado, sólo ocurrió. Le conté a Louis, como si pudiera escucharme, que entre Carlos y yo no había pasado nada más que un beso, y largas horas de sincerarnos mutuamente habían ocurrido esa misma noche.

No estaba segura de si Carlos querría estar conmigo después de que le contara las razones detrás de mi matrimonio con Louis, principalmente que fue un compromiso por dinero, aunque fuera principalmente por asegurar el futuro de Rosa. También me alegré de no haber tenido un hijo que iba a crecer sin un papá, a pesar de que Louis jamás mostró ningún interés en ser padre, sólo en recibir su herencia completa. Salí y me senté a un costado de la ventana. Aún estaba oscuro afuera. El padre de Louis entró de nuevo en la habitación.

Le dije a Carlos que ya le había contado a Louis todo lo que debía decirle, y que no pensaba regresar ahí dentro. Sin embargo, le recordé que él era su amigo, y debía estar ahí a su lado. Le aclaré que, sin importar si Louis moría esa noche, mi matrimonio ya había terminado, no por lo que pasara aquella noche, sino porque todo era falso, y pronto podría explicarle todo a él.

No quería que la familia de Louis se enterara de nuestro matrimonio arreglado, porque pensaba que casarse conmigo le había traído felicidad a la familia, al traerles la esperanza de que Louis cambiaría. Así me lo dijo su mamá el día de la boda. No había necesidad de lastimar a nadie en ese momento. Carlos apretó mi mano y entró a ver a Louis.

Me senté ahí llorando. Estaba llena de emociones ante todo lo que había ocurrido aquella noche. Supongo que todos pensaban que lloraba por haber perdido a mi esposo, en cierta forma, sí era así. Yo jamás quise que Louis muriera en un accidente, yo sólo quería liberarme de él.

El sol comenzó a salir, y Carlos salió de la habitación con lágrimas en los ojos. En ese momento supe que Louis había muerto. Lo abracé mientras mirábamos en silencio a través de la ventana. El sol finalmente salió. Louis había sido su mejor amigo, y debía ayudarlo a llorar su pena, mientras todos miraban pensando que él me estaba consolando a mí.

El padre de Louis apareció nuevamente y me dijo que la familia de Puerto Rico quería verlo a la noche siguiente, y después, trasladarían su cuerpo a Miami, donde Louis quería que lo enterraran. Me dijo que esperaba que yo estuviera de acuerdo con la decisión. Accedí sin dudarlo. Me preguntó si quería encargarme de los arreglos o si quería que él se encargara de todo. Le agradecí y le comenté que prefería que ellos se encargaran de todo a su gusto. Dijo que era una pena que Louis no me hubiera conocido años antes. Quizás todavía estaría vivo. Todo lo que pude hacer fue llorar, me sentía tan culpable.

Estuve a punto de hacer el amor con Carlos, el mejor amigo de Louis, la noche anterior y aquí se suponía que debía ser la esposa afligida. Carlos me dijo que también se quedaría para cuidarme, y después acompañarme a mí y al cuerpo de Louis en el viaje de regreso a Miami. Él se encargaría de los preparativos para volver a Miami.

Yo sólo quería salir de ahí. Cuando dejamos el hospital, a las afueras ya nos esperaban las camionetas de los distintos medios de comunicación. Querían confirmar la muerte de Louis. Con Carlos a mi lado, les hizo saber que Louis había fallecido, y que más tarde se daría más información sobre el funeral.

Regresamos a nuestras habitaciones. Le dije a Carlos que necesitaba comprar dos vestidos negros para el funeral. Me dijo que llamaría a mi estilista, y ellos podrían encargarse de todo lo que necesitara. Me sugirió tomar un baño y descansar un poco. Me esperaban un par de días muy pesados. Él se encargaría de comprar comida para nosotros más tarde, ya que no podíamos dejar el hotel. Además de la fama de Louis, su familia era muy conocida en todo Puerto Rico. Le pregunté si podía llamar a Rosa, y especialmente a Coqui, quien había cuidado de Louis durante tantos años.

Dormí hasta las nueve de la noche. Carlos me escuchó y me dijo que había ordenado un sándwich de pavo para mí, por si quería ir a su cuarto para comer juntos. Me levanté y me dirigí a su cuarto con mi pijama hecha de algodón. Comimos y tomamos café juntos. Él estaba viendo un documental en las noticias locales, donde hablaban de Louis y su familia. Pude notar que la muerte de Louis realmente le había afectado, así que me quedé ahí para ver la televisión con él; aunque, en realidad, yo no quería saber nada de Louis. Pero Carlos me necesitaba y yo estaría ahí para él hasta que toda esta situación pasara.

La noche siguiente fuimos a casa de la familia de Louis, habían decidido no anunciar un velorio; en su lugar, llevaron a cabo un memorial sólo para amigos y familiares. Eso fue más fácil para todos, y pudimos evitar dos velorios, nunca había estado en un funeral, pero cuando hablé con Rosa, ella me dijo qué esperar. Dejamos el memorial alrededor de la medianoche y partiríamos hacia Miami en dos días; necesitaban tiempo para trasladar el cuerpo.

Una vez más, dormí hasta el mediodía. Me levanté y, como de costumbre, Carlos ya había ordenado mi almuerzo, comimos en el balcón. De repente, Miami estaba de vuelta en mi mente, debía encontrar un lugar para vivir. Tendría que ponerme en contacto con Weinstein, no quería nada del dinero de Louis, yo sólo quería el dinero que había ganado con nuestro dúo.

Entonces, recordé el día del accidente; se suponía que Carlos me mostraría algo. Le pregunté: "Por cierto, han pasado muchas cosas, pero ¿qué me ibas a mostrar el día del accidente?" Miró hacia abajo y dijo que me lo mostraría una vez que enterráramos a Louis, así que no toqué el tema de nuevo.

También le conté que, cuando volviera a Miami y todo se tranquilizara, le iba a pedir a Weinstein el dinero del dúo para alquilar un apartamento en la playa. Estaba sorprendido de que no hubiera recibido ese dinero. Probablemente, heredaría el dinero de Louis. Le dije, con un tono muy serio:

"No quiero nada que sea de Louis, todo lo que quiero es el dinero que he ganado con el dúo". No quería entrar en detalles en cuanto a la historia de Louis, y Carlos también cerró el tema.

Bajamos a la playa, se sentía bien estar en el agua, le dije que no se alejara demasiado de mí, que no sabía nadar. Me agarró y empezamos a dar vueltas, como si fuera a ahogarme. Era fuerte y luché contra él, pero aun así dejé que su cuerpo se mantuviera cerca del mío, probablemente, podría haberme alejado, pero me gustó la sensación de sus fuertes brazos, abrazándome. Lo dejé pensar que me estaba dominando. Estábamos muy cerca el uno del otro y me di cuenta de que las cosas se estaban poniendo calientes, así que me tomó de la mano y dijo: "Vamos a beber algo". Pidió una cerveza para los dos, ya que hacía mucho calor.

Una vez le conté que sólo necesitaba media cerveza para emborracharme, pero preferí no recordarle. Le preguntó al camarero si podía conseguirnos algo de bloqueador solar. Cuando llegaron la cerveza y el bloqueador solar, me dijo que me diera la vuelta, que me iba a quemar, así que me puso bloqueador solar por toda la espalda y las piernas, luego me di la vuelta y tomé la botella de sus manos, entonces apliqué el bloqueador solar en el área posterior de mi cuerpo.

Tomé un trago de cerveza fría y le dije que se volteara, pasé mis manos llenas de bloqueador solar por su espalda y muslos fuertes, se volteó, y con otro trago de mi cerveza, me acerqué mucho a él y apliqué el bloqueador en su pecho peludo, brazos, abdomen y pantorrillas. Esta fue la primera vez que toqué el cuerpo de un hombre. Mi cara estaba sonrojada.

Me preguntó por qué me había sonrojado. Le confesé que era la primera vez que tocaba el cuerpo de un hombre. Lucía confundido. Entonces, me preguntó: "¿Y Louis?" Estaba algo borracha y ya no tenía interés en guardar el secreto. Así que comencé a hablar: "Louis jamás me tocó, y yo jamás lo toqué; de hecho, la primera vez que besé a un hombre fue hace dos noches, en esta misma playa".

Carlos siguió interrogándome: "Pero estabas casada e intentando embarazarte. Louis me contó que eras virgen cuando se casaron. ¿Cómo podían tener sexo y no tocar sus cuerpos?" Para ese momento, ya me había tomado toda la botella, entonces le hablé acerca del ritual de cada mes. "¿Él jamás te tocó el cuerpo?", preguntó. Le respondí que ni siquiera había visto mi cuerpo, salvo el área donde debían estar mis bragas.

Me preguntó más detalles sobre ese ritual. Le conté todo acerca de Louis, los momentos en que se sacudía y luego dejaba caer su semen sobre mí. Tardaba aproximadamente cinco minutos. Después, Louis solía levantarse e ir al baño; entonces, yo regresaba a mi cuarto a bañarme.

Me preguntó si Louis me penetraba. Le respondí que no tenía idea, ya que jamás había estado antes con otro hombre.

La doctora Deborah me había dicho que debía doler la primera vez y que sangraría, pero nunca sentí nada y jamás sangré. Le conté a Carlos de la vez en que le pregunté a Louis por qué nunca me dolía. En dicha ocasión, él me respondió: "Porque eres una mujer fría y frígida". Decía que el sexo conmigo era terrible, y por eso probablemente tampoco sangré.

"Hijo de perra", exclamó. Ahora entendía a qué se refería Rosa cuando le contó que lavaba las sábanas de la casa. Pregunté qué significaba eso. "No te preocupes", insistió. Él me explicaría cuando llegáramos a Miami y hablara con Rosa. Yo no tenía ni idea. Nos quedamos tumbados, relajándonos y tomando cerveza.

Dimos un paseo por la playa. Después regresamos a nadar para refrescarnos y bajar el efecto de la cerveza. Estábamos hambrientos, así que ordenamos unas hamburguesas. No queríamos más servicio al cuarto, y el día estaba por terminar. Al día siguiente regresaríamos a Miami. Tenía miedo de que toda la magia que había sentido en nuestras habitaciones de hotel se esfumara en nuestro regreso a casa.

Cuando el sol comenzó a esconderse en el cielo, volvimos a nuestra habitación. Estaba sobria de nuevo gracias a la hamburguesa y él se estaba riendo de que realmente no podía aguantar tanta cerveza. A partir de ahora, sólo habría cervezas para mí. Nos reímos y jugamos como dos adolescentes. Louis era lo último que pasaba por mi mente.

Después de ducharme, me acosté en mi cama. Esperé a que Carlos me llamara. Me quedé dormida, y cuando desperté, él estaba sentado en una silla dentro de mi habitación, mirándome. Dijo que quería terminar nuestra conversación.

Me levanté y me puse frente a él. Le recordé que Louis estaba muerto y le propuse mejor borrar todo y comenzar de nuevo.

Estuvo de acuerdo conmigo. Me dijo que aún tenía una botella de vino y que no le permitirían llevarla a Miami. Había ordenado una tabla de quesos por si me daba hambre más tarde. Trajo dos copas de vino a mi habitación. Yo traía puesta mi pijama. Me dijo que lucía cómoda y sexi al mismo tiempo. Me senté en la cama y tomé mi copa de vino. Crucé mis largas piernas. No sabía qué hacer, pero sentía que algo estaba a punto de ocurrir, y no necesariamente me refería a nuestra conversación.

Carlos puso un disco de Luis Miguel, que tenía muchas canciones románticas. Me tomó de la mano y me ayudó a levantarme. Me tomó en sus brazos mientras bailábamos lento. Comenzó a besarme la parte de atrás de mi cuello, levantando mi cabello, metiendo sus manos dentro de mi camisón, arriba y abajo de mi espalda. Acariciaba mi trasero lentamente, con ambas manos. Mis piernas temblaban como nunca. Jamás había sentido algo así y no quería que se detuviera.

Me dio la vuelta mientras seguíamos bailando lentamente. En ese momento, comenzó a besarme, mientras, subía sus manos a mi camisón, y con sus cálidas manos, seducía mi pecho. Mis bragas estaban mojadas, pero, esta vez, no había semen. Fue de mi vagina. Jadeé cuando tuve un orgasmo, parada allí en sus brazos; soltó una ligera carcajada y dijo: "Oh, qué mujer tan fría y frígida". Me levantó y me llevó a la cama. Me quitó las bragas y el camisón. Me miró con ternura.

No dejaba de temblar. Pasó sus cálidas manos por mis piernas y las estabilizó. Me dijo que no tuviera miedo. No me haría daño, me haría el amor. Luego se quitó el bóxer y yo jadeé, «Dios mío, ¿qué es eso?" Le dije que así no lucía el pene de Louis, el suyo era demasiado grande. Él se rio y dijo que su pene era normal, me preguntó cómo era el pene de Louis, le dije que apenas lo había visto un par de veces, pero era del tamaño de mi dedo medio.

Se sentó en la cama y me dijo: "Creo que ya sé por qué nunca sangraste con Louis, porque todavía eres virgen". Le respondí: "No, eso es imposible; él estaba tratando de dejarme embarazada". Dijo que Louis era conocido por tener un pene muy pequeño. Muchas mujeres decían que él no podía meter el pene en una vagina y jamás habría podido quitarle la virginidad a alguna chica.

Carlos continuó explicándome: "Lo noté desde nuestra conversación hoy en la playa, y cuando Rosa me confirmó que nunca había visto sangre en sus sábanas, ni la primera vez que fuiste a su cama". Rosa también sospechaba que yo todavía era virgen. Hoy se dio cuenta de por qué Louis insistía tanto en casarse conmigo, porque yo era virgen y siempre había sido leal a todos los hombres, incluso si habían abusado de mí. Seguí diciendo que no, eso no podía ser cierto. Si sabía que era virgen, ¿por qué intentaría embarazarme todos los meses?

"Para cobrar el dinero de la herencia", recalcó. El dinero sería suyo si yo no quedaba embarazada y era probable que yo no lo dejaría. Si lo abandonaba, al menos él había hecho creer a su familia que había estado casado con una mujer decente.

Le dije que estaba equivocado y sólo había una manera de averiguarlo, quería que me hiciera el amor y resolviera esto de una vez por todas. Se levantó, se puso el bóxer y dijo: "No, no aquí, en una cama donde han dormido cientos de personas". Le pregunté qué diferencia hacía eso; de cualquier forma, me iba a hacer el amor hace unos minutos.

Carlos no podía dejarme con la idea de que todavía era virgen y había desperdiciado un año de mi vida tratando de quedar embarazada. Si todavía era virgen, entonces Louis había violado mi cuerpo más de lo que Sebastián o Varona lo habían hecho. Se masturbaba sobre mí un día al mes, sabiendo que no notaría la diferencia, y convenciéndome de que no podía quedar embarazada porque era una mujer fría y frígida.

Esta terrible experiencia nunca terminaría. Estaba destinada a ser virgen de por vida. Le rogué que terminara con esto ahora mismo. Me dijo que llamaría a la doctora Deborah y me llevaría con ella tan pronto como llegáramos a Miami. Le pedí que me dejara en paz. Sólo quería estar sola. Me puso mi pijama y dijo: "Ya no estarás sola". Volvimos a su cama y me quedé dormida en su brazo.

En la mañana, nos despertamos y no mencionamos nada de lo ocurrido aquella noche. Empacamos y nos fuimos. Miré una vez más su habitación antes de cerrar la puerta. Tenía la sensación de que jamás volvería a sentir todo lo que había sentido en ese lugar, fuera bueno o malo.

Tres horas después aterrizamos en Miami. Carlos me dijo que la doctora Deborah ya nos esperaba. Nos fuimos en su auto y llamé a Rosa. Le avisé que ya habíamos aterrizado y que llegaríamos en dos horas porque Carlos debía ver a alguien. Yo le explicaría todo al llegar. Me pidió que le dijera a Carlos que había preparado fricasé de pollo para que por favor viniera a almorzar. Rosa siempre intentaba curar los malos momentos con un rico platillo. La mayoría de las veces lograba reconfortarme, pero no estaba segura de que ese día fuera a funcionar.

La oficina de la doctora Deborah estaba cerrada, pero Carlos la llamó y ella abrió la puerta. Estaba ahí con su esposo. Ella me abrazó y me dio el pésame por la muerte de Louis.

Me llevó al consultorio para revisarme. Me comentó que Carlos la había llamado porque yo estaba preocupada, pues no sabía si seguía siendo virgen. Ella me dio una bata y me pidió que me desvistiera. Ella estaría de regreso en un momento.

Supuse que había salido a platicar con Carlos, porque yo realmente no quería hablar del tema. Todavía esperaba que Carlos y Rosa estuvieran equivocados. La doctora regresó y me examinó, me pidió que me vistiera y la viera en su oficina. Carlos estaba sentado ahí cuando entré; me preguntó si estaba bien que Carlos se quedara mientras ella me hablaba. Su esposo ya se había ido de la oficina y le dije que sí, Carlos podía quedarse. Él tomó mi mano.

Ella me dijo que todavía era virgen. No podía creerlo, pude haberme quedado con esta mentira por al menos un año más. Quería llorar, pero ahora estaba enojada, y era hora de crecer, Louis me había usado como cualquier otro hombre en mi vida lo había hecho.

La doctora sugirió que podía romper mi himen si quería, sería menos doloroso. Pero no acepté. Me dio algunos paquetes de vaselina y me dijo que, si algún día decidía volver a tener relaciones sexuales, podía pedirle al hombre que lo usara la primera vez. Eso me ayudaría con el dolor. Ella era muy amable, pero yo sólo quería irme, no pensaba en otra cosa más que meterme en la cama y dormir; luego, empacar y salir de la casa de Louis para siempre, ahora entendía por qué Carlos lo había llamado "hijo de perra".

Regresamos al coche. Carlos me dijo que lamentaba mucho todo lo que Louis me había hecho. Le pedí su ayuda. Necesitaba mi dinero para poder salir de esa casa. Llamaría a Weinstein al regresar, no quería que Carlos se enterara sobre el contrato de matrimonio.

No iba a ensuciar mi vida después de lo que Louis me había hecho. Le pedí a Carlos que, por favor, le dijera a Rosa que cuando llegáramos a casa no estaba en condiciones de explicarle todo esto, que todavía estaba tratando de procesar las noticias.

Aún no decidía si iba a asistir al funeral. Me bañé y me acosté en mi cama. Rosa entró a mi habitación con algo de jugo y un sándwich. Carlos le contó todo lo ocurrido, incluyendo el diagnóstico sobre mi virginidad. Me levanté y le dije que no quería ir al funeral. No quería volver a ver su cara, incluso si era en un ataúd. Me dijo que, si no asistía, sólo podía causar que se esparcieran rumores. Lo mejor era enterrar a Louis con toda su oscuridad, y yo finalmente sería libre. Nunca había ido a un funeral. Ella me dijo que no necesitaba entrar en la habitación donde estaba el ataúd, sólo debía quedarme en la parte de afuera, y todo habría terminado en cinco horas.

Carlos se fue para terminar los preparativos y regresaría por mí a las cuatro de la tarde. El funeral sería desde las siete hasta la medianoche. Supongo, Rosa tenía razón. Carlos necesitaba mi apoyo. Le dije a Rosa que nos iríamos de esa casa en cuanto Louis fuera enterrado, Pensaba hablar con Weinstein esa misma noche después del funeral. No quería saber nada de la herencia de Louis, sólo quería el dinero que me debían de la grabación.

Carlos llegó a las cuatro en punto y nos fuimos. Le pregunté por qué íbamos tan temprano, el funeral no era sino hasta las siete de la noche. Dijo que quería mostrarme lo que me iba a mostrar el día del accidente. Me llevó hasta la zona de la playa donde habíamos filmado el video musical. Condujo hasta la casa vacía que vimos aquella vez. Salimos y abrió la puerta principal con una llave. La casa estaba vacía, no había muebles en ninguna habitación. Le pregunté:

"¿Cómo conseguiste la llave?" Siguió caminando escaleras arriba hasta el segundo piso; tenía una hermosa vista al mar.

Miré la habitación que estaba del lado izquierdo. Pude ver una cama a la mitad de ese inmenso cuarto con puerta doble. Entré y Carlos me siguió. Había varias prendas sobre la cama. Le comenté a Carlos que alguien seguramente vivía ahí. En el lugar pude ver el equipaje de Carlos en una esquina. Le pregunté qué estaba pasando. No estaba de humor para más secretos. Me volteé y salí de ahí.

Carlos me tomó del brazo y me dijo: "Por favor, déjame explicarte. Esta casa es a donde pensaba traerte el día del accidente". Me quedé allí, mirando al océano. esperaba una explicación. Me confesó que estaba enamorado de mí desde el primer día que me vio. Había tratado de mantenerse alejado, pero una vez que vio cómo Louis abusó de mí, decidió que ya no merecía su lealtad. Él podía notar que yo también sentía algo por él.

Él había comprado esta casa para nosotros. Quería casarse conmigo y que tuviéramos a nuestros hijos en esta casa. Me preguntó si recordaba lo que le había dicho ese día, que me sentía atraída por esta casa y dije: "Sin duda podría ser feliz aquí". Se quedó allí, abrazándome, de espaldas a mí. Mientras ambos miramos por la ventana, hacia la playa.

Carlos hizo hincapié en que no estaba obligada a aceptar su oferta si yo no quería. Tampoco quería que yo aceptara casarme sólo por la casa. Él sólo quería evitar que alguien más la comprara, sin al menos intentar proponerme una vida juntos. Quería cumplir su promesa de construir un hogar conmigo, donde ambos pudiéramos ser felices, e incluso Rosa y Coqui pudieran venir con nosotros. Lo único que había comprado hasta ahora eran los muebles de la habitación, porque necesitaba una cama donde dormir, pero si aceptaba, quería que me encargara de la decoración de la casa.

Me di la vuelta y le dije que siempre había sido él, desde aquel día en que lo conocí en su rancho.

Desde ese momento me enamoré de él, fue el primer hombre de quien me enamoré. Sí, quería vivir con él, y, algún día, formar una familia, pero no quería casarme. Yo sólo quería vivir feliz para siempre, sin quedar atada a un papel o un contrato. Nos besamos, y si no hubiera sido por el funeral, habríamos hecho el amor en ese instante y en ese lugar.

Le pregunté si esa cama era la razón por la que no me había hecho el amor en Puerto Rico y me dijo que sí. La casa era espaciosa y tenía también una pequeña y solitaria casa a un lado. Había una gran piscina, bromeamos, ahora debía aprender a nadar. Le pregunté cuándo podría mudarme. Realmente no quería pasar otra noche en casa de Louis. Acordamos que dormiríamos ahí esa noche y mañana le preguntaríamos a Rosa y Coqui si querían mudarse con nosotros. Rosa podía empacar mis cosas, para que yo nunca volviera a entrar en la casa de Louis.

Fue un momento de gran felicidad. Fuimos a la cocina y me preparó un mojito. Después sirvió un poco de güisqui para él. Brindamos por nuestra felicidad y por la casa donde viviríamos por siempre.

Le dije que quería hablar con Weinstein para recibir mi dinero. Carlos me sugirió que no necesitaba a Weinstein para ello, ya que él era quien estaba a cargo de administrar el dinero de la compañía y me depositaría tan pronto terminara el funeral.

Nos fuimos al funeral. Nos sentamos en su camioneta a las afueras del recinto. El estacionamiento estaba lleno. Esto no sería fácil para mí, odiaba que me vieran como la viuda afligida. Tomé la mano de Carlos y le pedí que por hoy olvidáramos nuestra relación; esta noche quería que él afrontara la pena de haber perdido a su amigo de toda la vida.

No quería que él combinara sus sentimientos por lo que pasó entre Louis y yo, con su amistad con él. No necesitábamos gente en el funeral para entender nuestra relación. Quería que mantuviéramos la distancia, estaría bien, y mañana, después de que Louis fuera enterrado, comenzaríamos nuestra nueva vida. Entramos y nos separamos para que nadie sospechara nada.

Todos fueron muy amables. Yo sólo podía decir que me encontraba sin palabras, para que no sospecharan por la ausencia de lágrimas. Rosa y Coqui, ambas estaban allí, les dije que Carlos hablaría con ellas mañana. Le avisé a Rosa que no dormiría en la casa esa noche. Empecé a sentirme mal, tenía náuseas. Rosa me recordó que no había comido nada; entonces pensé en que probablemente el mojito que bebí con el estómago vacío me estaba causando esa sensación.

Eran las ocho de la noche y Alfred me dijo que debía entrar en la habitación en la que estaba el ataúd de Louis, porque el sacerdote iba a orar y a decir algunas palabras. Miré a Rosa y ella me susurró que sólo mirara al suelo y no al ataúd. No tomaría más de quince minutos. Alfred me llevó con él, había un sacerdote parado frente al ataúd, bloqueando mi vista de Louis.

Miré a mi alrededor mientras la gente empezaba a reunirse detrás de mí. Me sentía muy ansiosa y no podía ver a Carlos, debía haber 200 personas en esa pequeña habitación llena de coronas de flores. Comencé a sudar y a tener dificultad para respirar, mientras el sacerdote oraba, sentí que la habitación daba vueltas. Lo último que recuerdo es que tomé el brazo de Alfred y le dije: "No puedo respirar".

Desperté en la sala de urgencias de un hospital. La doctora Deborah estaba a un lado de mi cama. Le pregunté qué me había pasado. Me pidió que procurara no hablar mucho. Ella intentaría explicar todo.

Le pregunté dónde estaba Carlos. Por la expresión en su rostro, pude notar que algo andaba mal. Me dijo que él estaba bien y que estaría aquí conmigo pronto.

Ella me dijo que tuve una reacción anafiláctica a las coronas de flores, ¿me había pasado eso antes? Le conté que sí, una vez en un restaurante donde había muchas flores. Los paramédicos tuvieron que ponerme una inyección de Epi. Pero esto fue mucho peor. Explicó que cada vez que me exponía al alérgeno, la reacción era peor. Tuve mucha suerte de que la estación de bomberos estuviera a una cuadra de la funeraria. Tuve que evitar estar cerca de las flores, porque podría haber muerto.

"¿Qué pasó con Carlos?", pregunté. Comenzó a contarme lo que pasó cuando me desmayé. Alfred me había llevado a un sofá fuera de la sala donde estaba Louis. Comencé a jadear y a ponerme azul. Llamaron a los bomberos, pero Carlos y todos pudieron ver que estaba en problemas. Carlos empezó a llorar y a gritar que no mirara a Louis ni a la luz, que me quedara ahí con él. Cuando llegó el rescate, me tiraron al suelo y comenzaron a examinarme. Carlos seguía diciendo que Louis estaba tratando de llevarme con él.

Entonces, comenzó a gritar al cuerpo de Louis, le seguía diciendo que no lo iba a dejar llevarme, que él sólo me había usado, haciéndome creer que ya no era virgen. Carlos le gritó a Louis, que la doctora Deborah había confirmado ese mismo día que yo aún era virgen. Me había engañado por un año y me había hecho creer que podía embarazarme, cuando en realidad él nunca tuvo sexo conmigo. Le dijo que era un maldito enfermo, y para dejarme en paz, comenzó a derribar todas las coronas de flores.

La doctora Deborah intentó controlarlo, ya que todos los asistentes estaban ahí parados, en estado de shock.

Ya era bastante malo estar luchando por mi vida, como para escuchar sobre los desplantes de Carlos destruyendo una habitación completa y haciendo todo un espectáculo.

La policía llegó con los bomberos y logró contener a Carlos. La doctora y su esposo habían venido conmigo al hospital, siguiendo al camión de rescate. Carlos tuvo suerte de que Weinstein estuviera allí, y pudo convencer a la policía de que no arrestara a Carlos. Ahora se dirigía al hospital. El esposo de la Dra. Deborah la llamaría desde la sala de espera, una vez que Carlos estuviera ahí.

El médico llegó y también me contó cómo casi había muerto y que necesitaba ver a un especialista, pero también debía alejarme de las flores y las fragancias hasta que recibiera algún tipo de tratamiento. La policía estaba afuera; y había muchos reporteros con sus cámaras en la sala de espera. Querían una declaración.

La Dra. Deborah dijo que, si la quería como mi médico personal, podía darles una declaración. Estuve de acuerdo con que debía hablar con los medios. Ella me contó que se tomaron videos del quiebre de Carlos y se publicaron en las redes sociales. Le dije que por favor no abordara esas preguntas, sólo sobre mi condición médica. Se fue para tratar con los medios de comunicación. Dos policías pidieron hablar conmigo.

Querían mi versión de lo que había sucedido, y también necesitaban mi permiso para que Carlos me viera. Les dije que me había desmayado y no tenía ningún recuerdo después de eso, hasta que me desperté en el hospital. Y les pedí dejar entrar a Carlos a mi habitación. Me dieron el pésame y se fueron.

Pasaron 10 minutos y Carlos entró en la habitación. Me abrazó y comenzó a llorar, seguía diciendo: "Pensé que habías muerto".

Le pregunté riendo: "¿Entonces qué pasó con la parte en la que íbamos a mantener nuestra relación en silencio?" Me preguntó por qué nunca le había dicho que era alérgica a las flores. Le contesté que este era mi primer funeral, y, seguramente, el último.

El doctor entró y me dijo que mi respiración y los niveles de oxígeno habían mejorado, pero que me iban a dejar en observación durante la noche. Hizo hincapié en que otra reacción como esa seguramente podía matarme. La doctora Deborah regresó a mi habitación, me informó que se había ocupado de los medios de comunicación. Les dijo que estaba estable, pero internada en el hospital. Carlos se negó a irse a casa y durmió en el sillón reclinable.

El entierro sería a las diez de la mañana. Ninguno de los dos iba a asistir, era hora de dejar ir a Louis para siempre. Me dieron de alta a las diez de la mañana; nos dejaron salir por una puerta lateral, ya que los reporteros habían regresado por la mañana. Rosa y Coqui, nos recogieron para que nadie reconociera el auto. Fuimos a nuestra nueva casa y Carlos habló con Rosa y Coqui, ofreciéndoles trabajar para nosotros en nuestra nueva casa. Ambas estaban muy felices y aceptaron venir a vivir con nosotros a este nuevo hogar en la playa. Carlos me llevó arriba, a mi nuevo dormitorio; los tres me cuidaron durante los días siguientes.

Carlos se fue a la lectura del testamento, resultó que Louis se lo había dejado todo a él. No me mencionaron en el testamento, aunque Weinstein me dijo que podía impugnar como la esposa de Louis. No quería nada de él y me alegré de que Carlos fuera el único beneficiario; había soportado a Louis todos esos años y se lo merecía.

Carlos decidió vender todo lo que había en las propiedades, incluida la casa, y aunque yo me negué, él depositó una gran cantidad de dinero en mi cuenta bancaria. También entregó a Coqui y Rosa una generosa cantidad de dinero de la venta de toda la herencia.

Poco a poco, comencé a recuperar mi energía. Rosa estuvo de acuerdo conmigo en que no debía casarme de inmediato.

Pasó una semana y Carlos tuvo que partir por dos semanas a Buenos Aires, Argentina. Ahí tenía su oficina y clientes a los que no podía abandonar. Me dijo que se iría cada dos meses durante dos o tres semanas. Cuando se fue, comencé mi rutina habitual, a primera hora de la mañana tomaba un poco de jugo de naranja y luego hacía ejercicio durante una hora. Después trabajaba en mis letras. Quería escribir una canción para Carlos titulada *Me salvaste*. Fue una combinación de música pop y *country*.

La Dra. Deborah vino a verme. Me preguntó si Carlos y yo teníamos sexo. Le dije que no, que estaba muy asustado por lo que me había pasado, y habíamos acordado que le preguntaría cuándo estaría bien. Me dijo que, si puedo tolerar el ejercicio, no tendrás ningún problema con el sexo. Me recordó que me asegurara de usar vaselina. Lo haría más cómodo la primera vez.

Al siguiente día llamé a mi estilista. Sabía la noche en que Carlos regresaría a casa. Finalmente estaríamos juntos, así que quería un camisón rojo.

Llegó a casa alrededor de las cuatro de la tarde. Cenamos juntos y luego se sentó a ver un partido de los Miami Heat, amaba todos los deportes. Solía verlos después de la cena, luego se duchaba y se acostaba. Yo lo acompañaba a ver los juegos de los Heat, pero no era fanática del béisbol. Me duchaba y miraba las noticias hasta que él se iba a la cama.

Mientras me dirigía a nuestra habitación, le dije que me iba a duchar y que si podía traerme un mojito cuando subiera las escaleras. Parecía que iba a decirme que no, pero le dije que lo había aclarado con la Dra. Deborah. Sonrió y dijo que estaría arriba en media hora. Me trajo dos mojitos, me los tomé inmediatamente, mientras se duchaba.

Me puse mi camisón rojo, me acosté y esperé. Salió y bebió un poco de su etiqueta Black Label. Me preguntó cómo me sentía; le dije que estaba bien. Atenuó las luces y se metió en la cama. Ambos estábamos listos para estar juntos. Me dijo que me veía hermosa con mi vestido, a pesar de que era igual de sexi con mi camisa de dormir de algodón.

Mi cuerpo estaba listo, y por su respiración podía decir que él también estaba listo para convertirme en su mujer.

Lo intentó, pero al inicio fue doloroso, No pensé que podría superar esto, y luego me acordé de la vaselina. Le dije que la gelatina estaba en el cajón del baño. Me dijo que no quería hacerme daño y que tal vez sería necesario un par de veces. Pero lo intentó de nuevo. Supe que quería terminar con mi virginidad ahora mismo. Me miró y me dijo que quería que fuéramos uno. Respiré profundamente y le dije: ¡¡Tómame... AHORA!! Y con un empujón, la maldición de mi virginidad había terminado de una vez por todas.

Carlos se emocionó mucho, me besó y me agradeció por ser su mujer. Dijo que la virginidad era lo más preciado que una mujer podía darle a un hombre. Antes de esta noche, él sólo había tenido sexo con mujeres, pero nunca había hecho el amor con alguien a quien realmente amara, y nunca con una mujer que fuera virgen.

Carlos me preguntó si podía tomar una foto con su teléfono de las sábanas manchadas de sangre, le dije que estaba loco, que no éramos adolescentes.

El colchón también se había manchado, y dijo que nunca lo tiraríamos. Le pedí que tirara las sábanas y no quiso. Las pondría en la lavadora; sabía que a Rosa le encantaría lavar esas sábanas. Fue una noche maravillosa. Nos quedamos despiertos toda la noche y hablamos hasta el amanecer.

Entramos en una feliz rutina; fue bueno que ahora pudiéramos estar juntos durante horas, por mi alergia; Debía ser muy cuidadosa al salir de casa. Seguí pidiéndole a Carlos que me consiguiera un especialista. Quería que me trataran esta alergia para poder viajar con él a Argentina. Había estado encerrada la mayor parte de mi vida, algo que no era tan inusual para mí, pero no quería encerrarlo a él. Los siguientes seis meses pasaron volando, todo fue perfecto. Creí que una vez que perdí mi virginidad, las cosas malas de mi vida se habían ido.

Carlos era dos años mayor que yo y quería tener cuatro hijos. Tuvimos mucho sexo, pero no duraría mucho. Parecía que cuando estaba empezando a disfrutarlo, Carlos llegaba al orgasmo y todo terminaba. No sabía si esto era normal, pero no quería decírselo. Siempre me preguntaba si era bueno para mí y yo le respondía que sí, para no lastimarlo.

Le dije que quería visitar a la Dra. Deborah, para hacerle saber que queríamos tener hijos, tal vez ella podía revisarme. No quería ir con Carlos, así que esperé hasta que se fuera a Argentina. Tenía muchas preguntas sobre sexo y ella era la única a quien me atrevía a preguntar.

Rosa me dejó en la oficina de Deborah. Le dije a la doctora que Carlos y yo sí teníamos relaciones sexuales, pero deseaba que duraran más. Ella me preguntó si llegaba al orgasmo durante nuestras relaciones sexuales, pero yo le dije que muy rara vez lo hacía.

Había empezado a fingir el orgasmo porque me di cuenta de que Carlos estaba preocupado. Ella me preguntó cuánto tiempo duró, y yo le dije que unos minutos. Una vez que me penetró, acabó en un minuto. Ella me dijo que tenía eyaculación precoz desde que era un hombre joven y sano; la causa era porque cuando era niño difícilmente tenía privacidad al masturbarse, por lo que desarrolló ese patrón de terminar lo más rápido posible.

Le dije que por favor no le mencionara esto. Ella me dijo que debería hablar con él sobre el tema, fingir no sería bueno para nuestra vida sexual. Carlos necesitaba asegurarse de que yo estuviera satisfecha antes de que él terminara,

Cambié de tema y le pedí que me explicara los días de ovulación porque ambos queríamos tener hijos.

Cuando Carlos llegó a casa, comenzamos a seguir el método de la Dra. Deborah. Me había dicho que, si no me quedaba embarazada en seis meses, ambos debíamos hacernos una prueba de fertilidad. Carlos empezó a insistir en que nos casáramos, consiguió que Rosa estuviera de acuerdo con él. Ambos argumentaron que, dado que queríamos formar una familia, era hora de sellar nuestra relación.

El siguiente fin de semana, Coqui se fue a Puerto Rico. No había vuelto desde que Louis murió. Rosa iba a la casa de su hija cada fin de semana. Carlos había ido al mercado de carnes argentino. Compró un poco de churrasco y salchichas para asar. También compró una botella de mi vino favorito "Cuerno de Pato". Me alegré de que pudiéramos pasar tiempo a solas. Él estuvo emocionado y cantando toda la mañana, supongo que porque era el primer partido de *playoffs* de los Miami Heat.

Carlos abrió la botella de vino, y con una cobija bajo su hombro, me preguntó si no quería salir a sentarme en la playa por un rato antes de la parrillada. Hacía mucho viento y era un día tempestuoso. Trajo consigo una tabla de quesos con sus favoritos: brie, gruyer y manchego. Nos sentamos mirando a los pájaros sobrevolar el océano y bajar su altura para cazar la cena. Ambos recordamos lo afortunados que éramos de vivir en nuestra casa, y cómo jamás nos moveríamos de ahí.

Carlos me preguntó si estaba segura de nunca querer dejar esta casa o a él. Él nunca cambiaría su vida por nada en el mundo. Éramos almas gemelas. Lo único que faltaba era que él quería convertirme en Carmen Rubio, como nuestros hijos algún día serían del clan Rubio también.

Sacó un anillo de diamante del bolsillo de su camisa. "¿Para siempre?", preguntó mientras tomaba mi mano y mi dedo anular, esperando por mi respuesta. Hice una pausa y respondí: "Para siempre". Colocó el anillo en mi dedo e hicimos el amor en la playa. Intenté llevar todo muy despacio como sugirió la doctora, y funcionó muy bien.

Comimos y miramos a los Heat ganar su primer juego de *playoffs*. No podía pedir más. Nos fuimos a dormir, y una vez más, le pedí a Carlos que me ayudara a encontrar un especialista para mis alergias. Realmente quería ir con él algún día a ver un juego de los Heat. Él me prometió que me conseguiría a un especialista para comenzar mi tratamiento en su regreso a Argentina y después de nuestra boda.

A la mañana siguiente, Carlos despertó y nos preparó un desayuno inmenso. Toda la conversación giró en torno a los preparativos para la boda. Supongo que él temía que yo cambiara de opinión. Nos casaríamos en un mes, cuando él regresara de Argentina. Pude notar que él ya tenía todo planeado. Le dije que no había manera de tener todo listo en un mes. Tomaría un rato conseguir un vestido y el lugar donde nos casaríamos. Insistió en que ya había investigado un poco, esperando que yo aceptara. Podíamos casarnos en nuestro pedazo de playa. Sólo necesitábamos un permiso. También podíamos rentar una carpa para colocar la recepción ahí.

Le recordé que se iba en una semana y sería imposible lograrlo. Él se mantuvo firme: "Para eso contrataremos a una experta en bodas". Obtuvo el contacto de una planificadora de bodas en Miami, y con nuestra aprobación, ella se encargaría de todo. Ella traería a todos los proveedores a casa, pues sabía que yo no podía salir por mi alergia a las flores. Él ya había hablado con ella sin siquiera saber si yo aceptaría casarme. A todo esto, ¿por qué la prisa?

Carlos me pidió que recordara que, si todo salía bien, yo quedaría embarazada en los próximos dos meses, por eso debíamos casarnos cuanto antes. Él no quería que yo me estresara con la boda si quedaba embarazada. Quería que el acta de nacimiento de nuestro primer hijo fuera registrada como "Rubio" en sus dos apellidos. Él me prometió que la experta en bodas se encargaría de todo, yo sólo debía aparecer como una hermosa novia que pronto sería su esposa. La llamó al día siguiente y programamos una cita con ella antes de que él se fuera la siguiente semana.

Rosa se puso muy feliz cuando le contamos sobre nuestra boda; quería cocinar toda la comida. Carlos le dijo que serían al menos 300 personas, y lo único que quería era que ella asistiera a nuestra boda, no que trabajara ese día. Todo lo que tenía que hacer era ayudarme con todo lo necesario. También preguntó por qué en 30 días, él le dio la misma excusa de querer casarse antes de que yo estuviera embarazada, con suerte, pronto.

Maggie, la organizadora de bodas, llegó cargando decenas de libros. Hablaba principalmente con Carlos, lo que me molestaba bastante.

Trataría de superar esto, tal vez una boda en 30 días no era tan mala idea, no podía imaginarme lidiando con todo esto durante seis meses. Me trajo un folleto de vestidos de novia de diseñador que podría conseguir en dos semanas, pero tenía que elegir uno para el viernes. Les dejé elegir todo a ambos: invitaciones, carpas de boda, manteles, sillas, todo.

Carlos me mostraba lo que les gustaba y yo sólo asentía con la cabeza.

Podían elegir todo menos mi vestido. Después de cuatro largas horas, la boda estaba planeada, todo lo que necesitaba era el nombre y la dirección de nuestros invitados. Carlos le enviaría la lista de invitados. Incluso, ambos habían elegido la fecha de nuestra boda, el único sábado que tenía disponible la organizadora. Nos casaríamos el 21 de abril a las cuatro de la tarde. Realmente no me gustó la idea, les dije que prefería los días pares, como el 22, pero ella dijo que las bodas en domingo sólo las hacían gente barata. Ahora realmente no me agradaba.

Carlos seguía apretando mi rodilla y me insistía en que todo iba a ser maravilloso. Subí las escaleras. Rosa se dio cuenta de que no estaba muy emocionada, así que subió a mi habitación con un expreso. Supongo que Carlos estaba demasiado acobardado como para enfrentarme, así que envió a Rosa para despejar el camino. Ella me dijo que todo iba a ser maravilloso. Sería una hermosa novia, y ella estuvo de acuerdo con Carlos, sería mejor hacer esto antes de quedar embarazada. Le mostré el folleto de los vestidos y le pregunté: "¿Cómo voy a elegir un vestido en dos días, de una revista, sin ver ni tocar la tela?". Comenzó a mostrarme dos o tres vestidos que dijo que eran muy bonitos.

Rosa bajó a servir la cena, no tenía hambre, pero no quería que Carlos se fuera porque estábamos molestos.

Después de la cena, vimos otro partido de *playoffs*, en el medio tiempo, fui arriba a bañarme. Carlos se iría en la mañana y no regresaría sino hasta una semana antes de la boda. Fue arriba con una copa de vino para cada uno. Él se metió a bañar y yo lo estaba esperando.

Carlos me dijo que intentaría volver lo antes posible, tenía un cantante nuevo, que estaba seguro, si lo promocionaba bien, sería una estrella adolescente. Necesitaba tiempo en los países sudamericanos para dar a conocer su nombre. Le pregunté cómo íbamos a casarnos, si ni siquiera tenía un anillo de bodas. Dijo que ni siquiera se había dado cuenta de eso, pero que no tenía que estar en el aeropuerto hasta las cinco de la tarde. Podíamos ir a las diez de la mañana y comprar su anillo, mi elección.

Estuve de acuerdo, y luego le pedí que me hiciera el amor antes de irse, probablemente, sería nuestra última vez antes de casarnos. De nuevo, me di la vuelta, insatisfecha. Mi cuerpo recién comenzaba y él ya había terminado. Pensé en que yo necesitaba un especialista después de casarnos, pero él también.

Compramos el anillo y Carlos se fue al aeropuerto. Antes de irse, me dio un beso en la mejilla y me recordó que escogiera un vestido antes de mañana. Mientras yacía en la cama tratando de decidir qué vestido elegir de la estúpida revista, simplemente elegí el vestido corto, estaría en la playa, y un vestido largo no funcionaría; además, debía bajar sola la larga escalera de madera hasta la playa.

Terminé de planear mi boda. Me acosté en mi cama, pensando cómo podía hacerme esperar con ansias el gran día. Me di cuenta. Necesitaba terminar la canción, la había escrito para Carlos. Las letras estaban hechas; todo lo que necesitaba era la música.

Llamaría a Alfred por la mañana y le preguntaría si Sam me podía ayudar con la música, para poder grabar la canción y sorprender a Carlos en nuestra boda cantándola en la recepción.

La planificadora de bodas, alias, "la bruja", como la llamo ahora, apareció con una costurera para tomar mis medidas y ordenar el vestido. Ella me dijo que mi pecho era muy grande, nada proporcional al resto de mi esbelto cuerpo, por lo que tendrían que pedir un vestido de talla más grande y luego arreglarlo, me preguntaba cómo esta bruja tenía clientes. ¿Quién en su sano juicio la recomendaría? Debía concentrarme en mi canción y dejar que la bruja hiciera lo que quisiera, siempre y cuando no tuviera que verla de nuevo hasta la boda.

Alfred fue maravilloso, me programó una cita con Sam para las próximas dos semanas y prometió que grabaríamos esa canción para la boda. Quería saber si tenía la intención de lanzar también la canción. Dije: "Es la canción de Carlos". Puede hacer lo que quiera con su canción. Se sentía bien estar en el estudio. La última vez que estuve allí fue para grabar el dueto con Louis.

Supuse que todo el mundo ya había superado la muerte de Louis porque me felicitaban por mi matrimonio con Carlos. Casarme por tercera vez sería la novedad. Además, todos fueron invitados a la boda. Rebecca me preguntó si estaba embarazada, por la prisa con que nos casaríamos. Le dije que lo estábamos intentando, pero no, no estaba embarazada todavía. Sólo queríamos casarnos antes de quedar embarazada. Supongo que había comenzado a aceptar la idea como la razón de nuestra boda apresurada.

Mi canción se terminó de grabar en cinco días y todos estaban muy contentos con ella, según dijo Alfred, estaba seguro de que Carlos querría lanzar la canción.

Le dije que era una sorpresa para Carlos, pero necesitaba que se la diera a la orquesta para ensayar antes de la boda.

Alfred dijo que Carlos le había pedido que contratara la orquesta del estudio, siempre la usaban para los eventos y podíamos usarla en nuestra boda. Me aseguró que nadie sabría de la sorpresa. Finalmente, estaba emocionada por el día de la boda.

Carlos llegó el domingo antes de nuestra boda. La bruja no perdió el tiempo y estuvo en nuestra casa una hora después de su llegada. Me dijo que el vestido llegaría el miércoles y que lo traería tan pronto como lo recibiera, para que lo pudieran alterar.

No había tiempo para una prueba de peinado y maquillaje, así que lo haríamos el mismo día de la boda. El estilista y la maquillista no tenían tiempo antes. Dije que podía peinarme y maquillarme yo misma. Ella puso los ojos en blanco y me dijo: "Llevas un vestido de diseñador y necesitas profesionales para el cabello y el maquillaje". Por supuesto, Carlos dijo que sería mejor para mí, así podría estar relajada ese día. Tenía suficiente de esa bruja y me disculpé. Subí las escaleras y hablé conmigo misma en el espejo del baño. Me dije: "¡¡¡No dejes que la bruja te haga enojar!!!"

Carlos me dijo que tenía trabajo por hacer, que no lo esperara. Me llevó una copa de vino y admitió que la organizadora de la boda podía ser algo molesta. Me sugirió sólo ignorarla, y pronto llegaría el sábado, el día más feliz de nuestras vidas. Carlos lucía cansado. Le aseguré que todo estaba bien y coincidí en que sería un gran día. Le insistí en que descansara y trabajara mejor al día siguiente.

El vestido estaba bien, pero necesitaba algunos ajustes. Siempre perdía algo de peso cuando Carlos estaba conmigo. La bruja y la costurera dijeron que era demasiado sencillo y que tendrían que arreglarlo un poco.

Les insistí: "Así me gusta, sencillo". Carlos me miró desde su oficina con ojos de súplica y manos juntas como en modo de oración. No podía ver el vestido, pero podía oír nuestra conversación. Les dije: "Está bien, pero no se excedan".

Pregunté qué me iban a poner en el pelo, ya que no podía llevar flores ni sostener un ramo. La bruja dijo que había encontrado un postizo y un ramo artificial a juego, eso sería la sensación. Se suponía que llegarían el viernes. Empezaba a desear el haber estado más involucrada en la boda. Esta mujer y yo no compartíamos el mismo gusto en ropa. Le pregunté cómo se suponía que debía caminar con los tacones que me había traído, era una boda en la playa, entre la arena. Ella me ignoró y dijo que encontraría una solución, nuevamente, insistí: "Me gustan las cosas simples".

Por fin se fue, el vestido no estaría listo sino hasta la mañana de la boda. Esto me hizo un nudo en el estómago. Mi estómago estaba revuelto; Rosa me preparó un té de tila para calmar el estómago y los nervios.

Nuestro estilista trajo el traje blanco de Carlos para la boda, le había pedido que, por favor, usará la corbata roja que usó en nuestra primera cita en el restaurante en Puerto Rico. Habíamos acordado mantenerlo en secreto para la bruja, porque no era una corbata de diseñador y ella no lo permitiría.

Carlos se iba a dormir muy tarde todas las noches desde que regresó. Estaba muy ocupado con su nuevo cliente Nicky. No podíamos ir a ninguna parte de luna de miel debido a mi alergia a las flores, así que habíamos planeado pasar unos días en el rancho y montar a caballo. Ahí trataría de quedar embarazada. Carlos haría una parrillada; quería hacerme el mismo bistec que me había preparado el día que nos conocimos.

Me cocinó tres comidas al día durante una semana, para poner un poco de carne en mis huesos. Esperaba que también me pusiera un poco de él en mis huesos, creo que cuanto más tiempo estaba lejos, más lo deseaba. Estos viajes a Argentina nos habían separado. Necesitaba curarme de mis alergias para poder acompañarlo.

Finalmente, llegó el sábado. Me desperté y Carlos ya se había levantado. Estaba desayunando. Dijo que quería dejarme descansar antes de que la bruja llegara. Se sumó a mi broma de las brujas. Rosa y Coqui, ambas, ahora también la llamaban "la bruja", pero en español. El olor a tocino me hizo correr al baño y sentir náuseas. No vomité, pero me sentí muy mal. Rosa me dijo que subiera las escaleras; me trajo un té y un pan tostado.

Rosa me dijo: "La mujer no debe estar nerviosa sin ver su vestido de novia antes de la boda". ¡Oh, no! Ni siquiera había pensado en eso. Carlos se echó a reír y dijo: "Si no te queda, los dos simplemente usaremos nuestros trajes de baño". Rosa me trajo té y tostadas, y me dijo que iba a la farmacia por un minuto, que quería comprarme una prueba de embarazo casera. Sabía que estaba nerviosa, pero no quería que bebiera alcohol hoy, si estaba embarazada.

La manicurista y el estilista llegaron. Subieron conmigo. Carlos llevó su ropa a otra habitación para que no pudiera verme sino hasta la ceremonia. Rosa colocó una mesa frente al espejo de pared ubicado en nuestro cuarto. Ahí podía sentarme para que me maquillaran. El esmalte de uñas que había elegido Maggie tenía purpurina. Dije: "No, no quiero usar ese". Tenía un esmalte rojo que quería usar. El peluquero me mostró una foto del peinado que había elegido Maggie, le dije que no.

La bruja llegó y Rosa fue por Carlos, porque me negué a utilizar el esmalte de uñas y tampoco quise el peinado. La bruja le explicó a Carlos que debía ser un peinado recogido para colocar mi accesorio para el cabello. No se veía bien el pelo suelto, como yo quería. El postizo ni siquiera estaba aquí, pero Maggie le mostró al estilista una foto, y él me dijo que atenuaría el peinado lo suficiente para permitir que el postizo se colocara. Estuve de acuerdo, pero sólo si podía usar mi esmalte de uñas rojo. Maggie dijo que nunca había oído hablar de nadie que usara esmalte de uñas rojo para su boda. Bajó las escaleras, muy enojada. Me reí y le dije a Rosa que le preparara un té de tilo.

Le dije a Carlos que mejor preparara su traje de baño. Si esto era sólo por el esmalte de uñas y el cabello, ni siquiera podía imaginar lo que ella había hecho con mi vestido. Carlos se arrepintió de todo esto, y yo le dije que todo iba a estar bien, que bajara y le prometí que todo saldría maravilloso. Tenía que disfrutar el momento al máximo; él sólo estaba tratando de casarse conmigo, por el amor de Dios. Decidí dejar de quejarme, sin importar lo que pasara con el vestido.

Rosa me dijo que había colocado una prueba de embarazo en el cajón del baño. Me pidió que me la hiciera antes de la boda.

El postizo y el vestido no llegaron sino hasta las tres de la tarde. El estilista lo había esperado para poder pegarlo a mi cabello antes de irse. Rosa lo había alimentado bien, por lo que no necesitaba salir corriendo. Cuando sacó el postizo de la caja, todo lo que dijo fue: "Mierda". El postizo era un enorme tocado de plumas de pavo real; lo miré con incredulidad y le dije que por favor sacara el vestido de la bolsa. Lo abrió y lo miró, me dijo que era directamente de los últimos meses, de la semana de la moda en Nueva York.

Era lo último en vestidos de novia para celebridades. Él entendió que me gustaban las cosas simples, y probablemente no lo hubiera elegido para una boda en la playa.

Barrie me dijo que tenía muchas celebridades de la música latina invitadas, que ya estaban sentadas, esperando a que bajara. Me aseguró que les encantaría el vestido. Quería que pensara en ello como si fuera una sesión de fotos. Que yo era una *top model* y llevaba este vestido para una sesión. Le pedí a Barrie que, por favor, sacara el vestido de la bolsa y me lo mostrara. Parecía el vestido de Cenicienta; habían añadido mangas abullonadas y apliques de lentejuelas azules al vestido blanco. También estaban los mismos tacones altos que había traído la otra noche.

Coqui tocó la puerta y me dijo que Carlos le había enviado un mensaje. Ya me esperaban abajo. Me preguntó si estaba bien. Le dije que todo estaba en orden y que estaría abajo en diez minutos. Le pedí a Barrie que me pusiera el pavo real en la cabeza y, luego, a Rosa y Coqui les pedí ayuda para vestirme lo más rápido posible. Tenía que hacer lo que Barrie había dicho: "Piensa en esto como una sesión de fotos".

No podía arruinarle el día a Carlos. Su canción borraría todo esto pronto. Me miré al espejo y me lloraron los ojos. Rosa y Coqui me decían que no llorara, que me arruinaría el maquillaje. Seguían diciéndome que parecía una modelo de la revista *Cosmo*. Les dije que bajaran las escaleras. Quería que fueran parte de la boda, como invitados. Cuando vi a Rosa bajar y hablar con Carlos, comencé a caminar hacia mi boda. Tuve que llevar el ramo de pavo real en mis manos. Yo era un pavo real alto.

Fingí la sonrisa y dije: "Hagámoslo". Miré desde la parte superior de las escaleras. Todos estaban de pie y me miraban.

Bajé las escaleras y caminé por la arena. Para ese momento, había olvidado mi falsa sonrisa y sólo pude concentrarme en no caerme en la arena con esos tacones. Llegué a los pilares, donde comenzaban las filas de sillas para la ceremonia. Ahí estaban nuestros 300 invitados. Me paralicé por completo.

Miré a Carlos y él podía notar que yo no estaba bien. Comencé a agitar mi cabeza arriba y abajo, diciendo: "Lo siento, no puedo hacer esto". Carlos corrió a mi lado y me dijo que lucía hermosa. Tomó mis manos con las suyas. Él me llevaría hasta el frente y todo estaría bien. Sólo me pidió que mantuviera la mirada en él.

Comencé a llorar y le dije que no podía casarme con él, no de esta forma. No me sentía como la mujer de la que él se enamoró. Él me insistió: "No importa cómo estás vestida, sólo somos tú y yo por unos minutos, y después, para siempre". Le dije: "No, no de esta manera". Podía notar la confusión en las caras de nuestros invitados.

Carlos me insistió: "Amor, por favor, no hagas esto". Yo le respondí: "Confía en mí. Sólo dame 15 o 20 minutos y todo habrá terminado". Le dije que en 20 minutos miraría hacia arriba y yo estaría de pie en lo alto de las escaleras, lista para bajar y casarme con él.

Di la vuelta y corrí hasta la casa, aventando el postizo de pavo real, y arrojando mis zapatos al aire. Carlos me dijo: "Espera, iré contigo". Entonces, pude ver a Maggie correr detrás de nosotros. Le dije: "Confía en mí. Ofréceles un poco de champán a nuestros invitados, y aleja a esa bruja de mí. Sólo 20 minutos, lo prometo".

Subí volando las escaleras y entré a la casa. Corrí hasta mi habitación y me quité ese vestido de pavo real. Seguí pensando: "Por favor, que todo esté en mi armario".

Tenía que ir al baño por todo el té que Rosa me sirvió, así que cuando fui a orinar, recordé la prueba de embarazo. Con todo el incidente del vestido, había olvidado hacerme la prueba. Así que aproveché ese momento, dejé la prueba en el lavabo y corrí a cambiarme.

Me puse mi vestido y mi joyería, y tomé mis zapatos con mi mano derecha. También tomé el vestido de pavo real con la mano izquierda mientras salía de la habitación. Recordé que no había revisado la prueba, entonces, la tomé y corrí escaleras abajo para dirigirme hacia la parte superior de las escaleras que daban hacia la playa, así Carlos podría verme y dejar de preocuparse si regresaría. Me paré en la parte superior y vi a todos los invitados ponerse de pie una vez más. Pude ver a Maggie parada en la parte de atrás, también me miraba, probablemente estaba muy molesta.

Le di la vuelta a la prueba de embarazo y miré el resultado. No tenía donde ponerla, así que la guardé en mi sostén. Levanté el vestido de pavo real que tenía en mi mano izquierda y lo arrojé al cielo, el viento lo atrapó y lo voló como un papalote. Me reí al pensar en que el pavo real finalmente había volado.

Con mis zapatos en mi mano derecha, comencé a correr escaleras abajo, hacia la arena y de regreso a donde me había detenido la primera vez. Coloqué mis zapatos a un costado del pilar. Carlos comenzó a caminar por el pasillo con dirección hacia mí. Traía una gran sonrisa dibujada en su rostro. En ese momento, le dije: "¡Alto!" Pude mirar su cara cambiar de expresión y su sonrisa era ahora un ceño fruncido. Pude escuchar a un invitado decir: "¿Ahora qué?"

Le agradecí a Carlos por esperarme, para que pudiera ser feliz en nuestra boda, pero primero debía hacerle una pregunta. "Carmen", me dijo con una voz muy seria. Le recalqué que sólo debía responder una pregunta y le prometí que caminaría con él a través de ese pasillo para casarnos. Alguien insistió entre el público: "¡Sólo haz la pregunta!"

Le dije: "Carlos, ¿alguna vez le dijiste a alguien que la única manera de estar felizmente casado con una mujer como yo era mantenerme descalza y embarazada?" Pude notar que él no estaba seguro si debía responder. Como no lo hizo, respondí por él mientras miraba hacia mis pies desnudos en la arena: "Bueno, estoy descalza"; después, saqué la prueba de mi sostén y seguí hablando: "...y esto dice que estoy embarazada".

Carlos corrió hacia mí, mientras todos se alegraban por verme embarazada. Ambos llorábamos mientras él se inclinaba para besar mi estómago, entonces, dijo en voz alta: "Ahora, va mi pregunta para ti. Carmen, mi dama de rojo, que ahora guarda a mi bebé en su vientre, ¿caminarías a mi lado a través de este pasillo para casarte conmigo? Y antes de que pudiera responder, me tomó y me dijo: "Ya no podrás escapar más de mí", llevándome hacia el altar.

Estábamos casados. Yo, en mi vestido rojo que usé en nuestra primera cita, y él, con la misma corbata de aquella vez. Así éramos realmente cuando nos enamoramos. Y ningún vestido de pavo real tenía comparación con mi vestido rojo. Cuando el notario dijo: "Puede besar a la novia", Carlos se dirigió hacia mí: "Sra. Rubio, hoy casi me causa un infarto", y me besó.

Caminamos hasta la entrada privada de nuestra carpa y fuimos recibidos por la asistente de Maggie, Julie, a quien le pregunté dónde estaba Maggie. Carlos dijo que cuando dejé caer el vestido de novia de pavo real, ella le había dicho que estaba harta y era suficiente, que yo estaba loca y que ella no iba a arruinar su reputación por mi culpa.

Los tres nos reímos, y yo dije: "Lo siento, pero realmente me hizo enojar".

Le dije a la asistente que sabía que Maggie no había tenido mucho tiempo para planificar la boda y aprecié todo su esfuerzo, pero tenía una visión muy estrecha, y solo veía las cosas a su manera. Ella hizo caso omiso de lo que yo quería, y dio prioridad a lo que pensaba que era correcto, como ese horrible tocado de pavo real.

Ella no pudo contener la risa, y me dijo que tampoco necesitaba un tocado, que sólo me quitaría mi belleza. Julie era muy tranquila y era muy fácil hablar con ella. Ella estuvo de acuerdo en que la boda era mía y de Carlos, y que ella estaba ahí para ayudarnos, no para hacernos enojar. Ella nos acercó dos copas de champán, la de Carlos sí tenía champán y la mía algo de refresco. Rosa había tenido razón al preocuparse de que yo estuviera embarazada y bebiera alcohol en este día especial.

Anunciaron nuestra entrada como señor y señora Rubio, mientras caminábamos hacia la carpa principal. La orquesta comenzó a tocar *Lady in Red*, nuestro primer baile como marido y mujer. Bailamos mejilla con mejilla mientras Carlos me cantaba al oído la letra de la canción. Cuando terminamos de bailar, le dije que se quedara justo donde estaba, porque tenía una sorpresa para él. Él comenzó a reírse en voz alta:

"¿Me dirás que tendremos gemelos?" Se quedó ahí mientras yo caminaba hacia el escenario.

Alfred me esperaba en los escalones del escenario; me dio un beso en la mejilla y me dijo que había contratado al camarógrafo del estudio para grabar todo el evento. Era nuestro regalo de bodas.

Me acerqué al micrófono, y le dije a Carlos: "Escribí esta canción para ti. Es mi regalo de bodas para ti, y es todo tuyo". Canté con todo mi corazón, y pude llegar a todas las notas altas. Carlos se acercó al escenario, me abrazó y me besó mientras todos aplaudían de pie.

Ambos éramos tan felices. Alfred había grabado toda la fiesta, así que Carlos y yo pudimos ver toda la boda juntos a la siguiente semana. Bailamos y festejamos toda la noche, hasta que Carlos casi se desmaya de lo borracho que estaba. Les agradecimos a todos por su presencia, y agarrados de la mano subimos las escaleras y caminamos juntos hacia nuestra casa, por primera vez, como el comienzo del clan Rubio. La boda tuvo un comienzo algo complicado, pero resultó justo como ambos queríamos que fuera.

Llegó el domingo, y nos fuimos por unos días al rancho. Carlos no quería que yo cabalgara hasta que Deborah no me lo permitiera. Nos relajamos a un lado de la piscina, y Carlos me alimentaba todo el tiempo. Él se negaba a hacerme el amor hasta que Deborah me revisara, tenía miedo de lastimar al bebé.

Mientras cenábamos, Alfred lo llamó a su teléfono celular. Carlos le agradeció nuevamente por grabar el video de nuestra boda. Teníamos un fotógrafo, pero no había ninguna compañía de videos disponible con tan poca antelación.

Hablaron, y luego Carlos dijo que me hablaría y que se pondría en contacto con él en unas horas. "¿Qué está pasando?" Yo pregunté.

Carlos dijo que había un director que buscaba a alguien para cantar algunas canciones para una película que comenzaría a grabar en unos meses. Alfred quería nuestro permiso para mandarle una copia de mi presentación en la boda. Le dije que esa canción era suya y él podía hacer lo que quisiera con ella. Me dijo que no le haría daño a nadie. Ya había grabado la canción en el estudio.

Le devolvió la llamada a Alfred y aceptó la oferta de enviar la grabación. Carlos le preguntó a Alfred cuál era el nombre del director. Resultó que era un director famoso de Hollywood llamado Kevin James. El guion de la película era suyo, y trabajó muy de cerca con nuestros estudios ubicados en la sede principal de Los Ángeles.

Regresamos a casa el miércoles, teníamos esa tarde una cita con Deborah. Carlos tuvo que regresar a Argentina el domingo por la noche, tenía muchas presentaciones programadas para acompañar a Nicky el mes siguiente. Deborah nos dijo que todo se veía bien, tenía cinco semanas de embarazo y ya podíamos ver los latidos del corazón del bebé en el monitor de ultrasonido. Pero como era mi primer embarazo, debíamos esperar hasta que hubieran pasado las 12 semanas de gestación, antes de empezar a comprar artículos para bebé. A veces los abortos espontáneos ocurrían en el primer trimestre con el primer embarazo. Debíamos ser cautelosos.

En ese momento, pensé: "Ahí va nuestra vida sexual". Carlos no me tocaría por las siguientes siete semanas. Le pregunté a Deborah si podía recomendarme a algún especialista en alergias. Quería comenzar mi tratamiento, así podría acompañar a Carlos en sus viajes de negocios. Me dijo que debía esperar hasta el nacimiento del bebé, ya que cualquier medicamento que entrara a mi cuerpo podía afectar su salud.

Llegamos a la camioneta de Carlos, y le dije: "Sé que no tendremos sexo durante siete semanas". Él me dijo que tendríamos muchos años para el sexo, pero él bebé debía ser nuestra prioridad ahora. Llegamos a casa, y nos sentamos a cenar, mientras yo le mostraba a Coqui y a Rosa las imágenes del ultrasonido del bebé. Estaban tan emocionadas de que finalmente podían ver y escuchar el corazón del bebé a tan sólo cinco semanas.

Carlos había tomado una llamada a mitad de la cena, y se dirigió a su oficina para contestar. Regresó cuando terminamos, pero yo sabía que algo estaba ocurriendo, esperaría para preguntarle una vez que Rosa y Coqui terminaran sus actividades. Fui arriba, me bañé y me fui a la cama para esperar a Carlos. Estaba viendo las noticias cuando Carlos llegó con una bebida en sus manos y un poco de jugo de naranja para mí.

Era Alfred al teléfono. El director de la película quería que fuéramos lo más pronto posible a Los Ángeles para conocerlo. Le conté a Alfred sobre mi alergia, pero el director ya había investigado sobre mí y sabía todo. Carlos dijo que el director estaría en el estudio el lunes para escucharme cantar mi canción y conocerme. Le recordé a Carlos que no estaría ese domingo. Él dijo que podía cambiar su viaje, pero Alfred prometió que me cuidaría. Lo único que debía hacer era cantar mi canción y hablar con el director. Alfred estaría conmigo todo el tiempo.

Era un importante director de Hollywood, y todos los ejecutivos del estudio estarían presentes. No debía comprometerme a nada, y tal vez ni siquiera iba a funcionar. Cuestioné por qué debía ir a cantar. Él ya tenía el video y la grabación de estudio. Carlos dijo que Alfred quería que yo cantara otra canción. Al director le había gustado la cantidad de notas altas que podía alcanzar.

Él necesitaba cinco canciones para la película. Y para asegurarse de que llevara mi guitarra, me dijo que querían verme cantar mientras tocaba. No entendía por qué debía verme cantar con mi guitarra, si todo lo que necesitaba era escuchar mi voz. Pero acepté, ya que, con Carlos fuera del país, me aburriría en casa. Además, el estudio era un lugar seguro para mí. Ellos tenían el estudio libre de cualquier fragancia cada vez que visitaba el estudio.

Carlos se fue el domingo durante dos semanas. Él me aseguró que todo estaba en orden para la reunión del día siguiente con el director de cine. No había nada de qué preocuparse porque no afectaría al bebé. Yo sólo debía ir, cantar mi canción y regresar a casa. Él me llamaría el lunes a las ocho de la noche para preguntarme cómo había salido todo.

Pasé horas eligiendo y probando ropa distinta. Me seguía diciendo a mí misma que él estaba interesado en mi voz y no en cómo lucía, pero quería causar una buena primera impresión a esta gran estrella de Hollywood. No quería lucir demasiado arreglada, y parecer desesperada por mi junta de las 10 de la mañana. Decidí usar uno de mis vestidos cortos de verano, que dejaba al descubierto mis largas piernas con mis botas de vaquera. Intentaría mantener todo algo simple y con un poco de *country* al mismo tiempo.

Alfred me envió una limusina como siempre lo hacía. No comí nada antes de cantar. Sólo tomé un poco de jugo de naranja para mantener mi azúcar bien nivelada, ya que estaba embarazada. Alfred fue al estudio de grabación para reunirse con Sam y conmigo. Me dijo que tomara todo con calma y sólo cantara mi canción. Todo sería televisado en la sala de juntas. Kevin, el director, ya estaba ahí acompañado de los ejecutivos del estudio. Ojalá me hubiera notificado de eso antes. Le dije a Sam que quería cantar otras canciones para calentar, antes de cantar la canción de Carlos. Realmente deseaba que él estuviera ahí conmigo. Estaba feliz de no tener que cantar frente al director y sus acompañantes de traje elegantes. Quizás ni siquiera tendría que reunirme con ellos.

Pero una vez que empecé a cantar, me abrumó el deseo de dar lo mejor. Canté como si Carlos estuviera frente a mí, como lo hice el día de nuestra boda, o incluso mejor porque la acústica del estudio era mucho mejor que la de la carpa de la playa.

Terminé y esperé mientras guardaba mi guitarra en su estuche. Tenía hambre y estaba lista para ir a casa. Sam fue a traerme un panecillo. Le dije que había grabado la canción de nuevo y se escuchaba mucho mejor que la que se grabó en mi boda. Me senté a comer mi panecillo y platicar con Sam. Supuse que eventualmente Alfred entraría para decirme que era libre de ir a casa.

Finalmente, la puerta se abrió y entró Alfred. Me dijo que todos habían quedado impresionados con mi interpretación. La palabra "interpretación" me dejó sin habla. Supongo que estaba interpretando más que sólo cantar. Me dijo que estaban listos para conocerme. Cuando salí del pasillo, varios miembros del personal me daban pulgares arriba a manera de felicitación. Alfred me dijo que transmitieron todo a través de las redes del estudio.

Alfred abrió la puerta de la sala de conferencias. Entré a esa habitación repleta de gente, principalmente hombres. Inmediatamente deseé no haber optado por mostrar mis largas piernas. Me quedé ahí con mi gran bolso en un hombro y con mi guitarra en el otro. Todos seguían diciéndome cuánto habían disfrutado mi "interpretación", esa palabra de nuevo.

Alfred me ayudó a bajar todas mis cosas, y desde la parte de atrás de la multitud se acercó un hombre de unos treinta y tantos años, su cabello era rubio oscuro. Tenía ojos azules. Era más alto que yo, debía medir 6' 1", vestía pantalones de mezclilla con un cinturón de cuero y una hebilla grande, un abrigo deportivo y una camisa, sin corbata. Extendió su mano y la estreché sin saber quién era.

Me dijo: "Mi nombre es Kevin, y tú eres una joven muy talentosa". No esperaba que él fuera el director. Pensé: "¿Cómo podía este *gringo* con acento texano y vestido como vaquero ser el director?" Lucía como un jugador de fútbol retirado, con un gran bronceado. Se parecía a Dan Marino o a Tom Brady, era como si él pudiera aparecer en ESPN en un domingo cualquiera. Le agradecí, y pensé en que no era muy común que los hombres me describieran como "talentosa" la primera vez que me conocían; en realidad, solían hablarme sobre lo hermosa que era.

Él me pidió que me sentara para que pudiera explicarme los planes que tenía en mente para mí.

"¡Oh!, por cierto, felicidades por tu matrimonio y por el bebé", comentó. Rebecca me trajo un poco de agua y miré a Alfred, buscando una pista de lo que estaba ocurriendo. Él me pidió que prestara atención a Kevin. Comenzó a explicarme que pronto dirigiría una película sobre dos jóvenes amigas, una aspiraba a convertirse en bailarín, y la otra a triunfar como guitarrista y cantante. Para probar su suerte y cumplir sus sueños, ellas debían viajar a la ciudad de Nueva York desde un pequeño pueblo en Colorado.

La película tenía drama, amor y algo de comedia. Me dijo que finalmente había encontrado a la actriz que interpretaría el papel de la bailarina, y todos estaban buscando una actriz para interpretar a la joven cantante; él quería una voz nueva y fresca. Alfred le envió el video de mi boda, y de mi canción. "Espero que no te moleste, pero vimos todo el video", me confesó Kevin.

"Oh, Dios", respondí sorprendida. Él sonrió y me dijo que fue muy entretenido, además, estuvo de acuerdo conmigo en que el vestido rojo fue la mejor elección. Después de haber visto todo el video, él sabía que había encontrado a la joven actriz que, si todo salía bien, podía interpretar el papel de la cantante. Inmediatamente, le dije: "Pero yo no soy actriz, sólo sé cantar".

Me dijo que me sentara porque iba a mostrarme algo. Pidió que bajaran las luces un poco, después, dejó correr el video de mi boda, del momento cuando bajé las escaleras por primera vez. Me senté y miré nuestro video. Todos estaban en silencio. Cuando llegué a la parte en la que aparezco con mi vestido rojo y Carlos me lleva hasta el frente, Kevin exclamó: "¡Detenlo ahí!" y se acercó a mí. Me dijo que él no podría haber escrito una escena mejor. No quiso decir que estuviera actuando, porque todo fue real y en mi boda. Pero dijo que, si pude hacer todo eso, entonces actuar en una película sería muy sencillo.

Sólo necesitaba un poco de dirección, y ese era su trabajo.

Kevin les preguntó a los ejecutivos si podían salir de la sala de juntas por un momento. Era sorprendente cómo todos comenzaron a levantarse como él. Alfred me preguntó si estaba bien, y le dije que sí.

Me levanté y caminé hacia el bar para servirme un poco de hielo en un vaso y vertí un poco de refresco. Me estaba dando algo de hambre y no quería desmayarme. Él caminó detrás de mí y me preguntó si tenía alguna duda. Le dije que quizás no habían visto con total atención la cinta completa de "tan aclamada" película, porque omitieron la parte en que tengo cinco semanas de embarazo. Me dijo: "Ah, talentosa e inteligente". Le dije que la razón por la que me había quedado era porque me había llamado "talentosa" y no "hermosa". También le comenté: "Realmente pienso que usted está loco". Miré hacia el piso, noté sus botas y le dije: "Lindas botas".

A pesar de que era un hombre muy poderoso, parecía una buena persona. Le pregunté: "¿Me enamoro de alguien en la película?". Él respondió que sí, y que me casaría en la cima de una montaña en Colorado, en una escena muy similar a la de mi boda, pero, si todo salía bien, con un sólo vestido. Le dije: "Muy gracioso, ¿verdad? Entonces, ¿qué pasará con mis alergias?" Contestó que procurarían grabar la mayor parte de la película en el estudio de Miami, y que cuando necesitara viajar a Colorado, lo haría en su avión privado. "¿Y qué hay de Nueva York?", pregunté. Él me dijo que convertiría Miami en Nueva York si aceptaba el papel.

Le dije que él necesitaba cinco canciones para mí, pero cuando cantaba notas altas, no podía comer, como hoy. Dudé en si podría seguir alcanzando esas notas tan altas conforme mi embarazo siguiera avanzando. Kevin me dijo que necesitaba comer, entonces, levantó el teléfono y ordenó que me llevaran un platillo hecho a base de pollo, pero al instante. Él me insistió: "Debes comer bien si estás embarazada".

Después de 15 minutos, nos sirvieron el almuerzo en la sala de juntas.

Mientras comíamos, él me preguntó si comía carne, porque me veía muy delgada. Entonces, respondí: "Me encanta el bistec bien cocido y una buena hamburguesa". Me dijo que era el rey de la parrilla y que, si estaba de acuerdo, él me prepararía la mejor hamburguesa de Colorado. Era agradable hablar con alguien además de Rosa y Coqui. Carlos siempre estaba viajando, y cuando estaba en casa, estaba muy cansado para hablar, o hacer algo más.

Cuando terminamos, sentí que nos habíamos hecho buenos amigos. Él me dijo que necesitaba primero todas las canciones grabadas, y después me enseñaría todo lo que necesitaba saber para convertirme en actriz. También me ayudaría con mis líneas. Le comenté que tenía las letras de tres canciones que eran muy similares, sólo necesitaba la ayuda de Sam para añadir la música. Accedió y me dijo que todo sonaba excelente, él debía regresar a Los Ángeles, pero me pidió que le enviara todo tan pronto como fuera posible.

Si firmaba, y él esperaba que lo hiciera porque ahora que me conocía, sabía que sería perfecta para el papel. Dijo que alquilaría un lugar aquí por un año, así sería más fácil para mí prepararme. Le dije que bajara la velocidad. Sería honesta, me encantaba la idea de intentarlo, pero no quería que él gastara dinero aquí, y luego todo fracasara. En respuesta, me insistió en que, por lo que podía ver, no era alguien que fracasara con frecuencia.

Le dije que debía hablar con Carlos antes de comprometerme con la película. Él me dio su tarjeta y escribió su número personal al reverso. Él pidió que lo llamara si tenía alguna duda y que, si era posible, me decidiera para el viernes. Hacer una película era algo muy costoso y debía firmar contrato con una actriz cuanto antes para comenzar a grabar con todo el equipo. Le prometí que le llamaría antes del viernes con una respuesta. Le agradecí por todas sus atenciones, también por el almuerzo, y le dije que debía irme. Él me ayudó a levantar mi guitarra e insistió en acompañarme afuera.

Le comenté que necesitaba del apoyo de Alfred para pedir un coche porque no sabía manejar. Entonces, me interrogó sorprendido: "¿No sabes manejar?" Le respondí: "No, pero sé montar a caballo". Me acompañó a la limusina, y abrió la puerta; me miró, y me dijo: "Come bien, descansa y llámame el viernes". Asentí con la cabeza. Tomé la manija de la puerta y dije: "Director y poeta". Sonreí mientras cerraba la puerta del auto. Cerré los ojos y comencé a cantar *You've got a friend* de Carole King.

Yo amaba a Carlos, con todo mi corazón y mi alma. Pero ahora, él estaba muy ocupado, y no me venía mal un amigo. Carlos llamó esa misma noche, le expliqué todo lo que había ocurrido en el estudio. Excepto la parte en que Kevin les pidió a todos retirarse de la sala para que pudiéramos almorzar juntos. Tampoco le conté que me había acompañado hasta la limusina, cargando mi guitarra.

Carlos me preguntó cómo era Kevin. Le dije que no era un hombre rico y sofocante como habíamos pensado. Definitivamente era rico, porque tenía un avión privado. Pensé para mí misma: "Louis y su familia eran muy ricos, pero no tenían un avión privado". Le dije que parecía tener mucho poder, pero no se jactaba de ello. Le dije a Carlos, que quizás a él le agradaría.

No quería presionar a Kevin con Carlos, porque ya había tomado una decisión, al menos iba a intentar hacer esta película. No quería que Carlos me detuviera. Carlos me preguntó cuánto me iban a pagar. Le dije que apenas habíamos hablado sobre mi canción, y tal vez de grabar tres de las canciones para las que ya tenía letra.

Tal vez él debía llamar a Alfred para conocer todos los detalles. Me preguntó si Alfred se había quedado conmigo, y le dije que sí. No tenía miedo, Alfred estaba conmigo. A pesar de que me habría gustado tener el apoyo de Carlos en la sala. Muy en el fondo, yo sabía que eso no era completamente cierto.

Pensé en que quizás debía encender una vela a San Judas esa noche. Rosa siempre hacía eso cuando necesitaba un poco de ayuda de allá arriba.

Esperé hasta el jueves, y no recibí respuesta alguna de Carlos. Así que decidí llamar a Alfred para definir cuando podía reunirme con Sam para grabar las otras tres canciones. Si todo salía bien, él mencionaría algo sobre Carlos o Kevin. Alfred me comentó que Sam se comunicaría conmigo para definir los horarios de grabación para toda la semana siguiente.

Kevin le había llamado una hora antes, para asegurarse de que trabajaría en las canciones. Le pregunté a Alfred si Carlos le había llamado, y me dijo que sí. Carlos le había pedido que Kevin lo contactara, y justamente, Kevin estaba al teléfono esa mañana. Parecía que Carlos estaba de acuerdo con que hiciera la película. No quería actuar como si él no me hubiera comunicado, entonces, dije: "Está bien. Llamaré a Sam, y nos veremos la siguiente semana".

Estaba molesta. Sabía que Carlos estaba ocupado, pero podía al menos haberme llamado para contarme sobre su plática con Kevin. No quería problemas con Carlos sobre esto, pero era parte de mi vida, y él debía incluirme en esta decisión. Opté por hacer un poco de ejercicio, desahogarme y aclarar mi mente. Ya no era más esa pequeña adolescente asustada. Pero la verdad era que quería ser yo quien llamara a Kevin el viernes para darle mi respuesta. Carlos me llamó esa noche más tarde, y no contesté. Estaba muy molesta y no quería discutir, así que lo dejé esperando.

Sam me dejó un mensaje en mi celular para avisarme que debía ir al estudio el lunes a las 10 de la mañana para comenzar a trabajar en las canciones. Carlos no me llamó de nuevo ese domingo, y me alegré por eso, ya que aún seguía molesta.

Fui al estudio el lunes por la mañana. Tuve una gran sesión con Sam. Planeamos reunirnos cada día de esa semana. Idealmente, lograríamos tener las tres canciones listas en un mes, antes de que comenzara a lucir más grande por mi embarazo.

Carlos me llamó esa noche, contesté y actué como si hubiera estado durmiendo. Le dije que estaba cansada, pues había pasado todo el día en el estudio, trabajando en las canciones para la película. Me cambió el tema y me dijo que había hecho bien en hablar con Kevin, y que todo sonaba excelente. Kevin llegaría a Miami en un mes, cuando hubiera terminado de grabar las tres canciones. Carlos lo había invitado a nuestra casa, porque a Kevin le encantaba la comida cubana, según le había contado, y nuestra cocinera era de Cuba, así que prepararía algo especial. Me comentó que a Kevin también le gustaba la carne. Sentí como si me estuviera contando algo que ya sabía, pero me mantuve tranquila y le dije que todo estaba muy bien.

Me dijo que negociarían mi contrato, si todo salía bien con las canciones. Me pidió que le dijera cuándo estarían listas las canciones, para que pudiéramos ajustar el horario. Me dijo que nuestras finanzas estaban un poco apretadas con la promoción de Nicky. Así que pensó en que era una gran idea si yo participaba en esta película. Le dije: "Soy cantante, pero haré mi mejor esfuerzo para filmar esta película". Le comenté que Kevin era el director y él trabajaría muy de cerca conmigo. Incluso, le conté de sus planes de quedarse en Miami para ayudarme con mi actuación y con mis líneas mientras estaba embarazada.

Ahora mismo, era el momento para grabar las canciones antes de que mi embarazo se notara aún más, y me fuera muy complicado alcanzar las notas altas. Quería que Carlos supiera todo lo que estaba pasando, aunque él no me contara nada.

Pasaron dos semanas y Carlos todavía no regresaba a casa. En realidad, eso me alegró porque me daba más tiempo para ir al estudio todos los días. Quería firmar ese contrato antes de que Kevin encontrara a alguien más para el papel.

Después de esas dos semanas, envié a Carlos y a Kevin un mensaje de texto grupal, diciéndoles que Sam y yo estábamos por terminar las tres canciones el siguiente jueves, para que pudieran planear sobre ello.

Esta vez no iba a dejar que Carlos decidiera cuando yo estuviera lista. Carlos respondió que regresaría el viernes en la mañana, e invitó a Kevin a nuestra casa para cenar esa noche. Kevin me respondió en un mensaje privado diciéndome que estaría en Miami el miércoles, y que no podía esperar para escuchar y verme cantar las nuevas canciones. Me dijo que necesitaría más tiempo conmigo para revisar el itinerario que había definido para los próximos nueve meses. Le pidió a Alfred que le permitiera ocupar una oficina para establecerse ahí el próximo año mientras la filmación estaba en curso.

Le respondí también por mensaje y le pregunté si no era mejor esperar hasta escucharme cantar las canciones. Su mensaje decía: "Como te dije el día que te conocí, puedo notar que eres una mujer muy talentosa. Apuesto todo por ti". Maldita sea. No podía decepcionarlo, pensé. No estaba acostumbrada a que un hombre creyera en mí, incluso desde antes de que me escuchara decir una palabra. Así que le mandé un mensaje de vuelta: "Te veo el miércoles".

Kevin me dijo que podíamos almorzar un sándwich cubano en su nueva oficina. Quería asegurarse de que comiera bien, y después discutiríamos el plan. Le comenté que haríamos todo esto una vez que terminara de cantar. También le dije que prefería un Medianoche sin pepinillos, en lugar de un sándwich cubano. Yo estaría en el estudio a las nueve de la mañana del miércoles para cantar. Realmente esperaba que le gustaran mis canciones.

Me agradó la idea de que él quería discutir el itinerario sólo conmigo. Carlos podía discutir todo lo relacionado con el contrato, era su especialidad. Sabía que Carlos estaba teniendo algunos problemas con representar a sus clientes.

Louis siempre me lo dijo, Carlos era el hombre del dinero, el administrador, y el experto en contratos. Louis estaba a cargo de cantar y de hacer difusión de los proyectos de sus clientes.

Llegué ese miércoles al estudio desde antes de las nueve de la mañana. Fui directamente a la cabina de grabación. Quería evitar que Kevin me viera antes de que pudiera cantar mis canciones. Sam llegó y comenzamos a preparar todo. Alfred llegó a las 9:30 de la mañana, y dijo que todos estaban listos en la sala de conferencias. Yo asumí que eso incluía a Kevin. Le dije que me diera unos minutos para calentar con otra canción, y entonces, Sam comenzaría a grabar una vez que comenzara la primera canción. Quería cantar hoy las tres canciones.

Alfred se fue, y le dije a Sam que mejor apresuráramos todo porque me estaba dando hambre y quería un panecillo. Comencé con nuestra primera canción y fue como una brisa. Tomé un sorbo de jugo de naranja, y después un poco de agua fría, era parte de mi rutina. Le hice la señal a Sam levantando los pulgares, él se encontraba encerrado en una cabina de vidrio transparente, justo enfrente de mí. En ese momento salió la segunda canción. Sam me preguntó si necesitaba tomar un descanso y le dije que no. Me sentía muy bien y quería terminar. Después de tomar otro sorbo de jugo y un poco de agua fría, volví a hacer la señal para Sam. Dejé la mejor canción para el final, esperando dejarlos con una fuerte impresión. Terminé y Sam me dijo: "It's in the bag" Le pregunté si dejó de grabar y asintió con la cabeza, así que di un suspiro de alivio. Todo había terminado.

Después de unos minutos, Kevin abrió la puerta con un panqué en las manos. Me reí y le pregunté: "¿Cómo supiste que moría por un panqué?" Me confesó que estuvo en el cuarto oscuro detrás de Sam desde que llegué. Me dijo que quería verme y escucharme en vivo, pero no quería ponerme nerviosa. Le dije que me alegraba no saber dónde estaba realmente, porque sólo acostumbraba a cantar con Sam cuando estábamos en el estudio.

Me dijo que sólo estaba él en ese cuarto oscuro, el resto de los ejecutivos se encontraban en la sala de conferencias. "¿Pasé la prueba?", pregunté.

Sonrió y me dijo: "It's in the bag". Partió el panqué por la mitad porque sabía que solía comer sólo un pedazo. Me pregunté cómo supo eso sobre mí. Me dijo que comiera y me relajara un poco en el sillón mientras él se dirigía a la sala de juntas.

Le pregunté si también debía acompañarlo a la sala. Me dijo: "No, tú ya hiciste todo lo que debías. Yo me encargaré del resto". Él me dijo que no me fuera, que regresaría por mí para discutir lo del itinerario en su oficina. Acepté esperar. Sentí como si me estuviera protegiendo, cualquier otra persona me habría llevado con ella a la sala de juntas. Cuando se fue, Sam regresó y nos sentamos juntos. Me comentó que Kevin era un hombre muy poderoso, hasta el momento parecía un buen sujeto. Sam se fue para que pudiera descansar, cerré mis ojos y me quedé dormida.

La puerta se abrió y desperté repentinamente. Era Kevin. Se disculpó por despertarme. Me levanté y me di cuenta de que me dormí por una hora. Le dije: "No te preocupes. Estoy lista. ¿A dónde quieres que vaya?" Tomó mi guitarra y exclamó: "Sígueme". Le pregunté: "¿Ahora serás mi transportadora?" Me respondió que así sería durante los próximos nueve meses.

Fuimos a su oficina que estaba en la parte trasera del edificio, lejos de todas las demás, parecía que estaba ubicada donde había estado el antiguo estudio original. Su oficina acababa de ser remodelada, todo parecía nuevo. Incluso tenía un baño privado.

Él tomó el teléfono y ordenó nuestros sándwiches para el almuerzo, recordó que pedí el mío sin pepinillos. Nos sentamos en la amplia mesa de su oficina. Me dio una copia del guion, también me dio el plan que había diseñado. Pensé: "Ni siquiera he firmado un contrato y el plan ya lleva mi nombre escrito". No me resistí a preguntar: "Pusiste mi nombre en todo mucho antes de siquiera escucharme cantar. ¿Qué hubiera pasado si a ti o a tu equipo no le hubieran gustado mis canciones?"

Se sentó y me dijo que era su proyecto, que él tomaba la decisión final; sin embargo, podía afirmar que ningún miembro de su equipo se opuso a contratarme después de escucharme cantar hoy. Algunas personas no habían estado de acuerdo antes, por mi falta de experiencia en la actuación, pero logré probar que nadie más podía interpretar este papel mejor que yo.

Le hice una pregunta que no estaba relacionada con la película o las canciones: "¿Cómo te enteraste de que siempre parto los panecillos por la mitad?" Comenzó a reírse. Entonces, se detuvo y puso un semblante más serio. Me dijo: "Las películas cuestan mucho dinero. Cuando voy a contratar a alguien, debo conocer todo de esa persona". Kevin me dijo que debía estar seguro de la persona que comenzaba el proyecto, pero lo más importante, de que también fuera a terminarlo. Sacudí mi cabeza y le respondí: "Estás poniendo todos tus huevos en una sola canasta. ¿Cómo sabes que podré terminar la película?"

"Por la misma razón por la que llegó a mí en un inicio", afirmó. Cuando vio mi video de la boda, una y otra vez, supo que tenía razón. Yo lucía confundida. Me dijo que no me contrató por ser una cara bonita o por mis piernas largas. Quizás no tenía experiencia como actriz, pero me pidió que confiara en él, pues me ayudaría a llegar ahí.

Kevin continuó hablando: "Te contraté porque eres una guerrera". Le dije que alguien le había dado mal la información. Yo no era nada de eso. Él insistió y me dijo que me daría un ejemplo: "Peleaste para usar ese vestido, el que tú querías, para tu boda, cuando algunas personas se pusieron en tu camino para oponerse. El camino fácil habría sido usar el otro vestido y después cambiarte".

Además, cualquier diva habría cantado hoy sólo una canción, pero destacó que no sólo me vio cantar las tres canciones, sino que lo hice sin quejarme. Bien pude haberme negado, sin saber que él estaba en el cuarto oscuro.

Incluso, Sam me preguntó si no quería descansar un poco, pero decidí seguir y dejé la canción más difícil para el final. Sólo alguien que lucha hace eso. Ah, por cierto, me dijo: "Sé que ganaste un Grammy Latino, pero la última canción que cantaste también será nominada para un Grammy". Me senté ahí pensando en cómo un extraño podía leerme de esa forma tan precisa, después de haberme visto tan sólo dos veces. Dije: "Ok, te lo advertí".

Nos trajeron el almuerzo. Comimos y hablamos sobre las noticias. Él tenía el canal de noticias en la televisión de su oficina. Le dije que ver lo que ocurría diariamente era parte de mi rutina. Terminamos de comer, y me dijo que le habría encantado seguir conversando, pero yo debía ir a casa a descansar. Él me vería al día siguiente en mi casa para la cena. "¿A qué hora debo estar ahí?", preguntó. Le dije que llegara a las cuatro de la tarde, para que pudiera mostrarle el lugar. Sabía que el avión de Carlos no aterrizaría sino hasta las cinco y así no podría entrometerse en la discusión del contrato. Tenía muchas preguntas que hacerle sobre la película, pero quería que sólo estuviéramos presentes él y yo.

Rosa preparó Vaca Frita, un platillo típico de Latinoamérica hecho a base de carne y, por supuesto, frijoles. Quería verme bien, así que usé un vestido corto azul marino para la cena. Me arreglé un poco más de como solía ir vestida al estudio, y mis botas combinaban a la perfección.

Él llegó a las cuatro de la tarde con una botella de vino en la mano. Rosa preparó algunos aperitivos para cuando él llegara. Kevin repentinamente entró en la cocina y se sentó en nuestra gran mesa. Dijo que tenía una similar en su casa de Los Ángeles. Le gustaba comer en la cocina, era más cómodo para él. Así que le dije que podíamos comer aquí en lugar del comedor formal, si quería.

Coqui le sirvió un poco de güisqui. Salimos a la terraza de la casa mientras esperábamos a Carlos. Kevin pudo ver por qué nos habíamos casado allí en la playa; tenía una gran vista y era un lugar muy romántico. Bajamos las escaleras exteriores y caminamos por la playa durante un rato, luego nos dirigimos de regreso a la casa.

Rosa nos dijo que Carlos había llegado y que subió a cambiarse. Me disculpé y le pedí a Rosa que le hiciera compañía a Kevin mientras yo subía para avisarle a Carlos que habíamos regresado. Carlos estaba saliendo de la regadera, lucía como si hubiera perdido algo de peso. Le dije que debía ir al doctor, pero insistió en que estaba bien. Sólo necesitaba descansar y dormir un poco. Me dijo que lucía muy bien y nos abrazamos. Lo había extrañado tanto.

Mucho había cambiado desde nuestros días en Puerto Rico. La vida se había complicado para él, y ahora, yo estaba embarazada y pronto comenzaría a filmar una película. Él me dijo que lamentaba no haber estado disponible para llamarme el día anterior, pero que Alfred le había enviado un mensaje para decirle que todo había salido bien con mis canciones.

Carlos me preguntó si estaba seguro de si quería hacer esta película, él no quería que lo hiciera por el dinero. Le dije que estaba muy segura, ya que me permitiría ocuparme en algo, porque él pasaba mucho tiempo fuera de casa. Además, amaba cantar. "Terminemos con todo esto del contrato, y después dormiremos por dos días enteros", intenté animarlo. No se veía nada bien. Necesitaba convencerlo de ver a un doctor.

Bajamos a la cocina, Carlos y Kevin se llevaban muy bien. A ambos les gustaban los deportes. Tenía razón. A Kevin le gustaba el fútbol y había jugado como mariscal de campo en la preparatoria hasta que se rompió el manguito rotador.

Kevin se concentraba en Carlos, pensé en que quizás necesitaba que Carlos estuviera de acuerdo o yo no estaría en la película, así que me quedé callada y los dejé convivir. Después de la cena, Kevin y Carlos fueron a la biblioteca para negociar los términos del contrato.

Sacudí la mano de Kevin y le agradecí por todo. Le pedí que me disculpara, pero necesitaba descansar. Besé a Carlos en la mejilla y subí las escaleras. Esperaría hasta la mañana siguiente para saber más sobre el contrato que firmaría.

Confiaba en Carlos, y tuve que apoyarlo con sus términos. Yo sólo podía rezar porque todo hubiera salido bien. Rosa subió y me trajo mi jarra de agua. Me dijo que Kevin era muy amable, no parecía una persona rica y famosa. Le dije que encendiera la vela de San Judas para que todo saliera según lo planeado.

Me desperté el sábado en la mañana, y Carlos estaba en su oficina. Le llevé un expreso y esperaba que todo hubiera quedado acordado la noche anterior. Entré y le dije: "Buenos días. Despertaste temprano". Me dijo que estaba terminando el contrato que le pidió Kevin para antes del mediodía, que debía partir a Los Ángeles por una semana.

Me dijo que me sentara y esperara para firmar el contrato. Me senté ahí, con indiferencia, a pesar de que estaba muy emocionada. Le pregunté si le había agradado Kevin y dijo que sí, que era una buena persona. Kevin realmente debe necesitarte para su película porque aceptó todas las condiciones que Carlos le puso para firmar el contrato. Kevin estaba dispuesto a trabajar conmigo durante todo el embarazo, y esperar hasta después de que tuviera al bebé para filmar la película. No hice ni un movimiento. Quería que este contrato fuera firmado y entregado. Después de que firmé el contrato, Carlos lo escaneó y se lo mandó a Kevin.

Subí las escaleras para cambiarme, mientras Carlos me dijo que nos prepararía algo de desayunar.

Tomé mi teléfono para bajar de nuevo, y tenía un mensaje de Kevin: "Bienvenida a la película. Tómate una semana libre, come bien y descansa. Comenzaremos a trabajar hasta el siguiente lunes, cuando regrese". Le envié un mensaje de agradecimiento. No podía esperar para comenzar a grabar.

Puse la película y a Kevin fuera de mi mente, quería disfrutar este tiempo con Carlos, antes de que tuviera que irse de nuevo. De alguna forma, sabía que pasaría mucho tiempo para que nuestras vidas volvieran a ser normales otra vez. Carlos y yo pasamos la semana comiendo, durmiendo, caminando por la playa, e incluso, nadando en la alberca. Teníamos una gran alberca que rara vez usábamos. Incluso tuvimos sexo algunas veces. Volví a sentir el amor como no lo había sentido en mucho tiempo.

Pero el domingo llegó. Carlos tenía que irse por otras tres semanas. Me esperaban en el estudio el lunes a las 10 de la mañana, para la prueba de vestuario, y después, según el plan, me reuniría con Kevin para almorzar.

Tomaron mis medidas, y revisamos algunos bocetos de la ropa que usaría. Las prendas eran muy parecidas a lo que tenía en mi guardarropa. Había pantalones de mezclilla, tops, vestidos cortos y mis botas de vaquera, mi sello. Me pregunté si Kevin estaba creando un personaje exactamente igual a mí. ¿Estaba yo interpretando al personaje, o el personaje se estaba transformando en mí?

Rebecca llegó para darme un mensaje de Kevin, había dejado una dirección en el servicio de limusinas de la recepción del estudio, donde se supone que me llevarían cuando hubiera terminado de revisar el guardarropa. Rebecca me dijo que todo lo que sabía era que ahí era donde Kevin me enseñaría a actuar y me ayudaría a repasar mis líneas.

Me metí a la limusina que estaba esperándome. El chofer se presentó como Cliff; me dijo que era el chofer personal y guardaespaldas de Kevin. Le pregunté a dónde íbamos, y me dijo que Kevin me esperaba, y que él me explicaría. La limusina entró a Star Island, en Miami Beach, el hogar de los más ricos y famosos.

La limusina manejó hacia una mansión. Salí y me recibió Jeffrey, quien se presentó como el asistente y cocinero particular de Kevin. Me dijo que Kevin me estaba esperando a un lado de la piscina, mientras tanto, él me preparaba un almuerzo saludable, pues Kevin le había contado que estaba embarazada. También me dijo que por favor le informara sobre cualquier alergia o alimento que no fuera de mi agrado.

Kevin estaba sentado en la gran mesa, trabajando en su laptop y con su teléfono a un lado. Se levantó y me besó en la mejilla, era una costumbre latina el saludar de esa manera y despedirse también. Supongo que la había adoptado aquí en Miami. Jeffrey regresó con un poco de jugo, dijo que el almuerzo estaba listo. Él nos serviría en cuanto Kevin terminara su llamada.

La vista era asombrosa. Podías ver todo el centro de Miami y, también, Miami Beach.

Kevin colgó el teléfono y me preguntó: "¿Cómo te sientes?" Le respondí: "Muy bien, ¿quién vive aquí?" Él me dijo que había comprado esa casa. Era una gran inversión y necesitaba un lugar para vivir durante todo el siguiente año. Además, podíamos reunirnos ahí con todo el equipo en el futuro, y ensayar de esa forma. No tenía que preocuparme por que hubiera flores en el ambiente. Él siempre tenía un plan y una excelente organización para todo.

También comentó que a veces tenía negocios que atender en la mañana, y estaría libre hasta la tarde o la noche para ensayar. A esa hora el estudio ya estaba cerrado. Pensó que también yo podía descansar y ensayar, sin tener que preocuparme por ordenar comida chatarra. Jeffrey, a quien ya había conocido, era un gran cocinero cuya especialidad era la comida saludable.

Le dije que estaba segura de que hubiera sido mucho más barato contratar a una diva. Él se rio y me dijo: "No hay divas en mis películas". Almorzamos y, efectivamente, la comida de Jeffrey era muy saludable: pescado, vegetales y ensalada. Nada de frijoles o arroz blanco. La cocina de Rosa era sólo comida latina.

Kevin me comentó que Jeffrey llevaba 15 años trabajando con él. Cliff era un marino en retiro que había trabajado con él por cinco años. Ellos eran su familia y viajaban con él a todas partes.

Pasé mucho tiempo en esa casa durante los meses siguientes mientras Kevin me enseñaba el arte de la actuación. Y sí, era un lugar muy cómodo. Solía almorzar o cenar ahí; a veces, ambas cosas. Kevin se aseguró de que, cada vez que Carlos estaba en la ciudad, él se iba a LA, y me daba el tiempo libre para compartirlo con Carlos.

Pasé mi cumpleaños número 28 en esa casa con Kevin. Jeffrey horneó ese día un pastel de chocolate. Tenía siete meses de embarazo. Kevin tenía 38 años y era un hombre muy maduro.

Kevin y yo nos habíamos vuelto muy cercanos. A veces hablábamos durante horas de temas que no estaban relacionados con el guion. Ambos disfrutábamos ver las noticias, y pasábamos la primera media hora de nuestras sesiones discutiendo todo lo que acontecía en el mundo. Aprendí mucho de Kevin, desde el mercado de valores hasta geografía. Lo escuchaba cuando estaba en sus llamadas de negocios, y veía cómo lograba negociar todo, obtenía lo que quería sin ofender a nadie. Él era muy respetuoso. Una vez me dijo que cuando la gente te respeta, tiendes a seguirla. Supongo es lo que había hecho desde el primer día que lo conocí.

De alguna manera, Kevin logró que en estos meses yo le hablara más sobre mi historia de vida, incluyendo la razón por la que me casé con Louis. Nunca le había contado a Carlos la verdad sobre mi matrimonio con Louis, una vez que él murió, la verdad murió con él. Pensé que Kevin ya sabía todo sobre mí, pero quería que yo le contara con mis palabras. Lo único que no le conté fue mi vida en el orfanato y los años que pasé en casa de Varona.

Pero una noche, él me preguntó cómo pasé del orfanato a vivir con Sebastián. Supongo que, como mi nombre era Juliet, él no había podido averiguar nada. Pero era lo suficientemente inteligente como para darse cuenta de que había años sin contar dentro de toda mi historia. Algunos hombres no suelen prestar atención a esos datos, pero no Kevin. Él no perdió ningún detalle. Siempre iba un paso adelante en todo.

Le dije que era un poco tarde y yo debía regresar a casa. Rosa me dijo que invitara a Jeffrey y a Cliff a cenar la noche siguiente. Jeffrey me había pedido que le consiguiera la receta de los frijoles que preparaba Rosa porque se habían convertido en los favoritos de Kevin. Pude notar que Kevin estaba evitando ir a mi casa, lo había invitado varias veces, pero siempre me decía que no quería mezclar las cuestiones de negocios con mi vida personal. Pero esta vez aceptó, y estuvimos de acuerdo en que todos irían al día siguiente, siempre y cuando comiéramos en la cocina con Rosa y Coqui. Así era Kevin, tan humilde. Yo no sabía mucho de su vida, pero ahora él sabía todo sobre la mía.

Llegaron a las cinco de la tarde como estaba planeado. Todos nos sentamos en la mesa de la cocina. Yo vestía unos pantalones cortos y una playera de escote redondo, que mostraba un poco de mi pecho, y un par de sandalias. La pasamos muy bien. Reímos mucho, y después, Carlos llamó, dijo que viajaría de regreso ese domingo para pasar una semana aquí en casa. Él no había hablado con Kevin desde la primera noche en nuestra casa, cuando negociamos mi contrato.

Me pidió que pusiera a Kevin al teléfono. Pude notar por las respuestas de Kevin que Carlos le agradecía por cuidarme. Cuando terminamos de cenar, Cliff y Jeffrey se fueron mientras Kevin salió a la terraza. Coqui le había preparado otros *Black Label*, como les llamaba, y tomó un expreso. Le agradecí a Coqui y Rosa y les pedí que se fueran a dormir. Yo me encargaría de cerrar toda la casa cuando Kevin se fuera. Presentía que esa iba a ser una larga noche.

Kevin me dijo que como Carlos estaba por volver a casa en una semana, él iría a Los Ángeles para terminar algunos pendientes del trabajo. Él iba a programar una reunión en su casa con todo el equipo para cuando regresara. Yo pronto tendría a mi bebé, y él quería que yo ensayara con todo el elenco al menos por una semana. Le pregunté si él pensaba que yo estaba lista, me dijo que no me preocupara, que una vez en los ensayos con todos los actores, sabríamos si estaba lista.

Nos quedamos en silencio por unos minutos, mirando a las estrellas. Él señaló hacia la Vía Láctea, y comenzó a hablarme de cada planeta. Entonces, me dijo: "Recuerdas cuando te dije que no te había contratado por tus largas piernas". Yo asentí con la cabeza. "Bueno, eso fue porque no las había visto", respondió. Yo le arrojé una almohada y continuamos bromeando.

Entonces, me preguntó: "Así que, ¿cómo pasaste del orfanato a vivir con Sebastián?" Él me dijo que necesitaba saber todo sobre mí, ya que para cuando hiciera la película con mis canciones, los reporteros tratarían de averiguar todo sobre mí. Sin importar lo que fuera, él necesitaba saberlo de mí, y no de una primera plana. Le pregunté si había intentado averiguarlo por su cuenta, y me dijo que sí, lo había hecho, pero no pudo encontrar nada.

Le dije que no había encontrado nada porque tenía un nombre distinto, y era una joven rubia de ojos azules. Le dije que confiaba en él, y tenía razón en que debía saber todo. No había pensado en cómo mi pasado podía afectar la filmación.

Me senté. Estaba feliz de que era de noche y estaba oscuro. La luna apenas podía distinguirse en el cielo. Le conté todo sobre Varona y Juliet, hasta el día en que casi me mata. Pude notar que él no sabía nada y estaba muy molesto. Nunca lo había visto tan fuera de control. Quería saber dónde vivía ese hijo de perra. Era la primera vez que escuchaba maldecir a Kevin. Comencé a llorar porque hablar de todo eso me hizo revivir esos horribles días de mi vida.

Kevin se arrodilló a mi lado, me pidió perdón por obligarme a contarle, él no tenía idea de que se trataba de algo tan violento. Era la primera vez que me abrazaba, me sostuvo por un largo tiempo hasta que me calmé y lo solté. Estaba oscuro, pero podía jurar que había lágrimas en sus ojos.

Él quería saber por qué no había llamado a la policía, insistía en que Varona debía ir a la cárcel. Le dije que no quería que nadie se enterara, pues la gente diría que estuve de acuerdo por el dinero. Simplemente no tenía a dónde ir, y era muy joven como para saber qué hacer.

Me colocó su mano sobre mis labios, y me dijo que nunca me disculpara por lo que Varona me había hecho, no era mi culpa. Estaba temblando y estaba molesta, me dijo que me llevaría a su casa porque no pensaba dejarme ahí sola. Rosa y Coqui se irían durante el fin de semana. Él me propuso que me quedara en su casa, y Cliff me traería de regreso el domingo por la mañana, antes de que Carlos llegara a casa. Acepté. No quería estar sola en esa casa de todos modos. Hablaría con Carlos sobre eso esa misma semana. Tenía miedo de entrar en labor de parto los fines de semana que me quedaba sola. Ya tenía ocho meses de embarazo.

Empaqué mientras él llamaba a Cliff para que pasara por nosotros. Me acompañó hacia la limusina cargando mi maleta, y con su otro brazo rodeó mis hombros. Cliff parecía preocupado y me preguntó si necesitaba ir al hospital. Kevin le dijo que no me sentía bien y que no iba a dejar que me quedara sola. Me quedaría con ellos hasta el domingo.

Jeffrey y Kevin me llevaron a una habitación muy grande, de nuevo, estaba en una segunda habitación. Me puse mi playera de noche hecha de algodón, y Kevin sonrió. Me dijo que me veía linda, pero como una adolescente. Él se quedó en el sillón hasta que me dormí. Jeffrey me llevó un té caliente y cerré mis ojos. Me sentía segura y pude dormir. Odiaba quedarme sola en casa los fines de semana.

Desperté con un fuerte dolor en el abdomen. Removí las cobijas, y vi sangre correr entre las sábanas. Vi a Kevin dormir en el sillón, y le grité: "Kevin, ¡ayuda!". Me dijo: "No te preocupes. Aquí estoy". Inmediatamente, tomó el teléfono y llamó al 911. Me dijo que quería un helicóptero para trasladarme. Comencé a sentirme muy mareada. Le rogué: "Por favor, salva a mi bebé".

Por instantes, la habitación estaba llena de gente, y pude escucharlos decir: "Tenemos una emergencia de desprendimiento de placenta". Le preguntaron a Kevin si él era mi esposo, él dijo que no, que mi esposo estaba fuera de la ciudad, pero que él era miembro de la familia. Pude escuchar a Kevin gritar: "¡A dónde la llevan!" Cerré mis ojos mientras me subían al helicóptero, y él dijo: "Carmen. Espera. Estaré justo detrás de ti". Me sentí mareada y débil. No podía abrir mis ojos, sólo podía escuchar las conversaciones a mi alrededor.

En ese momento, pensé: "No me importa si muero. Sólo salven a mi bebé".

Lo siguiente que llegó a mi mente fue una mujer diciendo mi nombre: "Carmen, despierta. Abre los ojos". Me sentí con mucho sueño, pero lo intenté. Pude ver algo de luz y escuchar conversaciones. El olor me recordó a la sala de emergencias en la que estuve cuando sufrí la reacción alérgica a las flores. De nuevo, la voz femenina me dijo que me despertara, que estaba en el hospital. Puse mis manos en mi estómago y pregunté: "¿Dónde está mi bebé?", mientras abría los ojos.

Era una enfermera. Me dijo: "Tu bebé está bien, tuviste una cirugía de emergencia, pero tú y tu bebé están bien". Me explicó que me llevarían a un cuarto para recuperarme, y mi bebé estaría en observación. Le pregunté dónde estaba Kevin. Me dijo que la enfermera estaba hablando con él, y ella le permitiría verme en unos minutos. "Intenta descansar ahora y yo dejaré pasar a tu esposo en unos minutos", me comentó.

Supongo asumieron que Kevin era mi esposo. En ese momento, pensé: "Carlos, ¿dónde estás?" Lo necesitaba tanto en ese momento. Me pregunté si Rosa y Coqui sabían dónde estaba, y que el bebé había nacido. Supongo que me quedé dormida porque cuando abrí los ojos, Kevin estaba ahí a mi lado. Me miró preocupado y triste. Algo andaba mal. Le pregunté: "¿Qué pasa? ¿El bebé está bien?"

Me dijo que el bebé estaba bien, yo era quien debía descansar. En un momento me iban a transferir al área de terapia intensiva durante 24 horas, para asegurarse de que estaba estable. "Kevin, ¿qué sucedió?", le pregunté. Me explicó que la placenta se desprendió de mi útero, algo que no debía ocurrir sino hasta el nacimiento del bebé. Me sugirió que intentara relajarme y dormir. La enfermera me explicaría todo cuando recuperara fuerzas.

Rosa y Coqui iban en camino. Rosa dejó mensajes para Carlos, pero no había logrado contactarlo.

"¿Qué hubiera pasado si me hubiera quedado sola en casa?", pregunté. "Ni siquiera pensemos en eso. Tú y el bebé están bien, y eso es lo importante". Me transfirieron a otra unidad donde pude ver a Rosa y a Coqui. No había respuesta o rastro alguno de Carlos aún. Se suponía que viajaría de regreso a casa ese domingo.

El domingo, me llevaron a una habitación y me dijeron que podían llevarme a mi bebé, una vez que la enfermera fuera a verme. Rosa iría a casa a traerme mi bolso, me dijo que Carlos le había dejado un mensaje informándole que el viaje había sido cancelado, y no regresaría hasta el martes. Rosa esperó hasta que Kevin regresara y se fue. Kevin había ido a casa a bañarse y cambiarse. Le dije que debía ir a casa a descansar. Me dijo que había dormido en la silla y que no iría a ningún lado, al menos hasta que Carlos llegara.

Comencé a llorar, supongo que mis hormonas me hacían sentir triste. Le dije que jamás olvidaría todo lo que había hecho por mí y por el bebé. No sólo en ese momento, sino durante todo mi embarazo. Habría sido muy difícil para mí si no hubiera sido por él, ya que Carlos estaba lejos de casa muy seguido. Carlos ni siquiera sabía que su bebé había nacido, ni estaba enterado de todo lo ocurrido.

La puerta se abrió y entró un médico con su uniforme acompañado de una enfermera. Me preguntó cómo me sentía. Le dije que me encontraba bien y le pregunté cuándo podría ver a mi bebé. Él me aseguró que mi bebé estaba bien, pero debía asegurarse primero de que yo también estuviera estable. Se colocó frente a mí y me comentó que quería explicarme qué había pasado. En ese momento, Kevin tomó mi mano. Sabía que no eran buenas noticias y, probablemente, Kevin ya sabía de qué se trataba.

Me explicó cómo fue que la placenta se desprendió antes del nacimiento de mi bebé. Kevin lo detuvo y le preguntó si el estrés de la noche anterior había ocasionado todo. Apreté la mano de Kevin, pude notar que se sentía culpable por la conversación que tuvimos sobre mi pasado con Varona. El doctor respondió que no, pues es un fenómeno que ocurre en uno de cada 200 embarazos. Nadie había tenido la culpa. Sangré demasiado, pero en este momento mi vida y la vida de mi bebé eran prioridad. Me informaron que debían realizar una histerectomía de emergencia y extirpar mi útero.

Carlos debía haber estado conmigo en ese momento. No podía dejar de llorar. Kevin apretó mi mano hasta que me dolió. Respiré hondo y recordé las palabras de Kevin: "Eres una guerrera". Le agradecí al doctor por salvar la vida de mi bebé y confirmé la información: "Supongo que no podré volver a tener hijos". El doctor me respondió: "Así es". Yo sólo pude preguntar: "¿Entonces ya puedo ver a mi bebé?" El doctor le pidió a la enfermera que llamara a la guardería para traer a mi hijo.

Kevin y yo estábamos solos en la habitación. Me dijo que tenía miedo de que presionarme para contarle todo lo de Varona hubiera causado el sangrado. Le pedí que se detuviera, pues no era culpa de nadie, y si no hubiera sido por él, mi bebé y yo habríamos muerto. "No vuelvas a decir que fue tu culpa. Lo que hablamos esa noche se quedará entre tú y yo para siempre", le insistí. Y así era, él me llevó a su casa porque no me sentía bien. Cliff y Jeffrey vieron todo y gracias a Dios, él jamás me dejó sola. Nuestra conversación de aquella noche no es asunto de nadie, ni de Carlos.

Por fin pude ver a mi bebé, David; él peleó contra Goliat y resultó vencedor. Yo aún estaba débil y esperaba una transfusión de sangre. La enfermera nos mostró a Kevin y a mí cómo alimentar al bebé y cambiar su pañal. Cargué a David, mientras Kevin lo alimentó y le cambió los pañales, jamás me abandonó. Parecíamos la familia perfecta.

El martes, Kevin me dijo que partiría a Los Ángeles. Carlos estaba en camino al hospital. Le pedí que no se fuera, me sentía segura con él a mi lado, pero él insistió en que debía irse. Le dio un beso de despedida a David, se inclinó y me besó en la frente. Antes de partir, me dijo: "Come bien, descansa y llámame si necesitas algo".

Carlos llegó al hospital y quedó fascinado con la llegada de David. Nunca me preguntó por qué estuve en casa de Kevin, ni mencionó nada sobre la histerectomía. Todo lo que dijo fue que los tres estaríamos bien. Yo sabía que él quería tener más hijos, pero ese sueño ahora estaba descartado para siempre.

Fuimos a casa dos días después, Carlos durmió en una habitación con el bebé. Yo aún estaba débil y con anemia. Sólo podía cargar y alimentar a David sentada en mi habitación. Carlos me dijo que se quedaría un mes, y después pasaría otro mes en Argentina.

Rebecca fue a visitarme, me dijo que Kevin le había enviado el mensaje de que no me preocupara por la película. Todo se retrasaría por al menos seis meses. Le dije que eso me daría tiempo para recuperarme. Me preguntaba si todo se había retrasado o si Kevin decidió darme más tiempo para recuperarme. No podría trabajar en la película por un par de meses. Le conté a Rebecca que Carlos se quedaría conmigo por intervalos de un mes. Tenía la impresión de que Kevin envió a Rebecca para preguntarme cómo me sentía y poder contarle a él. Había pasado una semana de su partida, y no recibí ni un mensaje suyo.

Rosa entro a mi habitación, estaba pálida. Tenía el teléfono en sus manos. Me contó que su hija le había enviado un artículo. Ella no quiso mostrarme enfrente de Carlos. Varona se lanzó a su muerte desde el balcón de su apartamento de 12 pisos. Dejó una nota y el caso se cerró como un suicidio. Sentí un escalofrío recorrer mi cuerpo. Le dije a Rosa: "Cualquiera que conociera a Varona, sabría que él nunca se suicidaría".

No sabía qué pensar, ¿era coincidencia que el suicidio de Varona ocurriera una semana después de que le contara a Kevin la verdad? No dije nada a Rosa sobre mi confesión a Kevin. Quedaría como algo entre nosotros. Sabía que Kevin era un hombre muy poderoso, pero no podía creer que tuviera algún vínculo con el "suicidio" de Varona.

Carlos se fue por un mes. Decidí mandar un mensaje a Kevin. Le pedí que me llamara en cuanto tuviera un momento. Extrañaba a mi amigo. A los 10 minutos, me llamó. Le cuestioné cómo fue que me había salvado la vida y, después, ni una sola palabra suya en todo un mes. Me dijo que no quería molestarme, y yo le insistí en que los amigos jamás serán una molestia.

Hablábamos o nos escribíamos todos los días después de eso. Poco a poco volví a recuperar fuerzas, y después de tres meses, mi flujo sanguíneo mejoró mucho. Decidí que era momento de levantarme de la cama y hacer ejercicio.

Carlos regresaría finalmente después de un mes; la distancia era parte de nuestra relación. Él era muy bueno con David, y quería hacer todo por él cuando estaba en casa. El tiempo pasó muy rápido, y en seis meses, David ya podía sentarse. Coqui se había convertido en su niñera, jamás había tenido hijos, y podía notar cuánto amaba a David.

Kevin y yo continuamos hablando todos los días, incluso cuando Carlos estaba en casa. Si teníamos tiempo para hablar, nos enviábamos un mensaje con un signo de interrogación. Si yo contestaba "Y", él me marcaba de inmediato, lo mismo hacia yo si él me respondía mi mensaje. Después de nueve meses, le dije a Kevin que estaba lista para trabajar.

Carlos se iría por otro mes en dos semanas. Kevin me dijo que programaría todo y me vería en su casa en dos semanas. Él se encargaría de comenzar el rodaje. Le dije que ya sabía que él había retrasado la filmación por mi salud.

En respuesta, él me envió un mensaje diciéndome que no tenía opción, pues no quería a una diva en su película.

Carlos se fue, y al siguiente día Cliff fue por mí. Estaba muy entusiasmada de dejar la casa por un rato. Llegué a la casa de Kevin, nos abrazamos por unos minutos y todo volvió a la normalidad. Jeffrey nos preparó un almuerzo italiano y comenzamos a trabajar. El equipo llegaría en dos semanas, y finalmente comenzaríamos a grabar. Estaba tan ocupada entre ser madre y repasar mis líneas, que el tiempo simplemente pasó volando. El resto del elenco me recibió muy bien, diciéndome que mis canciones llevarían el curso de la película, eso me hizo sentir igual a ellos.

Debíamos grabar un par de escenas en Nueva York. Yo iría con Kevin, Jeffrey y Cliff en su avión privado. La excusa era que no queríamos afectar al resto del elenco por mi alergia a las flores. Kevin se aseguró de que todos los ambientes estuvieran controlados. No entré en ninguna habitación o tráiler para vestirme sin una limpieza profunda antes, debía asegurarme de que no hubiera flores colocadas accidentalmente en ninguna habitación. Cliff se convirtió en mi guardaespaldas de flores.

Regresamos a Miami, y en un mes, viajaríamos a Colorado para filmar las últimas escenas de la película. No sabía qué haría una vez que termináramos de filmar la película. Supuse que quizás volvería a componer canciones, pero sabía que perdería mi amistad con Kevin.

Pasé todo el mes siguiente en casa de Kevin. Le conté a Carlos que, en cuanto terminara la película, yo necesitaba ver a un especialista. La distancia y estar separados estaba arruinando nuestro matrimonio. Lo amaba, pero debíamos mejorar nuestra relación. Una vez que terminara la película, si él debía ir a Argentina, yo rentaría o compraría una casa allá para que todos pudiéramos ir y regresar cada mes.

Él aceptó, pero no lo noté muy entusiasmado. No sabía qué otra cosa podía hacer, estaba intentando escalar una montaña yo sola. Carlos quería mucho a David, pero conmigo sólo seguía la rutina, éramos como compañeros de cuarto, no parecíamos esposos.

Pasó un mes, y Kevin y yo abordamos su avión para filmar las últimas escenas de la película. Estaba tan triste. Kevin me preguntó si algo andaba mal. Le dije que no quería que todo terminara. Él ya era una parte importante de mi vida. Me dijo que no preocupara por eso en el momento, que disfrutáramos las últimas semanas. Esta película sería el comienzo de mi carrera. Y me dijo que mientras no me convirtiera en una diva, ambos podíamos continuar trabajando juntos.

Fuimos a una pequeña casa en Colorado. Todos nos hospedamos en el mismo hotel. El pueblo era pequeño, pero podía notarse que las personas que vivían allí eran económicamente acomodadas. La habitación de Kevin y mi habitación tenían puertas contiguas. Parecía como si la historia se repitiera de nuevo. Tomábamos vino por las noches y hablábamos. Kevin incluso trajo consigo una botella de ron, y había aprendido a preparar mojitos para mí. Sabía que algo especial ocurría entre Kevin y yo, pero él jamás me había hecho insinuaciones de tipo sexual. A pesar de eso, sabía que ambos sentíamos una atracción magnética cuando nuestros cuerpos se tocaban por accidente. El último día tuvimos un almuerzo de despedida y, finalmente, todo había terminado.

Todos se fueron. Kevin y yo pensamos quedarnos un día más porque era muy tarde para volar a Miami. Jeffrey y Cliff también partieron a Los Ángeles. Pronto se mudarían de regreso a LA y debían tener lista la casa de Kevin para su regreso.

Fuimos a nuestro cuarto, y Kevin me dijo que quería mostrarme algo antes de que regresáramos a Miami. Pero debíamos volar a otro lugar, a 40 minutos de donde estábamos. De ser el caso, debíamos empacar e irnos en ese momento; él quería regresar antes del atardecer. Le dije: "¡Vamos!" Confiaba en él por completo. En 30 minutos ya estábamos en su avión privado y en camino.

Le recordé sobre mi alergia a las flores, y me dijo que no me preocupara. Todo estaba planeado. Aterrizamos y llegamos a lo que parecía otro pueblo pequeño, estaba ubicado en un valle rodeado por hermosas montañas. Un hombre mayor manejó hacia el avión en una camioneta nueva. Puso nuestro equipaje en la camioneta y le dio las llaves a Kevin.

Kevin regresó por mí y me llevó a la camioneta. Abrió la puerta y entré. Él se sentó del lado del conductor. Le dije: "¿Acaso esa es la sorpresa, que sabes manejar?"

Pensaba que él sólo andaba en limusina. Él me respondió que era su camioneta y aceleró. Llegamos a una casa estilo rancho muy grande. Nos bajamos de la camioneta y pregunté: "¿Quién vive aquí?" Me dijo que era su hogar, y su lugar favorito en el mundo.

Entramos a la casa y era fascinante. Me dijo que diera una vuelta mientras él nos preparaba unas hamburguesas para cenar. Subí las escaleras hacia lo que parecía la habitación principal con una cama circular en el medio. Las ventanas eran 360° así que podías ver cada área del rancho desde esta habitación.

Bajé las escaleras, y él estaba preparando la cena. Le dije: "Manejas una camioneta, sabes usar la parrilla, aunque tienes un chofer y un cocinero". Kevin me confesó que ese era el lugar donde podía ser él mismo. Me dijo que yo era la primera persona, además de Jeffrey y Cliff, que había estado ahí.

Me dijo: "Ven, sígueme". Fuimos a la parte trasera de la casa, y ahí había dos caballos con silla amarrados a un poste. Ahí, me recordó la vieja anécdota que le conté: "El primer día que nos conocimos me dijiste que no sabías manejar, pero sabías montar a caballo". Y entonces respondí: "Sabía que eras un vaquero, tu hebilla te delató el día que te conocí".

Nos subimos a los caballos y cabalgamos hasta la punta de la montaña, la vista parecía una fotografía de una bella postal. Extendió una sábana y nos sentamos. Él había traído un poco de vino. Kevin me contó que algún día le gustaría retirarse en ese lugar. Lucía muy feliz ahí, sin celular, laptop u otro negocio del cual preocuparse. Aquí sólo debía respirar y disfrutar de la vista y el aire puro. Después de un rato, me recordó que debíamos regresar antes del atardecer. Quería que viéramos la puesta de sol desde la casa y, al día siguiente, el amanecer. Pensé en la cama que vi en la habitación.

Nos preparó unas hamburguesas que le quedaron muy ricas. Le pregunté si podía darme un baño y si tenía una playera que pudiera prestarme. Me llevó al inmenso cuarto de la cama circular. Bajamos un par de escalones y ahí había otro inmenso cuarto con dos armarios enormes. El baño y el armario estaban un escalón abajo para que no interfirieran con la vista de 360°, a pesar de que también eran parte de la habitación.

Me metí a bañar y me puse su camiseta. Cuando terminé, él me esperaba en la habitación. Me dijo que también se daría un baño antes del atardecer.

Le dije que llamaría a casa; Carlos debía estar ahí, así que hablé con él por unos minutos.

Le comenté a Carlos que regresaría al día siguiente y que por favor recordara poner la alarma de la casa porque David ya podía caminar, y me daba miedo que se despertara en la noche. Era muy cortante conmigo, y me contestó que yo no tenía que decirle cómo cuidar a nuestro hijo, que él sabía lo que hacía.

Ni siquiera me preguntó cómo me había ido en el último día de la filmación. Mi vida ya no tenía ninguna importancia para él. Me preguntaba si estaba conmigo por el dinero que ganaría con esta película. Sabía que él lo estaba usando, porque yo debía firmar varios recibos cada mes.

Kevin y yo tomamos vino mientras veíamos el bello atardecer desde su habitación. Puso algo de música, me levanté y tomé su mano. Le dije que era mi decisión bailar con él. Bailamos lento durante al menos unas tres canciones. Cuando la música se detuvo, nos miramos fijamente a los ojos, ambos sabíamos lo que estaba por suceder.

Kevin me dijo que no quería que yo hiciera algo de lo que después pudiera arrepentirme. Le dije que nunca había estado con un hombre contra mi voluntad, y esa noche, él era mi elección. Pensé en que la agresividad de Carlos me había arrojado a los brazos de Kevin esa noche. Y dije: "Sólo por una noche". Ambos éramos adultos y, mañana, nuestra vida volvería a como era antes de aquella noche. Pero ahora, sólo éramos nosotros dos hasta el atardecer.

Una vez más, mi vida se estaba repitiendo, estaría con otro hombre hasta el amanecer.

Kevin era un hombre con experiencia. Recordé las palabras de Deborah sobre que Carlos debía asegurarse de complacerme antes de él quedar satisfecho. Kevin se encargó de satisfacer cada parte de mi cuerpo lentamente y de forma gentil. Pude ver la luna en el cielo de la cama, y sentí cómo Kevin me llevaba a la luna y de regreso.

No había tiempo límite con él. Se detenía cuando sentía que iba a terminar. Podía notar que él sabía cómo controlarlo. Ninguno de nosotros quería que este momento terminara. No sólo era un acto sexual, mientras nos besábamos por largo tiempo y nuestros cuerpos se deleitaban. Cuando todo terminó, me tomó en sus brazos y nos quedamos ahí, en silencio. No necesitábamos hablar. Nuestros cuerpos comunicaron lo que sentíamos. Pensé en que Carlos se llevó mi virginidad, pero esa noche, Kevin me hizo una mujer completamente satisfecha.

Kevin me despertó con el aroma del café. Quería que viera el amanecer a su lado. Me puse su camiseta de nuevo. Me sentía un poco incómoda al estar completamente desnuda en su cama. Tomamos un sorbo de café mientras veíamos el amanecer. Guardaría el recuerdo de estas 24 horas para toda mi vida. Ni siquiera quería preguntar cuándo debíamos irnos. Estaba viviendo un sueño que sabía que terminaría pronto.

Entonces, Kevin me dijo: "Necesito que te quedes conmigo por otra noche, quiero mostrarte el rancho y hay un par de cosas de las que necesitamos hablar. Esta podría ser nuestra última oportunidad". En ese momento, pensé: "¿Por qué no?" Carlos ni siquiera me preguntó si había terminado de grabar.

Le enviaría un mensaje de que todo se había retrasado y que regresaría hasta el día siguiente.

Pensé en que un día más en el paraíso no lastimaría a nadie. Y acepté: "Está bien. Un día más y después regresamos". Él aceptó y me respondió: "Hora de tocino". Nos prepararía un gran desayuno, después iríamos a cabalgar y él me mostraría todo el rancho. Bajó corriendo las escaleras, como un niño pequeño en una mañana de Navidad.

También bajé las escaleras y le pregunté si tenía una lavadora porque toda mi ropa estaba sucia. No había lavado nada porque pensé que esa noche regresaría a casa. En verdad quería lavar su camiseta y usarla de nuevo, para nuestra última noche juntos.

Él sonrió y me preguntó: "¿Sabes cómo usar una lavadora?" Le dije que sí, que yo lavaba mi ropa cuando era una niña del orfanato. Sabía separar la ropa en blanco con blanco, y color con color. Además, había ayudado a Rosa a lavar para ocuparme en algo. Me gustaba doblar la ropa y acomodarla, algo que a ella no le gustaba.

Desayunamos, y después fuimos a la biblioteca. Me recordó un poco a la biblioteca de Sebastián, pero mucho más grande. Le dije que ya nadie leía libros en estos tiempos, pero yo podía leer por horas. Él me contó que le gustaba venir aquí en invierno, las montañas lucían hermosas y cubiertas de nieve en esa época del año. Kevin disfrutaba pasar los días aquí con la chimenea encendida y pasaba todo el tiempo leyendo. Dijo: "La gente paga mucho dinero a un terapeuta, esta es mi terapia".

Le platiqué que ya había leído algunos de los libros que tenía ahí, él quedó impresionado. Me alegré de que no preguntara dónde había leído tanto. Pude notar que a Kevin no le gustaba que le hablara de los hombres de mi pasado. Ni siquiera mencionaba a Carlos. Me dijo: "Vamos. Aún tenemos mucho que recorrer". Él no me había tocado desde la noche anterior; habíamos vuelto a ser amigos.

No me había dado cuenta de lo inmenso que era su rancho. No sólo era dueño de su rancho; también de todos los edificios del pueblo. No quería que ninguna compañía entrara y lo llenara de turistas. Nos tomamos un descanso, nos acostamos sobre una manta y comimos algo de fruta. Siempre me estaba alimentando.

Comenzamos a hablar sobre su vida. Él era un chiquillo del Ejército, como se llamaba a sí mismo. Su papá era coronel, así que se creció entre bases militares, y cada cuatro años debía mudarse. Nació en Texas, y los padres de su mamá tenían un rancho en Texas. Él nació y creció ahí. Cuando Kevin terminó la preparatoria, fue a vivir con sus abuelos para ir a la universidad.

Me platicó que tuvo una buena educación, sin divorcio; su vida era estable y buena, sin drama. Lo único que se había perdido era de tener amigos, aprendió a ser un solitario, porque sabía que en cuatro años tendría que irse y no quería sufrir, así que se guardó para sí mismo.

Me quedé allí pensando. Todo este tiempo creí que era la única que necesitaba un amigo. Pero desde el primer día, ambos habíamos encontrado a nuestros primeros amigos. Dijo que, después de graduarse, trabajó sin parar. El trabajo era lo único que necesitaba y lo único que lo llenaba. Planeó su futuro, incluso retirarse algún día en esta tierra y criar ganado tipo Angus, lo que le recordó que debía llamar a

Harry para que nos trajera unos bistecs de la carnicería, para la cena.

Regresamos a la casa, cuando pasamos cerca de la piscina, Kevin dijo: "Encendí el calentador de la piscina, ¿por qué no voy por unas toallas y nadamos antes de preparar la cena?". Le comenté que no llevaba traje de baño y me respondió: "Tienes ropa interior, ¿verdad? No hay nadie aquí excepto nosotros, y las gallinas". Mientras me hablaba, él entraba al porche trasero. Miré a mi alrededor y pensé: "¿Por qué no?" Me quité la blusa y los jeans y me metí a la piscina, era un día hermoso, ni una nube en el cielo.

Las noches y la madrugada en el rancho eran algo frías, así que un poco de agua caliente se sentía bien. Kevin salió con un par de toallas, y me aventó unos fideos de espuma. Jugamos como niños durante un rato. Él me cargó y me aventó un par de veces. Nunca viví algo así cuando era niña, y apenas había aprendido a nadar hace un año. Tomé un fideo de espuma y me relajé, flotando sobre él con mis ojos cerrados.

Kevin se encontró cara a cara conmigo, no me tocó, sólo me miró. Sabía que no iba a intentar nada, así que lo besé en los labios. Eso significaba luz verde, y puedes pasar. Me rodeó y comenzó a acariciarme, lentamente me quitó la ropa interior.

Hicimos el amor en la piscina, otra "primera vez" para mí. Todo el día habíamos sido amigos, pero eso no iba a durar hasta la noche. Cuando terminamos, dijo que se estaba muriendo de hambre, así que salimos. Caminó hacia una ducha al aire libre con champú y todo. Abrió el agua y, cuando estuvo bien, tomó mi mano para que pudiera entrar. Me lavó el cabello y luego me bañó lentamente, sin decir una palabra. Cuando terminó, lo bañé y traté de despertarlo de nuevo. Pero él comenzó a reírse y dijo: "Más despacio, potra, no tengo 20 años; me vas a matar ".

Me sentí mal, no quería que pensara que Carlos y yo teníamos tanto sexo, que él no podía seguir el ritmo. Tenía que encontrarle algo de humor, así que le dije: "¿Entonces eres una vitamina al día?" Se echó a reír y dijo: "¡Dame un bistec y unas horas y te mostraré lo que puede hacer esta vitamina!" Le dije que no era una marca genérica, por lo que valía la pena la espera. Siempre habíamos bromeado, así que hacerlo en un tono sexual salió natural.

Subí a secarme el cabello y ponerme su camiseta. En el camino, Kevin me gritó: "No tardes mucho, aún debemos comer algo y hablar de algunas cuestiones". Quería estar preparada para nuestra conversación, pero no me dio ni una sola pista en todo el día de lo que quería hablar.

Comimos nuestros filetes acompañados de una cerveza. Le comenté que solía emborracharme con sólo media cerveza, así que quizás no era buena idea si quería tener una conversación seria. Traté de mantener el tema sobre la mesa, pero él aún no se veía listo para hablar. En cuanto terminamos de comer, me pidió que subiéramos a ver el atardecer. Estaba algo borracha, y bailaba mientras subía las escaleras. Juro que ninguna otra bebida tiene tanto efecto en mí como la cerveza.

Subí y él se sentó en una de las sillas de piel, en la habitación hundida debajo de la cama circular. Nada obstruía la vista. Él tomó la otra silla y la colocó justo frente a él. Era mi llamado a sentarme. Hubiera preferido recostarme en la cama, pero la situación parecía bastante seria.

Me preguntó cómo me sentí esos dos días. Yo ya sabía la respuesta a esa pregunta. Primero, intenté pensar en algo divertido qué decir, pero mirándolo fijamente a los ojos, pude notar que no era momento para bromas. Si me iba a dar un sermón, podía soportarlo. Mañana debíamos regresar de cualquier forma. Si me hubiera hecho la tonta en estos dos días, sería la única en saberlo. Entonces decidí ir con la verdad. Le dije que cuando me casé debido a mi alergia a las flores no pude ir de luna de miel. Estos dos días me había sentido como imaginé que debía sentirse una luna de miel.

Él tomó mis manos, las besó y las tomó con fuerza. Me dijo que me iba a dar buenas noticias, y que mi decisión de aceptar su ayuda no tenía nada que ver con lo que me iba a decir después. Afortunadamente, había encontrado un médico en la Universidad de Los Ángeles que podía tratar mi alergia a las flores.

Kevin había ido a conocerlo. El especialista le dijo que controlar mis alergias tardaría tres meses, con tratamientos semanales, pero debía vivir en LA. Podía iniciar mi tratamiento inmediatamente, él ya no quería que yo viviera por más tiempo en una burbuja.

Comencé a llorar, antes de eso pensé que se iba a alejar de mí cuando en realidad estaba tratando de salvarme. Continuó diciendo que él podía alquilarme una casa para vivir esos tres meses, tendría que traer a Rosa, Coqui y David. El tratamiento del que me habló era como quimioterapia y me sentiría muy enferma esos tres meses. Necesitaría la ayuda de Rosa y Coqui, porque no podía irme hasta que terminara el tratamiento. Sabía que no querría estar sin David. Después de eso, me expondrían paulatinamente a las flores hasta curarme. Él prometió cubrir todos los gastos.

Pensé en que eso fue lo que le pedí a Carlos durante años para que pudiéramos viajar juntos, pero él jamás hizo nada. Al mismo tiempo, no podía alejar a David de Carlos por tres meses. No sabía qué decir. Las lágrimas rodaban por mis mejillas y sólo pude decir "Gracias". Él me dijo que no debía decidir nada en ese momento. Justamente, Kevin encontró al especialista antes de que fuéramos a Colorado para filmar las últimas escenas de la película.

Después, me confesó que había salido con muchas mujeres, pero jamás se había enamorado. Incluso, vivir en Los Ángeles lo convenció de no creer en el matrimonio. Cuando hay mucho dinero de por medio, las relaciones comúnmente terminan en divorcio. Durante esos años, muchas mujeres se habían acercado a él por su dinero. En ese momento aceptó que estaría sólo para siempre. Kevin se había resignado a los amoríos de una noche para el resto de su vida, pues su trabajo era lo más importante para él.

Su vida era así hasta que me vio en el video de mi boda. Admitió que tengo una gran voz, pero la parte que vio una y otra vez fue el resto de la boda. Vio el video pensando en que le habría gustado tener tanta suerte como para encontrar a una chica como yo.

Él tenía que conocerme, y cuando lo hizo, su atracción hacia mí fue mucho mayor. "Fue amor a primera vista", recordó. Pero claro, yo estaba casada, y peor aún, embarazada. Intentó encontrar a otra cantante, pero no podía alejarse de mí. Finalmente se convenció de que, si no podía tenerme, procuraría entrar en mi vida al menos como amigo.

Durante todo mi embarazo, Carlos estuvo fuera la mayor parte del tiempo. A veces, Kevin sentía como si el bebé fuera suyo, Jeffrey le reiteraba que debía alejarse de mí, porque todo el mundo iba a salir lastimado en algún momento. Cuando Carlos llegaba a casa, él se marchaba; quería tratarme con respeto siempre. Él no podía vivir pensando en que dejaba y yo estaba con Carlos, cuando todo lo que tenía de mí era mi amistad. Me dijo que él notaba que yo no era feliz con Carlos, y eso sólo lo hizo quedarse más cerca de mí. Él quería que yo fuera feliz todo el tiempo, incluso si sólo podía tener mi amistad.

Cuando tuve a mi bebé, él estuvo conmigo todo el tiempo, incluso el personal del hospital pensó que él era el padre. Me dijo que él fue el primero en alimentar a David y en cambiarle el pañal. Cuando Carlos llamó y dijo que iba camino al hospital, fue cuando decidió irse. En ese momento él sintió que estaba dejando toda su vida atrás.

Me dijo que decidió un día cancelar la película. Él no podría estar sin mí, pero tampoco quería arruinar mi matrimonio. Me dijo que quería que fuera feliz, incluso si eso significaba no volver a verme.

Pero fue cuando yo decidí enviarle un mensaje un par de meses después, anunciándoles que estaba lista para trabajar. Fue ahí cuando reactivó todo lo planeado y regresó a mí.

Cuando terminamos la película, sintió que debía contarme todo porque una vez en Miami, él no tendría otra oportunidad. Lo que ocurrió la noche anterior no estaba planeado, él sólo quería traerme a este lugar, su lugar seguro y tranquilo, para poder contarme su historia. Pero la noche anterior ocurrió, y pudo sentir que lo que yo sentía por él era algo más que una amistad. Siempre lo sintió así. Kevin siguió hablando: "No sé si eres infeliz con Carlos y estás intentando llenar un vacío conmigo, o si hay algo más entre nosotros".

El sol comenzó a esconderse. Me levanté y me quedé a su lado, puse mis brazos alrededor de su cintura. Cuando culminó el atardecer, le pedí que me disculpara un momento, pues necesitaba ir al baño por un minuto. Se veía algo desanimado, así que lo besé y le dije: "Ahora vuelvo, prepárame un mojito". Simplemente derramó su corazón, y todo lo que pude decir fue: "Necesito ir al baño". Me sentí como un idiota, pero ni siquiera sabía lo que quería. Sí, tenía razón, no estaba contenta con Carlos, pero no estaba segura de si lo que había dicho Kevin, acerca de que llenaba un espacio vacío con él, fuera cierto.

Sabía que temía por el día en que terminaría la película, pero ¿tuve sexo con Kevin, como una forma de castigar a Carlos por la forma en que me estaba tratando? Tenía que salir y ser sincera con él. Salí y bebí un sorbo de mi mojito para animarme, esperaba que la bebida me ayudara a encontrar las palabras.

Le dije que hablaría con él como ambas, como su amiga, pero también como mujer. Como amiga, debía confesar que mi matrimonio estaba en muy malas condiciones. Los viajes a Argentina habían destrozado mi matrimonio. Pero la verdad era que Carlos fue el primer y único hombre con el que había estado hasta la noche anterior.

Había hablado con mi doctora sobre nuestros problemas sexuales. Pero no tenía nada con qué comparar la experiencia. El sexo con Carlos duraba tres minutos, y él sólo pensaba en él. Eso no me generó problema durante los primeros meses, pero después, mi cuerpo quería más. Le dije que, la noche anterior, cuando hacíamos el amor, recordé las palabras de Deborah sobre Carlos y cómo él debía considerarme antes de pensar en él. Intenté mostrarle a Carlos que necesitaba algo más, y que debía bajar el ritmo, pero sólo había conseguido alejarlo y que él evitara cualquier contacto físico conmigo. Nos habíamos convertido en compañeros de cuarto con un niño.

Kevin me dijo que la noche anterior tenía miedo de que yo lo sintiera demasiado mayor para mí, especialmente esa tarde en la regadera. Sonreí y le dije: "Sé que eso te hizo sentir mal, y lo siento, pero tu vieja dosis diaria de vitamina es lo mejor que esta potra ha tenido, una vez al día es mejor que nada".

Entonces, me dijo: "Está bien, ahora háblame como mujer". Le dije que eso le costaría un beso y rellenar mi vaso. La verdad había salido demasiado fácil, pues dicen que la verdad te hace libre. Cuando regresó, tomé un sorbo de mi bebida, y pensé: "¡Qué raro! Carlos me había servido mi primer mojito, y ahora, estaba en Colorado, en la habitación de Kevin, usando nada más que su camiseta y confesándome. ¿Hacia dónde me estaba llevando el destino?"

Le dije a Kevin que apreciaba mucho su oferta de ayudarme con el tratamiento, pero necesitaba tiempo para pensar algunas cosas. No podía irme así nada más a LA y dejar a David sin ver a su padre. Carlos y yo debíamos sentarnos y decidir juntos lo que haríamos con nuestro matrimonio en pedazos.

Le pregunté a Kevin: "Si no crees en el matrimonio, entonces qué quieres de mí, ¿amigos con beneficios?" Me dijo que no, que él quería todo conmigo, el paquete completo. Ahora que habíamos compartido estos días juntos, no podía imaginarse cómo sería vivir sin mí.

"Pero Kevin, yo no puedo darte ningún hijo, y eso no es justo para ti. David es el hijo de Carlos, a pesar de que sé muy bien que cuidarías de él, pero algún día querrás tener tus propios hijos. Hay muchas mujeres en este mundo con quienes podrías formar una familia, no todas son cazafortunas, pero estar a mi lado te ha impedido buscar una mujer agradable", insistí.

Continué hablando:

"Mientras estés cerca de mí, no verás a nadie más. Dices que está bien ahora, pero algún día estarás resentido conmigo por tener un hijo y no poder convertirte en padre".

Kevin me preguntó si eso era lo que me preocupaba. Dije que sí, que era algo muy importante; no era como si no tuviera ningún interés en ser padre.

Le dije que recordaba cómo alimentó a David y lo feliz que se veía. Yo había sentido lo mismo esos dos días en el hospital. Era como si los tres fuéramos una familia. Le dije que necesitaba ser padre y que, así como había tratado de no romper mi matrimonio, no iba a negarle el sueño de ser padre. Bajó la cabeza y dijo que me iba a decir algo que pocas personas sabían, como Jeffrey y Cliff.

Él ya era padre, me lo confesó. Entonces, exclamé: "¿Qué?" Kevin me contó que hace siete años había estado en una fiesta de celebridades en Las Vegas. Había muchas mujeres. Él se había acostado con una linda bailarina que bebía demasiado como él, y ella estaba molesta porque había roto con su novio *dealer* de *blackjack*.

Tuvieron relaciones, que ni siquiera pudo recordar al día siguiente. Dos meses después, recibió una carta de un abogado que decía: "Betty está embarazada, serán gemelas". Dijo que no podía creerlo porque siempre usaba condón. Los abogados acordaron que después de que nacieran los bebés, se les haría una prueba de ADN.

Resultó que él sí era el padre. Kevin fue a Las Vegas y descubrió que Betty se había casado con su novio. Eran buenas personas. Él ni siquiera se acordaba de ella. Le dijo que no quería nada, jamás les mentiría a sus gemelas sobre quién era su padre, y por eso había intentado contactarlo. Kevin dijo que los veía en Las Vegas dos veces al año.

El esposo de Betty las estaba criando, y Kevin podía notar que las gemelas querían estar con él, y sólo lo veían porque su madre insistía en que debían saber quién era su padre biológico, como lo llamaba. Él tenía una cuenta de banco a nombre de sus hijas para su futuro, y eso era todo lo que Betty aceptaría. Las niñas ni siquiera sabían que él era un hombre rico. Ella decía que no quería consentirlas demasiado con dinero, y probablemente tenía razón.

Le dije que cuando las niñas crecieran, algún día querrían conocerlo. Y agregué: "Todavía sueño con algún día encontrar a mi madre". Me dijo que le había preguntado a Carlos sobre mi madre el primer día en la casa. Carlos le contó que él sólo sabía el nombre del orfanato que se había incendiado. Kevin también me platicó que tenía a algunas personas siguiendo el rastro, pero hasta el momento no habían encontrado nada. Le respondí: "¿Hiciste eso por mí, sin conocerme?" Entonces, él agregó: "¿Qué te puedo decir? En verdad fue amor a primera vista".

Él pensó que el destino me había puesto en su camino, y que algún día averiguaríamos el por qué. Le dije que se trataba de un Déjà vu porque yo había pensado lo mismo unas cuantas horas antes: "¿A dónde me está llevando el destino?"

Era tarde, así que le dije: "¿Por qué no dejamos que el destino nos lleve? Necesito regresar a Miami mañana". Y agregué: "Debemos prometer mantenernos en contacto, y en seis meses vemos a dónde nos ha llevado el destino".

Me preguntó si podía ir a visitarlo a su casa por los siguientes seis meses si él visitaba Miami cuando Carlos se fuera. Dije: "Sólo si decido dejar a Carlos". No iba a tener una aventura a sus espaldas. No podría vivir conmigo misma haciéndole eso a Carlos. Le dije a Kevin que serían seis meses, pero la verdad es que no pensé que serían más de dos meses; las cosas incluso en el teléfono estaban muy mal.

Podíamos hablar todos los días, pero otra cosa que quería aclarar era que, si Carlos y yo decidíamos divorciarnos, yo no quería correr a casarme, ya lo había hecho y necesitaría tiempo. Todo había salido bien, fue veraz y honesto. Me levantó y dijo: "Está bien, una última dosis de vitamina, antes de que termine la noche", me reí y dije: "Eso significa que tomaré otra dosis mañana por la mañana". Él me respondió entre risas: "Me vas a matar, potra".

Me desperté a las cinco de la mañana, y me levanté de la cama sin despertar a Kevin, era hora de ducharse e ir a casa. No podía evitar sentirme culpable; tendría que mirar a Carlos a los ojos ese mismo día. Me di un baño y me vestí. Bajé las escaleras y preparé café, las mañanas en Colorado eran bastante frías.

Después de una hora, Kevin bajó las escaleras. Estaba en bóxer, y se veía sorprendido de que yo estuviera totalmente vestida con mis pantalones de mezclilla. Supongo era una señal roja de "alto". Era hora de regresar a ser amigos, la luna de miel había terminado. Le pregunté si quería un café, me dijo que primero iría a bañarse y vestirse. Bajó con su equipaje y el mío, lo colocó a un lado de la puerta principal. Me pidió que lo acompañara a la cocina, había comprado unos panecillos de la panadería local para desayunar esa mañana.

Llamó al piloto y le dijo que estaríamos listos para partir en una hora. Debíamos hacer una parada en Los Ángeles para recoger a Jeffrey y a Cliff, quienes debían limpiar y cerrar la casa de Miami Beach. Kevin debía cerrar la oficina del estudio. Conducimos hacia el aeropuerto en silencio, mientras el sol comenzaba a salir. Abordamos y Kevin fue a trabajar en su laptop. Yo me acosté en el sofá y cerré los ojos.

Era agradable tener a Jeffrey y a Cliff a bordo en LA. Eso ayudó a romper el hielo. Jeffrey había preparado sándwiches, y empezó a alimentar a los pilotos, eran veteranos como Cliff, así que él y Jeffrey se sentaron adelante en la cabina. Pude notar que Jeffrey sospechaba que algo había pasado entre Kevin y yo, pues nos habíamos quedado un día más. Cerró la puerta de nuestra sección y la tocaba antes de entrar.

El piloto anunció que aterrizaríamos en Miami en 45 minutos. Kevin cerró su laptop. Yo me senté y comencé a peinar mi cabello, también me puse un poco de lápiz labial. De la nada, comencé a llorar. Kevin se puso a mi lado inmediatamente. Le decía que lamentaba haber sido tan fría en la mañana, pero todo me estaba afectando mucho, la película había terminado. Yo saldría de ese avión y probablemente jamás lo volvería a ver.

El problema era que yo ya no era la misma mujer que había abordado ese avión hace un mes. Le dije a Kevin: "Me acostumbré a estar contigo, y ahora, de repente, tengo miedo y estoy muy asustada". Él me tomó en sus brazos y dijo que todavía estaría en Miami una semana para terminar asuntos pendientes de la película. Él no quería presionarme en dejar a Carlos, pero acordamos hablar todos los días.

Necesitaba estar con David, y tal vez hablar con Rosa; ella siempre me daba los mejores consejos. Le conté a Kevin que no quería dormir en la misma cama con Carlos, y no quería que me tocara. La culpa estaba saliendo de mí. Él dijo: "Entonces no lo hagas, dile que tienen problemas y que no quieres una relación física ahora". Me recordó que teníamos cinco habitaciones en nuestra casa y me sugirió que le dijera a Carlos que durmiera en otra habitación. Me di cuenta de que Kevin se sintió mejor después de nuestra conversación, y después de estos dos días, realmente no quería dormir junto a Carlos. Necesitaba algo de tiempo a solas para descubrir mis sentimientos.

Aterrizamos, y Cliff trajo la limusina. Me senté ahí a esperar a Kevin, y pensé en que quizás debía llamar a Carlos. Al final, decidí que sólo aparecería en la casa, eso haría más fácil todo para Rosa y Coqui.

Vi a Kevin al teléfono cuando, de repente, le pidió a Jeffrey que se acercara. Pude ver cómo hablaban y Jeffrey miraba hacia mi ventana, tapando su boca con su mano. Kevin hablaba con su espalda hacia mí. Jeffrey regresó al avión y salió con dos botellas de agua, se las entregó a Kevin. Jeffrey subió adelante con Cliff, quien subió el vidrio de la ventana que separaba la limusina.

Algo le había ocurrido a Kevin. Yo estaba a punto de salir de la limusina, cuando Kevin volteó y pude notar que estaba llorando. Abrió la puerta y se sentó conmigo. "¿Qué ocurre?", pregunté. Estaba muy asustada. Kevin siempre parecía estar en calma, jamás lo había visto así. "Kevin, por favor dime,

¿qué pasa?, ¿por qué lloras?", insistí. Él respiró profundo y tomó mis manos en las suyas. Sus manos estaban heladas, y sudorosas. Me dijo: "Hubo un accidente. Recibí un mensaje de Carlos cuando aterrizamos".

Pregunté: "¿Algo le ocurrió a Rosa? ¿Hablaste con Carlos?" Tomé mi teléfono y él me detuvo. Kevin ya había hablado con Carlos y él le había pedido que me contara qué había ocurrido.

Comencé a llorar. "Algo le ocurrió a David, ¿eso pasó?" Kevin me tomó en sus brazos y, llorando, me repitió que el accidente había ocurrido esa mañana. David abrió la puerta de atrás y se cayó a la piscina. Sólo pude preguntar: "¿Está vivo? Por favor, ¡dime si está vivo!"

Todo mi cuerpo estaba temblando y mis dientes también rechinaban. Kevin negó con la cabeza y me dijo: "No, se ahogó". Kevin dijo que Carlos estaba destrozado porque había olvidado dejar la alarma de la casa encendida la noche anterior. Carlos le contó cómo me había gritado otra noche cuando le llamé para recordarle. Coqui encontró a David esa mañana a las siete, cuando llegó a casa.

Por eso le pidió a Kevin que me diera la noticia. Carlos le había dicho que era su culpa que David hubiera muerto, y nunca podría verme a los ojos de nuevo. Kevin y yo estábamos sollozando, le pregunté: "¿Dónde está David?" Me dijo que el forense se había llevado su cuerpo y que Carlos estaba esperando que yo llegara para ir a la funeraria. Dije: "Ni siquiera puedo ir al funeral de mi hijo".

Kevin me insistió que no me preocupara por eso en ese momento. La doctora Deborah estaba en casa esperándome. Ella me daría algo para calmarme. Le dije a Kevin: "Por favor, no me dejes sola en la casa con Carlos, y prométeme que estarás a mi lado". Él aceptó quedarse conmigo mientras me tomaba con sus brazos. No iría a ningún lado, se quedaría conmigo, y me ayudaría a pasar este momento tan devastador.

Llegamos a la casa, Jeffrey y Cliff corrieron a ayudarme a bajar del auto. Ambos también estaban llorando y me ofrecían sus condolencias. No podía sostenerme por mí misma, así que los tres me ayudaron a entrar a la casa. Rosa y Coqui corrieron a abrazarme y lloramos juntas. Miré hacia la piscina, y pude ver la cinta amarilla de la policía acordonando el área.

Carlos salió de su oficina y yo me quedé ahí. Su cara estaba roja y sus ojos hinchados de tanto llorar. Me alejé de él. La doctora Deborah le pidió que me llevara a una habitación y le dije: "No, no quiero entrar ahí". Rosa les pidió que me llevaran a la segunda habitación principal.

Rosa le dijo a Coqui que me llevara un par de pantalones cortos y un top. Me ayudaron a desvestirme. La doctora Deborah entró y me dio un Xanax. No estaba acostumbrada a tomar pastillas, pero ella insistió en que me ayudaría. Le pregunté a Rosa dónde estaba Kevin y me dijo que estaba hablando con Carlos, seguí repitiendo que no podía ir al funeral de mi propio hijo.

Deborah me pidió que cerrara los ojos e intentara dormir un poco, así que eso hice. Unos minutos después, pude escuchar la voz de Kevin, hablaba con Deborah. Él confirmó que yo no podía ir al funeral o al cementerio. Deborah le recordó de mi alergia a las flores y que ir a un evento así podía matarme, ella dudaba de que nuestro matrimonio sobreviviría a la muerte de David.

No podía abrir mis ojos, pero podía escuchar la conversación. Kevin le contó que Carlos se había ido con Alfred para los arreglos del funeral. Había enviado a Jeffrey y Cliff a su casa, porque él se quedaría conmigo hasta que terminara el funeral. Rosa y Coqui estaban molestas. No estaban de ánimos para cocinar o servir. Él se quedaría para cuidarme como lo había prometido antes.

No podía ir al funeral, pero tampoco podía quedarme sola. Dijo que era buena idea que Kevin se quedara y le pidió que la acompañara a la cocina para explicarle sobre los medicamentos que necesitaría para soportar el duelo.

Dormí hasta que Rosa abrió la puerta. Me llevó un poco de jugo y un panecillo de los que trajo Kevin con él. Pude reconocer los panecillos, eran de los que habíamos desayunado la mañana anterior, y Colorado parecía tan lejano. Me dijo que comiera un poco, ella llamaría a Kevin para darme mis medicinas.

Le pregunté dónde estaba Carlos, ella me dijo que salió a hacer los arreglos del funeral y había regresado. Estaba encerrado en nuestra habitación. Kevin estaba en el cuarto de TV viendo las noticias y esperando a que despertara.

Kevin entró a la habitación y me senté en mi cama. Quería que tomara un Xanax, y le dije: "No, necesito tener claridad en mi mente". Kevin tomó mis manos y las besó. Me recordó a lo que yo hacía con David; curar sus heridas con un beso. Le dije a Kevin que no podía ir al funeral o al cementerio, pero tampoco soportaba estar en esta casa, mirando a la piscina.

Me preguntó qué quería hacer, y le dije: "Quiero irme; cuanto todos vayan al funeral, ¿podrías llevarme a Los Ángeles para mi tratamiento? Necesitaré un lugar para vivir y algo de ayuda para sobrevivir al tratamiento". No podía llevar a Rosa conmigo porque toda su familia estaba aquí, y Coqui me recordaba mucho a David. No quería que nadie se enterara dónde estaba y lo que hacía. Quería desaparecer por tres meses.

Le dije a Kevin que yo quería pagar mis gastos. Él me comentó que recibiría mi último pago en una nueva cuenta bancaria que sólo yo podía usar. Le dije que era momento para mí de mantenerme de pie por mí misma.

Kevin me preguntó si quería contarle a la doctora Deborah y le dije: "No, sólo quiero irme". Me comentó que el funeral iniciaría al día siguiente a las cuatro de la tarde. Él haría los arreglos necesarios para poder irnos tan pronto como todos salieran de casa. Le dije que dejaría una nota para Rosa, explicándole que no podía estar en esa casa, y mucho menos podía mirar a Carlos. Le llamaría cuando me sintiera mejor.

Le pregunté a Kevin si debía quedarse para recoger su oficina, de ser así, yo podía quedarme en su casa de Miami Beach hasta que estuviera listo para irnos. Me insistió en que no quería esperar y en que empezara con mi tratamiento cuanto antes. Él regresaría en algún momento a limpiar la oficina. Nadie ni siquiera usaba esa sección del edificio. Me dijo que durmiera un poco mientras llamaba a Jeffrey y al piloto para tener listo el avión a tiempo. Rosa le había preparado un cuarto junto al mío. "Envíame un mensaje si necesitas algo", me besó en la frente y salió con su teléfono en la mano.

Rosa me despertó para el desayuno, era difícil verla, no sabía cuándo volveríamos a vernos de nuevo. Odiaba no poder decirle que hoy me iría, eso sólo complicaría las cosas.

No quería ver ni hablar con Carlos, particularmente hoy. Le dije que la ropa en mi maleta estaba sucia, y me comentó que Coqui ya la había lavado y guardado. Quería quedarse conmigo durante el funeral esa noche, pero le insistí en que ella y Coqui debían ir en mi lugar. Ambas nos quebramos y comenzamos a llorar.

Rosa me contó que Kevin había preparado un gran desayuno. Estaba sorprendida de cómo alguien tan rico podía ser tan humilde. Le recordé cómo Kevin se había quedado conmigo durante mi embarazo, y cuando David nació, él también estaba muy molesto con todo lo que había pasado. "Hombre bueno", le llamó Rosa, a quien también le parecía curioso que él no estuviera casado. Le conté que él trabajaba mucho. "La gente necesita dinero, pero también amor", afirmó.

Me bañé y le envié un mensaje a Kevin. Me dijo que no había ido a visitarme porque Carlos estaba en casa. Todo estaba listo para irnos, debía quedarme en mi cuarto, y cuando todos se fueran, empacaría todo lo necesario para partir. Me envió un mensaje preguntándome: "¿Estás segura de que es lo que quieres?", le respondí que sí.

La funeraria envió una limusina para Carlos, Rosa y Coqui. Rosa y Coqui entraron llorando a mi habitación, diciendo que querían quedarse conmigo, les dije que necesitaba estar sola. Tal vez sólo así entenderían por qué me iba. Ya había escrito un correo a Rosa y a Coqui, se los enviaría en cuanto estuviera en el avión. Carlos nunca se me acercó, Rosa le pidió que respetara mi espacio.

Se fueron, Kevin entró a la habitación y dijo: "Cuando estés lista". Empaqué todo lo que pude. Antes de dejar mi habitación, dejé mi anillo de bodas, mi brazalete y mis aretes de rubí en la mesa de noche. Kevin me vio y asintió con la cabeza. Él entendía todo.

Cliff y Jeffrey estaban afuera esperando, no podía imaginar lo que estaban pensando. Le pregunté a Kevin qué les había contado, y me dijo: "La verdad, que no puedes ir al funeral de tu hijo y que irás a Los Ángeles a recibir tu tratamiento para que puedas llevar una vida normal. Ellos entienden y te respetan mucho". Tomé un Xanax y me dormí todo el camino a LA.

Kevin ya había hecho la cita con el doctor para día siguiente. Llegamos a la mansión de Kevin. Era una vieja casa de Hollywood. Fue remodelada, pero mantuvo su estilo de 1920. Había muchas cosas que aún se conservaban como candelabros y escaleras. La piscina era la más grande que jamás había visto, como sacada de una película de Gloria Swanson. Jeffrey me dijo que llevó mis maletas a una habitación en la parte de arriba. Kevin me dijo que me quedaría ahí hasta que pudiera encontrar una casa.

Cenamos juntos y me fui a dormir en la segunda habitación. Kevin me dijo que el especialista me vería a las nueve de la mañana. Después, teníamos un compromiso a las tres de la tarde en una casa que había encontrado para mí. También había encontrado a una enfermera de origen latino con quien podía vivir durante mi tratamiento. Incluso, había buscado a una cocinera latina y una ama de llaves. Podía conocerlas, y después decidir si quería contratarlas.

Me dijo que podía quedarme con él, pero preferí no aceptar su oferta. Necesitaba estar sola por un tiempo, él era tan bueno conmigo, me estaba dando un espacio para recuperarme. Sabía que me habría gustado quedarme con él, con Jeffrey y con Cliff, pero debía probarme a mí misma y sobrevivir sola. Sabía que si me quedaba con él terminaría en su cama. La próxima vez que viva con un hombre será mi decisión.

Los doctores me explicaron todo. Recibiría el tratamiento cada lunes, y era muy probable que me sintiera enferma durante los días siguientes. Ellos me darían medicamento para ayudarme con las náuseas y el vómito, pera los fines de semana me sentiría mejor. Era importante que intentara comer bien en los días buenos, ya que probablemente perdería entre veinte y treinta libras en esos meses. También era probable que tuviera que ir los jueves por fluidos intravenosos. Sería un tratamiento rudo, pero yo calificaba para él porque era joven y sana. Después de tres meses, esperaban que mis alergias a las flores se fueran para siempre.

Nos fuimos y Kevin me llevó al banco, donde abrimos una cuenta para pagar mis gastos. Él me depositó mi último cheque por la película. Así pude rentar una casa. También contraté a Elena, mi enfermera, y a Linda, quien sería mi ama de llaves. Vivir en Los Ángeles era costoso y la casa era pequeña, pero no necesitaba nada más. Las tres teníamos una habitación, la mía incluía un baño, supuse que pasaría mucho tiempo ahí.

Les dije que nos mudaríamos al día siguiente, era viernes. Debía empezar mi primer tratamiento el lunes. Elena se encargaría de llevarme a la oficina del doctor para el tratamiento. Era hora de dejar que Kevin regresara a trabajar, aunque insistió en ayudarme. Dejé a Linda y Elena descansar el fin de semana, y acepté quedarme en casa de Kevin hasta la mañana del lunes, para que Jeffrey pudiera alimentarme. Comí y dormí. Kevin iba a verme antes de irme a dormir. Me dio un beso de buenas noches y apretó mis manos, intento besarme para que el dolor se fuera.

Me moví a mi nueva casa durante los siguientes tres meses. Kevin se fue con Jeffrey y regresó con televisiones para las tres habitaciones, una computadora e incluso envió a un plomero para instalar un inodoro nuevo en el baño. Dijo que no quería que asomara la cabeza donde otras personas habían ido al baño. Le dije que era mi padrino mágico, pues pensaba en todo. Pedimos pizza para animarme antes del lunes. Cuando llegó el momento de irse, se merecía un abrazo; le rodeé el cuello con los brazos y le dije: "Como siempre, gracias".

Me dijo que estaba muy orgulloso de mí, y que no olvidara por qué me había contratado, porque soy una guerrera. Yo le respondí que era un mentiroso, pues lo había hecho por mis piernas largas. Nos abrazamos y me aconsejó que cuando las cosas se pusieran difíciles, imaginara el rancho, los atardeceres y el amanecer, y entre tanto, los paseos a caballo.

No me pude resistir, así que le dije: "Con todo el vómito que me causará el tratamiento, probablemente necesite vitamina cuando todo termine". Él respondió: "Mi farmacia está abierta siempre que lo necesites, siempre y cuando te laves los dientes". Le di una nalgada y le dije que le llamaría al día siguiente. Me despedí de él con un beso en la boca.

Lunes. Comencé mi camino a recuperarme. No estaban bromeando, Elena tuvo que detener el carro, antes de que fuera a casa a vomitar por primera vez. Fue duro, pero el viernes me sentía mucho mejor, justo a tiempo para ir a casa de Kevin. Comenzamos un ritual de fines de semana, Jeffrey me preparaba comidas altas en calorías, lo que le encantaba a Kevin, quien solía decirme: "Tú perderás 30 libras en tres meses, y creo que yo ganaré esas 30 libras".

Kevin tenía un cine en su casa, que fue remodelado, pero era parte de la casa como fue construida originalmente. Veíamos películas todo el fin de semana, comíamos y descansábamos. Después de dos meses, finalmente fui una noche a su habitación. Se sintió bien estar en sus brazos. Había perdido mucho peso, y Kevin tenía miedo de lastimarme al intentar hacerme el amor. Nuestros cuerpos se deseaban entre sí, y todo ocurrió muy despacio y de forma gentil.

El tercer y último mes fue el peor, había días en los que pensé que no llegaría hasta el final. Algunos días, pensé que moriría mientras dormía. Ya no podía ir a casa de Kevin los fines de semana. No tenía energía, y Elena debía quedarse conmigo los fines de semana hasta el final del mes.

Me sentía tan débil. Ni siquiera podía ir al baño por mí misma. Necesitaba ayuda para bañarme y alimentarme. Kevin estaba ansioso por verme; quería llevarme al hospital. Le dije que estaría bien. Él, Jeffrey y Cliff me visitaron para llevarme algo de comida. Yo sólo podía tomar jugos y *ginger ale*. Los llamé mis tres mosqueteros que habían llegado a mi rescate. Sus ojos se llenaron de lágrimas cuando me vieron en cama. Estaba en los huesos y podían ver mis grandes ojos.

Le pedí a Kevin que se fuera, le dolía mucho verme así, y sólo me hacía llorar. Me hacía perder el control. Le dije que todo terminaría pronto, pero no quería verlo más. Llamó al doctor, y pude escucharlo decir que no lucía bien. Supongo que el doctor le comentó lo que a mí ya me había dicho, estaban monitoreando constantemente mi flujo sanguíneo. El último mes sería el peor. En las siguientes dos semanas, comenzarían a reducir el tratamiento paulatinamente para comenzar a exponerme a mis alérgenos.

Al siguiente lunes, reducirían mi dosis por primera vez. Y yo comenzaría a mejorar lentamente. Para Kevin no era suficiente, le dijo al doctor que lucía como si estuviera muriendo, así que enviaron a una enfermera para cuidarme y suministrar los fluidos intravenosos. Kevin envió a Jeffrey y Cliff a casa, y se quedó conmigo. Me sentí mucho mejor después de que me suministraron los fluidos intravenosos. Kevin me habían salvado de nuevo.

Fuimos a casa esa mañana, y le prometí que estaría mejor la siguiente semana. Necesitaba que él fuera fuerte por mí. Todo terminaría pronto. Me preguntó si ya sabía que haría cuando mi tratamiento terminara. Le dije que no estaba segura.

Ese lunes tuve mi dosis baja del tratamiento, y pude comer algo de sopa. Le envié un mensaje a Kevin con las buenas noticias. A la siguiente semana empezaría lo último del tratamiento.

Kevin llegó el jueves, y me dijo que necesitaba hablar conmigo sobre algunas cosas sobre mi futuro, ya que el tratamiento estaba por llegar a su fin. Sacó una carpeta con papeles y la puso sobre la mesa, diciéndome que tenía a su abogado para que me preparara los papeles del divorcio. Todo lo que tenía que hacer era firmar y enviarlos por correo al abogado; se los enviaría a Carlos. Dijo que el sobre ya tenía el mensaje: "Envíelo por correo al abogado". Tomé el sobre y no dije nada, me senté en silencio.

Luego me contó que la semana después del final de mi tratamiento; el estudio había programado una conferencia de prensa para mí y una fiesta privada para los ejecutivos previo al estreno de la película. Tendría que cantar el tema principal de la película y responder algunas preguntas de la prensa. Además, tenía un contrato redactado para que yo lo firmara con el estudio por dos años; él sería mi nuevo representante, destituyendo a Carlos. Lo firmaría antes de la rueda de prensa y la fiesta. También, la semana siguiente me llevaría con Manolo, un diseñador de moda de Beverly Hills. Necesitaba un vestido para la fiesta privada y uno para el estreno de la película.

Le dije: "Kevin, ¿qué está pasando? Vas a 200 millas por hora. Ni siquiera he terminado mi tratamiento". Le recordé que él debía enfocarse en estrenar la película, y yo en asegurar mi futuro. Le pedí que me mirara y seguí hablando: "No puedes esperar que me pare frente a una audiencia en dos semanas para cantar una canción. Ni siquiera he cantado en tres meses". Le sugerí hacer la fiesta privada con el resto del elenco y me dijo que no.

Habían mostrado la película a varios grupos de críticos, y resultó que yo me había llevado toda la película con mi actuación y mi voz. Entonces, le insistí en que al menos necesitaba otro mes para recuperarme y prepararme para cantar.

Me reanimó: "Tú puedes, y tienes que hacerlo. El estudio no puede esperar más. Debes firmar el contrato con el estudio, o no tendrás un futuro. Esto no es el pequeño Miami". Le respondí que necesitaba descansar y fui a mi cuarto. Este era un Kevin muy diferente, uno que no me agradaba, sabía que le debía mucho, pero ni siquiera me preguntó si quería firmar los papeles del divorcio.

Elena me contó que no había clase media en Beverly Hills, o eras rico, o trabajabas para los ricos. La mayoría de ellos eran *snobs* que ni siquiera volteaban a ver a quienes les servían. Beverly Hills estaba lleno de cirugías plásticas, esposas y amantes trofeo, e incluso novias que intentaban ser la amante o la esposa. Elena había vivido en Miami, era extraño que me hubiera dicho que esta ciudad no se parecía en nada a Miami, pero se quedó porque la paga era buena. Y necesitaba enviar dinero a su familia en Cuba.

Ella pudo notar que no me gustaría vivir en Beverly Hills. Aún no podía creer que Kevin describiera Miami como "pequeño". Todo este tiempo, pensé que le gustaba vivir ahí. Kevin me llamó al día siguiente. No contesté. No quería pelear. Como no respondí, me envió un mensaje. Me dijo que debía ir al estudio de Nueva York para trabajar en una película, y no regresaría hasta el jueves, antes de la fiesta exclusiva.

Me dijo que le pidiera a Elena que me llevara con Manolo, pues me estaba esperando. También necesitaría ropa para la parrillada que haría en su rancho, para presentarme con sus amigos cercanos. Nos iríamos en la mañana después de la fiesta. Me recordó de firmar y enviar los papeles de divorcio al abogado lo más pronto posible.

Me recosté por un momento. Intentaba averiguar que le ocurría a Kevin. No podía olvidar cómo me había puesto antes de todo siempre, retrasando la filmación de la película por mí, cuidándome cuando estaba embarazada, e incluso con el nacimiento y la muerte de David. Finalmente me había curado de mi alergia gracias a Kevin. Me imaginé que estaba bajo mucho estrés, y necesitaba que yo diera un paso al frente e hiciera mi parte con la fiesta y la conferencia de prensa. No podía ser egoísta, a pesar de que me habría gustado tener más tiempo para recuperarme.

Decidí que era hora de sacar mi guitara e intentar encontrar mi voz durante las siguientes dos semanas. Debía cantar el tema principal de la película, que también era la canción de Carlos. No encontraba ni siquiera la manera de empezar la canción.

Le envié un mensaje a Kevin y le dije que estaría lista para la conferencia y la fiesta. Acepté ir con Manolo esa tarde para conseguir los vestidos. También le pregunté si había posibilidad de que pudiera cantar otra de las canciones de la película. Le dije que la canción de Carlos sería muy difícil para mí por todos los recuerdos de Miami que no quería traer a mi mente. Con un segundo mensaje, él respondió: "Debes cantar esa canción, y es momento de que te olvides de Miami".

Sabía que él estaba bajo mucha presión, pero no me gustó el tono que usó conmigo. No me daba oportunidad de dar mi opinión sobre nada; ni sobre mi divorcio, ni si estaba lista para ir a Colorado a conocer a sus amigos. Ni siquiera me había divorciado todavía. Respiré profundo y me convencí de que no iba a pelear con él, él volvería a ser el Kevin que había conocido una vez que el estreno de la película hubiera terminado.

Manolo fue muy amable; me dio el pésame sin siquiera conocerme. Supongo que Kevin le había contado sobre mi vida. Me dijo que Kevin le había solicitado un vestido largo color café para la fiesta, y otro para el estreno de la película. Manolo debía enviarle una foto para que aprobara ambos vestidos. Yo podía elegir lo que yo quería para la parrillada.

Ese momento me recordó a Varona y a Louis, ambos escogiendo mis vestidos. Debía respirar y decirme constantemente que todo terminaría pronto. Escogimos un vestido color cobre para la fiesta y otro vestido marrón corto de lentejuelas para el estreno de la película. Manolo envió las fotos a Kevin y él los aprobó. Le dije a Manolo que quería un vestido de vaquera y unas botas para la parrillada, quería sorprender a Kevin. A Manolo no le encantó la idea, pero le dije que no era para Beverly Hills, sino para Colorado. Él comenzó a reírse y me dijo que estaba muy bien porque si elegía algo así para Beverly Hills, me correrían de la ciudad.

Manolo me parecía muy agradable. Había nacido en Puerto Rico y encontró la fama en Beverly Hills. Sólo hablar con él sobre el hotel San Juan tocó el mismo sentimiento que tenía cuando intentaba cantar la canción de Carlos. Desde que tomé mi guitarra ese día, en lo único que podía pensar era en Rosa, Coqui y mi casa de playa en Miami.

El viernes me dieron de alta de mi tratamiento, había pasado las pruebas de alérgenos y era libre de ir a donde yo quisiera, sin tener miedo a las flores nunca más. Quise llamar a Rosa, pero sabía que debía esperar. Si hablaba con ella, probablemente no podría cantar la canción de Carlos.

El miércoles, Kevin me envió un mensaje para avisarme que regresaba al día siguiente. Enviaría a Cliff para recogerme a las cinco de la tarde del jueves. Me dijo que teníamos mucho de qué hablar antes de la conferencia y de la fiesta. Cenaríamos juntos en su casa. Mi doctor le había llamado para contarle que mi alergia a las flores se había ido. Por primera vez en dos semanas sonaba como solía ser. Yo había subido algo de peso y pude usar un sexi vestido corto. Necesitaba bromear y coquetear con Kevin para olvidar su tono demandante de las semanas previas.

Jeffrey me recibió en la puerta, junto con Cliff, ambos me dijeron que lucía mucho mejor que la última vez que me vieron. Les dije cuánto los extrañé el mes anterior. Me avisaron que Kevin estaba afuera esperándome. Salí y giré para que pudiera verme. Me dijo que lucía mucho mejor.

Kevin me pidió que me sentara a la mesa. Él abrió una botella de vino, y brindamos por el éxito de la película. Comenzó a compartir conmigo el itinerario del día siguiente. Nos reuniríamos con los altos ejecutivos y sus esposas para una hora de cóctel. Después, debía firmar mi contrato de dos años con el estudio. Después, iríamos al salón de baile, donde sería la conferencia de prensa. Todos estaban ansiosos de conocerme.

Después de eso, debía cantar el tema de la película, no se refirió a él como la canción de Carlos. Después, me reuniría con el resto de los invitados y nos sentaríamos para cenar. El sábado a las 11 de la mañana nos iríamos a su rancho. La parrillada sería el domingo a mediodía. Kevin hablaba únicamente de negocios, ni una sola broma de su parte. Volví a sentir náuseas.

Si no hubiera sido por todo el trabajo que yo sabía que había hecho, creo que habría detenido todo, pero decidí ser paciente hasta que llegáramos a Colorado.

Cenamos en silencio. Entonces, dije: "Creo que debo irme y descansar para mañana". Él respondió: "Espera, no he terminado". Me pidió que me sentara de nuevo. Kevin fue adentro a la casa y salió con una rosa. Me la dio y me dijo que había esperado mucho tiempo para regalarme una rosa. Miré la flor y vi que había un diamante chocolate con bordes de diamantes transparentes en el tallo de la rosa.

Entonces sacó de una de sus bolsas un brazalete similar al que Carlos me había dado, también hecho de diamantes chocolate, y de su otra bolsa sacó unos aretes que hacían juego

Me los puso y dije: "Así que por eso querías que usara vestidos color café". Él aún era cortante conmigo. Me puso el anillo en mi dedo y me dijo que nos casaríamos en cuanto mi divorcio estuviera resuelto.

Sentí un escalofrío recorrer mi cuerpo; no me había pedido que me casara con él. Me acababa de decir que nos casaríamos. Era obvio; me había dado los aretes y la pulsera para sustituir los rojos rubí que Carlos me había regalado en Puerto Rico. Me había visto dejarlos en mi mesita de noche antes de salir de casa. También estaba tratando de superar lo que Carlos me había dado. Con sólo mirarlos, me di cuenta de que eran muy caros.

Todo lo que Kevin hizo fue recordarme cómo Carlos había hecho todo tan romántico esa noche. Había sido mi primera cita y me había comprado mi vestido rojo. Kevin estaba tratando de borrar a Carlos de mi vida, pero sólo me recordó mi vida en Miami. Era la propuesta menos romántica de la historia. Debía ser algo de Beverly Hills. Me dijo que me podía ir a casa a descansar, que al día siguiente me recogería a las cuatro de la tarde.

Ni un beso ni un abrazo, me daba un itinerario para el resto de mi vida. Kevin tendría que explicar qué había cambiado, antes de abordar el avión a Colorado.

Lloré toda la noche. Tenía demasiadas emociones recorriendo mi cuerpo. Me levanté y practiqué la canción de Carlos, y eso empeoró las cosas. Podía cantarla, pero lo único que venía a mi mente era el recuerdo de Carlos parado frente a mí, mientras yo cantaba su canción en nuestra boda.

Llegamos al estudio de Hollywood; todos estaban vestidos con atuendos formales. Era la primera vez que veía a

Kevin usar un esmoquin. Me llevó del brazo hacia la recepción. El lugar estaba repleto de gente elegantemente vestida. Me sentí muy lejos de Miami.

Kevin se encargó de presentarme, como era costumbre, los hombres eran muy amigables, mientras que las mujeres eran lo que Elena había descrito como "esposas trofeo". Me miraban como usualmente lo hacían, examinándome de la cabeza a los pies, después daban la media vuelta y seguían en sus conversaciones sobre quién se había divorciado, sus terapeutas, e incluso, los terapeutas de sus perros.

Me miraron como si fuera parte del personal de servicio, con mi evidente apariencia de chica latina. Noté que los meseros y las meseras eran muy amigables conmigo, la mayoría eran de ascendencia latina. Me felicitaban en voz baja y me expresaban su admiración por haber ganado un Grammy Latino. Me preguntaron si iba a cantar en español esa noche. Les dije que no, pero podía hacerlo en otro momento. Estaba tan fuera de lugar con toda esta gente. ¿Era por esto por lo que Kevin describió Miami como un lugar pequeño? Kevin me pidió que socializara, le dije que era muy pequeña para toda esta multitud. Esperaba que tomara mi respuesta como un golpe por su comentario de Miami.

Estaba segura de que debía haber mujeres amables en esa multitud, pero hasta ese momento sólo había conocido a aquellas vestidas de uniforme.

Kevin estaba molesto conmigo. Pero como él había dicho antes, había encontrado a la guerrera en mí, y estaba saliendo. Me llevó a una gran sala de juntas, con los ejecutivos que ya conocía, tratando de sentir mi cintura, con la excusa de tomarse una *selfie* conmigo. El presidente del estudio me dio la bienvenida al estudio por otros dos años, y Kevin me dio el contrato para que pudiera firmarlo.

Le dije a Kevin que quería que Weinstein lo revisara antes de que decidiera firmarlo. Una vez más, él vació la sala, diciendo a los presentes que necesitaba un minuto antes de salir a la conferencia de prensa y cantar. Cuando la habitación quedó vacía, él me insistió que debía firmar el contrato porque no estábamos en el "pequeño" Miami. Si no firmaba en ese momento, no habría otra oportunidad, ni otro contrato.

Sólo quería salir de ahí, así que firmé sin tener la menor idea de lo que estaba firmando. Tomó el contrato y me dijo que debía prepararme, él regresaría por mí en cinco minutos. Una mesera entró a la habitación para llevarse los vasos vacíos. Me preguntó si necesitaba algo. Le pregunté en español si podía prepararme rápidamente un mojito. Salió corriendo y me dijo que no me preocupara, ella se encargaría de traerme uno.

Kevin abrió la puerta y me llevó hacia el pasillo del gran salón de baile. Pude ver a la prensa enfrente del escenario; yo debía cantar mi canción. El salón estaba decorado de forma muy elegante. Nunca había visto algo así en mi vida. Debía haber al menos unas 100 mesas llenas de gente, todos vestidos en esmoquin y vestidos largos. Parecía una boda, no una conferencia de prensa para una película.

Kevin me dejó para asegurarse de que todo estuviera listo. La joven mesera española llegó corriendo con mi mojito. Me dijo en español: "Los latinos e hispanos aquí presentes te deseamos mucha suerte".

Kevin regresó y lo tomé del brazo, le confesé que nunca había cantado frente a tanta gente. Me respondió: "Termina tu mojito, están listos para escucharte". Terminé mi bebida y salí en cuanto me presentaron.

La prensa llegó con todos sus disparos. Comenzaron a cuestionarme por la muerte de David, como si hubiera sido culpa de mi esposo. "¿Te divorciarás a causa de la tragedia?" "¿Dónde estabas cuando tu hijo se estaba ahogando?" "¿Por qué no estabas con tu esposo esa noche?" "¿Cuántas veces te has casado?" No se detenían, seguía buscando a Kevin para que me sacara de ahí.

Respondí todas las preguntas de forma muy vaga, tratando de no quebrarme y llorar. Finalmente dije: "Amigos, me están pagando para cantar esta noche, así que debo irme". Caminé hacia el micrófono; un camarero se acercó a mí con un vaso de agua fría. Exclamó: "Buena suerte", en español. Tomé un sorbo y me dirigí a la multitud: "Siempre hago un pequeño calentamiento con otra pista antes de cantar la canción principal".

Pude ver las caras de todos los meseros y meseras, lucían tan orgullosos. Decidí que no iba a decepcionarlos. Así que, en lugar de cantar mi canción de calentamiento en inglés, comencé a cantar *Contigo aprendí*. Cuando terminé la canción, los aplausos del personal llenaron el lugar y dije: "Gracias".

Canté la canción de Carlos como el día que nos casamos. Mi mente y mis emociones me estaban sobrepasando. Cuando terminé la canción, los aplausos llenaron la sala una vez más, y dije: "Gracias", pero en inglés, trataba de contenerme y no llorar.

Kevin se me acercó, estaba furioso como nunca lo había visto. Me tomó del brazo y comenzó a gritarme diciendo: "¿Por qué cantaste en español? No puedes hacer eso y triunfar en

Hollywood. Si no dejas de actuar como una cantante hispana de un sólo éxito, tu carrera terminará".

Estaba harta. Esa fue la gota que derramó el vaso. Le grité y caminé hacia la puerta. Le reclamé que acababa de pasar por una terrible experiencia con los reporteros que me preguntaban por la muerte de mi bebé, y él sólo podía preocuparse porque canté una canción en español. Estaba molesta, pero no iba a llorar en frente de toda esa gente. Sólo quería salir de ahí. Le pregunté por qué no detuvo las preguntas que estaban destrozándome.

La canción en español me ayudó a calmarme para poder cantar la canción de Carlos en esta fiesta. Le grite: "¡Porque soy una cantante latina de Miami, eso es lo que soy y estoy orgullosa de ello! Ahí es a donde fuiste a buscarme, y si a Hollywood no le gusta, ellos y tú tendrán que acostumbrarse".

Fui hacia la puerta principal y me preguntó: "¿A dónde vas?", mantuve la calma y le dije: "Consígueme un auto, debo ir a casa". Me dijo: "Está bien. Relájate y hablaremos mañana. Recuerda que salimos a Colorado a las once de la mañana". "Claro", contesté, me subí a la limusina y me fui. Estaba feliz de que no era la limusina de Kevin. Le pedí al chofer que levantara la ventana de adentro del vehículo.

Tomé mi teléfono y le llamé a Carlos. Él contestó: "¿Carmen, eres tú?" A estas alturas, estaba llorando, todo lo que repetía era que quería irme a casa. Le dije que necesitaba lidiar con la muerte de David, necesitábamos hablar; lo culpé, pero también fue mi culpa, debía haber estado en casa esa noche.

Carlos intentó calmarme y me pidió que le dijera dónde estaba. Le dije que estaba en Los Ángeles, donde pasé los últimos tres meses en un tratamiento para mis alergias, le conté que finalmente me había curado. Me preguntó dónde estaba viviendo, le dije que había rentado una casa y había contratado una ama de llaves.

"Sólo quiero irme a casa, por favor, Carlos, sácame de aquí". Me preguntó si podía tomar un vuelo comercial de regreso y le dije que sí. Me pidió que no colgara, que encontraría un vuelo para salir de LA a las 11 de la noche en horario de Miami. Eran las ocho de la noche, me preguntó si podía lograrlo, y le dije que sí. No tenía muchas cosas y había perdido 30 libras por el tratamiento. Sólo necesitaba mi guitarra y algunas prendas.

Llegué a casa. Carlos me sugirió que tomara la limusina, entrara y empacara para llegar al aeropuerto. Me había comprado dos boletos de primera clase para que nadie se sentara a mi lado. Hice una maleta y agarré los papeles de divorcio del cajón de mi mesita de noche. Nunca los había firmado ni se los había enviado al abogado.

Me coloqué frente a la mesita de noche y me quité los regalos de Kevin, el brazalete, los aretes y el anillo. Él entendería el significado de todo eso a la mañana siguiente. Dejé colgados en el armario los vestidos color café y el vestido de vaquera que pensaba usar para la parrillada.

Hablé con Carlos de camino al aeropuerto. Le prometí que estaría en el aeropuerto a las ocho de la mañana, cuando mi avión aterrizara. Seguimos hablando hasta que el avión comenzó a despegar. "Prométeme que estarás ahí", le supliqué y colgué. Me dormí durante todo el vuelo de regreso a Miami.

Salí corriendo del avión hasta la puerta enfrente. Carlos estaba ahí, corrí a abrazarlo. Ambos nos quedamos ahí, abrazándonos y llorando.

Tomó mi mano y me dijo: "Vamos a casa". Nos subimos a su camioneta. Le pregunté si Rosa y Coqui aún estaban en casa y me dijo que sí. Rosa lo animaba y le decía que algún día yo regresaría por la puerta principal. Le dije que tenía miedo de mirar a la piscina y me pidió que no me preocupara, él había rellenado la piscina con concreto. Fue un alivio, no pensaba que pudiera soportar mirar a la piscina.

Seguí el aroma del desayuno de Rosa. Entré a la cocina y dije: "¿Tendrán un expreso para mí? Coqui y Rosa corrieron a abrazarme con lágrimas de alegría en los ojos. Los cuatro nos sentamos en la mesa de la cocina y desayunamos. Les expliqué cómo fue el tratamiento de tres meses, y que finalmente me había curado. Le dije que había vivido con una enfermera llamada Elena, quien me había ayudado a sobrevivir al tratamiento. También les hablé sobre Linda, la ama de llaves. No era una gran cocinera, pero eso no era importante porque no podía comer mucho. Rosa dijo con orgullo que me ayudaría a recuperarme una vez más.

Fui a mi estudio y al cuarto de ejercicio. Necesitaba ganar unos cuantos kilos antes de iniciar mi rutina. Carlos ya había colocado mi guitarra en su lugar.

Salimos y caminamos por la playa, tomándonos de las manos. Le iba a contar todo sobre Kevin, pero no era el momento. Después de la cena, fui a mi habitación y me duché, todo estaba como lo había dejado, incluso mi acondicionador *Luvscent* estaba ahí en la regadera.

Mi armario se veía intacto, mi vestido rojo todavía estaba colgado allí, Coqui ya había lavado y guardado la ropa que había traído del viaje. Me acosté en mi cama y me sentí segura y tranquila. Habían sido tres meses difíciles y necesitaba un momento de calma.

Ya no quería pensar más en Kevin o en Los Ángeles, o al menos eso deseaba. Desperté y Carlos estaba en su oficina. No lo sentí en toda la noche, pero sabía que había dormido en la cama conmigo. Tome un *croissant* y una taza de café para despúes ir a su oficina.

Carlos también había perdido peso. Tenía unos papeles en las manos. Me dijo que Kevin le había enviado el contrato que firmé la noche anterior. Kevin era mi representante, y había firmado un contrato de dos años con el estudio, bajo su control. Le comenté a Carlos que firmé bajo presión, ni siquiera sabía lo que estaba firmando.

"¿Puedo salir de todo esto?", le pregunté con la idea de que Carlos era experto en contratos. Me dijo que no, no podía librarme de ese contrato. Era un estudio grande, y no me iban a dejar ir fácilmente. Tenían suficientes abogados para enfrentarme, y él estaba seguro de que yo no tenía el dinero para pelear. Les debía dos películas que no necesitaban reducirse a esos dos años. Y toda música nueva sería propiedad del estudio durante esos años. Les pertenecía, y Kevin tenía todo el control.

Empecé a contarle a Carlos todo lo ocurrido aquella noche en el estudio, y lo que me había obligado a salir corriendo a casa. Le hablé sobre la noche antes de la fiesta, cuando Kevin me dijo que debía casarme con él. Corrí a mi bolsa y le mostré los papeles de divorcio que aún no había firmado. Carlos nunca me preguntó si había dormido con Kevin, y yo no pensaba hablar de lo que pasó en Colorado. Como viví sola en LA, supuse que Carlos pensaba que Kevin y yo no habíamos tenido relaciones. Si él se acercaba a preguntarme, le diría toda la verdad.

Carlos estaba trabajando en el estudio con Alfred. Me dijo que había tenido algunos problemas de salud de los que me hablaría después. Ahora sólo iba a Argentina una vez cada tres meses. No había logrado traer a su cantante Nicky a Miami.

Ambos regresamos a nuestra rutina, y una noche, como esperaba, Carlos abrió una botella de vino y bebimos un poco. Vino a la cama, y como antes, me hizo el amor. Traté de demostrarle que lo disfruté, por el tiempo que duró. Así es como iba a ser mi vida, y lo debía aceptar. La idea de vivir en Los Ángeles me hizo agradecer la vida que tenía en Miami con Carlos, Rosa y Coqui.

Kevin envió a Carlos un mensaje para comentarle que yo sería la voz de una película animada. El personaje era una joven llamada Luna, ella vivía en un rancho de crianza de caballos con sus padres, que eran los dueños del lugar. Ella era una encantadora de caballos, y claro, era una historia de amor. Lo que me pareció más interesante fue que el personaje cantaba en inglés y en español. Además, la niña hablaba en ambos idiomas durante toda la película. La historia estaba ubicada en Texas. Lo que era aún más extraño era que Kevin había buscado ese papel para mí cuando fue a Nueva York antes de la fiesta. Jamás me habló de ese proyecto.

Después de seis meses, terminé con los diálogos de la película, y definieron el itinerario para comenzar a grabar las canciones desde el lunes de esa semana. Kevin y Carlos hablaron sobre mi horario. Había dos películas que debía hacer. Una sería en Miami, y se trataba de una cantante que se involucraba con un cártel de drogas. La otra película estaba ambientada en LA, y mi papel era el de una mujer secuestrada y convertida en esclava sexual. Kevin sería el director de ambas películas.

Intenté no preocuparme por ello, estaba disfrutando la película animada y estaba lista para darle mi voz a la película.

Apenas terminé de grabar mis canciones, Sam fue a almorzar. Yo estaba sola afinando mi guitarra, cuando escuché la voz de Carlos en la habitación contigua, detrás de la cabina de Sam. "¿Qué haces aquí en la oscuridad?". El intercomunicador estaba prendido, así que pude escuchar lo que estaba diciendo. Primero pensé que Carlos me hablaba a mí, pero después pude escuchar a Kevin decir: "La veía mientras grababa la canción". Él dijo que siempre disfrutaba escucharme en vivo. Me congelé y actué como si no pudiera escuchar nada.

Entonces, Kevin empezó a hablar: "Carlos, te daré un consejo. ¿Sabes por qué Carmen regresó a ti? Fue porque yo la lastimé, y cuando resulta herida, ella huye. Eso es lo que hace". Kevin continuó: "Escuché a muchos tontos decir que, si yo quería que Carmen se casara conmigo, debía ser duro con ella, si no, ella se aprovecharía de mí, y sólo sería mi amiga".

"Las mujeres sólo buscan la amistad de los hombres que las tratan bien. ¿Ya te contó que le propuse matrimonio?", preguntó. No pude escuchar la respuesta de Carlos, pero estaba tranquila de que le había dicho la verdad. Entonces, Kevin siguió hablando: "Déjame aclarar un par de cosas. Durante dos semanas, tomé el consejo de esas personas y fui contra todo lo que yo era, y todo lo que le ofrecí a Carmen. No le pedí que se casara conmigo, le dije que debía casarse conmigo. La hice asistir a esa conferencia de prensa, cuando yo sabía que ella aún estaba muy débil, en frente de toda esa gente. La hice firmar el contrato porque tenía miedo de perderla una vez que su tratamiento terminara. La prensa la destruyó y ella, como la guerrera que es, aceptó todo y no hizo nada". Yo no podía dejar de llorar al escucharlo confesar todo esto a Carlos.

"Ella cantó una canción en español, después de todo lo que había pasado con los reporteros preguntándole por la muerte de David. Todo lo que hice fue insultarla por cantar esa canción en español. Así que trátala bien, Carlos. No la lastimes, porque ella huirá de ti", continuó diciendo.

Escuché cómo se abría la puerta. No podía dejar que Kevin se fuera así. Finalmente sabía por qué me había tratado tan mal durante esas dos semanas, no había justificación para lo que hizo, pero debía hablar con él, así que corrí a la puerta y grité: "Kevin. ¡Detente!" Se dio la vuelta mientras yo caminaba hacia él. Carlos me alcanzó y me tomó por la cintura, haciéndome retroceder. Carlos me susurró al oído: "Carmen, no me dejes".

Antes de que pudiera decir una palabra, llegó una mujer rubia. Puso su brazo a través del brazo de Kevin. Parecía estar en sus cuarenta, y estaba llena de plástico, como Elena solía decir. Estaba embarazada. Me miró por un segundo, y Kevin dijo: "Carlos y Carmen, ella es mi esposa Melissa". Continuó hablando: "Me alegra que estén juntos de nuevo. ¡Felicidades!"

Miró a Carlos y le dijo: "Te dejé con Alfred el guion de la película en Miami; él te dirá tu horario y cuándo comenzamos a grabar". Ni siquiera me miró. Dicho esto, se dio la vuelta y se fue. Yo me dirigí al baño, e hice lo que no había hecho en tres meses: vomité. Me arreglé y salí. Carlos me estaba esperando y fuimos a casa.

Esa noche, él me preguntó por qué corrí detrás de Kevin. Le conté que escuché toda la conversación y quería saludarlo. Carlos me preguntó si yo sabía que Kevin se había casado y que su esposa estaba embarazada. Le dije que no, pero estaba feliz por ellos.

Terminé la película animada, así que me sumergí en la lectura y en prepararme para la película en Miami. Estaba sola en esto. Ya no contaría con la ayuda de Kevin para prepararme. Pasaron dos meses, y Rebecca me llamó para decirme que comenzaríamos los ensayos en una semana. Le pregunté por qué no me habían notificado antes, y me dijo que Alfred apenas se había dado cuenta de que no había recibido la información.

Los primeros ensayos serían en la casa de Kevin en Miami Beach. Me dijo que la mayor parte de las escenas se grabarían ahí. Le pregunté a Rebecca si la esposa de Kevin también estaría en la casa. Me comentó que Melissa ya había tenido a su pequeña hija y no estaría en Miami, no le gustaba estar ahí. Sentí un gran alivio. Ya tenía suficiente con hacer esta película con Kevin como director.

Se dieron cuenta de que no recibí la información de los ensayos cuando no asistí a las pruebas de vestuario. Me preguntaba si Kevin intentaba complicarme todo o si había sido un error. Debía ir al estudio al día siguiente para revisar el guardarropa. Le pregunté a Carlos si había recibido el itinerario para la película y me dijo que no.

Carlos había estado bebiendo mucho cuando regresaba a casa del estudio. Por las noches subía las escaleras tambaleándose, y se desmayaba borracho. Eso me alegraba de cierta forma, porque nos mantenía alejados de cualquier contacto físico. Seguía perdiendo peso y lucía fatal. Intenté convencerlo de que fuera con un doctor, pero decía que probablemente era un virus, como decían todos los doctores cuando no sabían qué estaba mal. Supuestamente tenía planeado hacerse unos estudios de laboratorio, pero no había tenido tiempo.

Llegamos al estudio y fuimos directo al guardarropa. No estaban listos, así que decidí ir por un café y un panecillo. Todavía debía subir 10 libras para recuperar mi peso previo al tratamiento. Tomé mi panecillo y me servía mi café, cuando la puerta se abrió y entró Kevin. Ambos nos sorprendimos.

Él me dijo: "Buenos días". Respondí de la misma forma mientras él miraba mi panecillo y agregó: "Algunas cosas nunca cambian". Sonreí y asentí con la cabeza. Entonces, respondí: "Bueno, debo ir al guardarropa, nos vemos la próxima semana". Me di la vuelta y me fui. Debía controlarme, tomaría seis meses terminar la película y yo estaría viendo a Kevin prácticamente todos los días.

Llegué a la casa de Kevin en Miami Beach para nuestra primera junta. Me daba gusto ver nuevamente a Jeffrey y a Cliff. Ambos me abrazaron y Jeffrey me hizo el comentario de que no había nadie como yo y que las cosas jamás volverían a ser como antes. Sonreí y le di un beso en la mejilla. Fui al área de la piscina. Todo el elenco comenzó a platicar y Jeffrey nos preparó café cubano, tostadas cubanas y croquetas de jamón para el desayuno.

Kevin llegó y comenzó a darnos instrucciones. Él hablaba, pero nunca me miraba. Cuando debía dirigirse a mí, siempre se quedaba viendo un papel o su laptop, para no mirarme a la cara. Jeffey tenía razón, las cosas nunca serían como antes. Decidí portarme como toda una profesional y me concentré en mi papel, no necesitaba ninguna atención especial. Seguía pensando en que debía probarle que era una guerrera, no sólo una cantante, y que él me había convertido en actriz.

Esta película no era una *chick flick,* era muy diferente a la primera película que hice. Había armas, asesinatos y drogas. Pero viví en Miami durante la guerra contra el narcotráfico, así que estaba familiarizada con el tema. Las calles de Miami estaban repletas de autos costosos, Dom Perignon era como refresco para los traficantes. Era un día normal en Miami, cuando diez personas eran asesinadas durante la guerra contra el narcotráfico, a veces la oficina del forense debía rentar un frigorífico móvil para guardar los cadáveres.

Kevin nos dio un nuevo horario, la mayor parte de los ensayos y de la filmación sería por las noches. Decía que los traficantes dormían al amanecer y despertaban al atardecer. Me preguntaba si él quería que recordara el tiempo en Colorado. Sabía que esto sería un problema para Carlos, estar fuera toda la noche y regresar hasta el amanecer causaría más tensión de la que ya teníamos por su problema con el alcohol.

Carlos fue a Argentina por unas semanas. No sabía si era una coincidencia, pero Kevin comenzó a hablarme otra vez, evitando el contacto visual. Me pedía que me quedara para ensayar y enviaba a casa al resto del elenco. Solíamos tomar un descanso y cenar como antes. Jeffrey nos preparaba y servía comidas especiales. Jeffrey sonrió y me expresó su aprobación, a pesar de que Kevin sólo me hablaba de la película y de las noticias, pero siempre con sus ojos mirando su laptop.

Carlos regresó, y una vez más, Kevin se portaba distante y frío conmigo. Carlos se quejaba de que no tenía dinero suficiente, así que comencé a depositarle mensualmente para cubrir nuestros gastos. No iba a permitir que tuviera control de mi cuenta de banco nuevamente. Los fines de semana, cuando Rosa y Coqui se iban de casa, Carlos comenzaba a beber desde muy temprano y seguía hasta irse a dormir. Me había curado, y repentinamente, nunca salíamos. Yo trabajaba toda la noche y dormía durante el día.

Carlos dejó de ir al estudio a trabajar. Rosa, Coqui y yo comenzamos a preocuparnos. Estaba borracho todo el tiempo; no comía ni se bañaba. Su piel se veía amarillenta y constantemente se olvidaba de las cosas o se confundía. Comenzó a gritarles a Rosa y Coqui, algo que nunca había hecho. Rosa trató de convencerlo de que fuera a ver a un médico.

Tan pronto como llegaba a casa, Carlos me criticaba, me decía que pasaba la noche con Kevin y me acusaba de tener una aventura con él. Le mostré el horario y le juré por David; que no había nada entre Kevin y yo, sólo una relación de trabajo. Me llamó mentiroso, que Kevin había inventado ese horario, y que todo era mentira.

No teníamos programado trabajar los viernes. Rosa estaba preocupada de que yo me quedara sola con Carlos todo el fin de semana. Su comportamiento era cada vez más agresivo. Me dijo que ella y Coqui se quedarían conmigo el fin de semana. Ella insistía en que debía irme, pero le dije que todo esto terminaría con el final de la película. Carlos era alcohólico, y yo no quería que las personas del estudio se enteraran. No estaba segura de si debía contarle a Alfred, tal vez él podía ayudarle o recomendarle algún doctor. Pero estaba insegura y tenía miedo de cómo reaccionaría Carlos si hablaba con Alfred.

Rosa y Coqui se fueron casi a las seis de la tarde. Me dijeron que me escribirían para asegurarse de que estuviera bien.

Carlos estaba borracho y se desmayó en el sillón, justo frente a la televisión. A las nueve de la noche, lo escuché caminar de un lado a otro en la planta baja. Me asomé desde mi habitación y lo vi con una botella de güisqui en la mano. Apagué las luces de mi habitación para que él no subiera.

Me quedé dormida hasta que Carlos abrió la puerta del dormitorio y encendió las luces. Nunca lo había visto así, parecía desorientado y tenía problemas para encontrar su armario. Pensé en fingir que estaba durmiendo, y tal vez él se desmayaría.

Fue hacia mi lado de la cama y comenzó a golpearme, diciéndome que debía tener sexo con él, que él era mucho mejor en la cama que el estúpido de Kevin. Intenté calmarlo, pero no se detenía. Estaba borracho, pero era un hombre fuerte.

Me dio la vuelta y me quitó las bragas. Le dije que se detuviera, estaba borracho y no quería tener sexo con él así.

Comenzó a gritarme y a decirme que todos los hombres en mi vida habían tenido razón. Yo era una prostituta latina, igual que mi madre. Comencé a patearlo y decirle que se alejara. Mi reacción llevó las cosas a otro nivel. Él me golpeó una y otra vez, como Varona solía hacerlo con su puño. Trató de violarme, pero estaba tan borracho que no pudo tener una erección.

Me dijo que ya sabía cómo iba a violarme. Yo estaba llorando y le pedía que se detuviera, que estaba enfermo. Debía ir al hospital. Salió de su armario con su revólver de mano. Yo estaba muy asustada, pero no podía moverme. Él abrió mi boca y colocó el cañón en ella. Cerré mis ojos y pensé en que pronto estaría con David. Cargó y disparó, pero no salió ninguna bala. Una vez más, cargó y disparó. Nada pasó.

Pensé en que el siguiente tiro realmente podía matarme y acabar con mi miseria. Me dijo: "Olvidé las balas". Fue al baño en lugar de al armario, estaba tan desorientado.

Ni siquiera me preocupé por intentar escapar. Estaba sangrando por la boca desde el momento en que me metió la pistola. Me retorcía de dolor por los puñetazos que me había dado en el estómago. Mi ojo izquierdo estaba cerrado por sus golpes. Pero lo escuché cargar el arma. Regresó y me levantó de la cama. Me tomó de mi pelo largo. Me levantó frente a la puerta del cuarto que estaba abierta, y comenzó a dispararme. Las balas golpeaban el marco de la puerta, pero estaba tan mareado que no podía apuntarme.

Escuché a Rosa y a Coqui gritando: "Carmen, ¿qué pasa?" Carlos había vaciado su arma y se tambaleó hacia el armario para conseguir más balas, pero el grito de Rosa me dio la energía para moverme. Caminé lo más rápido que pude, abrazando mi estómago y tratando de ver con la poca visión que tenía en mi ojo derecho.

Rosa y Coqui me miraron, y corrieron a las escaleras. Carlos intentó jalarme del cabello desde atrás. Sólo me decía: "¡Muere, perra, muere!", y con todas sus fuerzas, me aventó. Caí hasta el pie de las escaleras, con Rosa y Coqui llorando a mis pies.

Carlos debió haber salido de su estado, porque bajó las escaleras y comenzó a gritarme que lo sentía, que no sabía por qué lo había hecho. Rosa le pidió a Coqui que llamara a la policía. Carlos comenzó a rogarme que no llamara a la policía que él me dejaría en paz y nunca más volvería a molestarme. Le pedí a Coqui que no llamara a la policía y le dije a Carlos que se fuera. Rosa insistía en que llamáramos a la policía, pero le dije que esperáramos a que se fuera, y que no lo provocáramos más. Carlos se paró frente a mí, me dijo que no sabía qué le había pasado y que lo sentía mucho. Le dije: "Carlos, por favor, sólo vete. Estaré bien". Tomó sus llaves y se fue. Rosa cerró las puertas con llave.

Coqui me llevó algo de hielo para los ojos. Le pedí a Rosa que llamara a la doctora Deborah y a Weinstein, y que no llamara a la policía hasta que ambos estuvieran ahí. No podía moverme. Sabía que no había recibido ningún disparo, pero sentía mucho dolor. Deborah y Weinstein llegaron al mismo tiempo.

Ambos querían llamar a la policía. Carlos había disparado un arma hacia mí, lo que era considerado como intento de homicidio. Lo hubiera planeado o no, intentó matarme de una forma extremadamente violenta. Le pedí que no anunciaran lo ocurrido, pues no quería que mi vida se esparciera por todos los canales de noticias.

Quería un divorcio inmediato, necesitaba quedarme en esa casa por seis meses hasta terminar la película y encontrar un lugar para vivir, después de eso, Carlos podía quedarse con la casa. Él pagó por ella. Necesitaba una orden de restricción y notificar a seguridad que Carlos no podía entrar a la casa. Le pedí a Rosa que su esposo cambiara las chapas de todas las puertas.

Weinstein me dijo que estaba loca, pero que llamaría a una detective que conocía y en quien confiaba para tomar fotografías y hacer un reporte, en caso de que cambiara de opinión. Me quedé en las escaleras hasta que la detective llegó y tomó fotografías de toda la escena.

La doctora Deborah me revisó. Me dijo que no pensaba que tuviera ninguna fractura, sólo unos cuantos moretones y contusiones Necesitaría tomar radiografías de mis ojos, para descartar cualquier fractura orbitaria. Le dije que no quería que nadie me viera, además de quienes estábamos en esa habitación. Todos me ayudaron a subir las escaleras. La doctora Deborah me retiró las bragas de la vagina, fotografiando todo. Les di mi testimonio a Weinstein y a la detective sobre lo que había ocurrido. Seguía diciéndole a la doctora que Carlos estaba borracho, pero también estaba enfermo. Su piel se había tornado amarillenta, y sus ojos también. Me dijo que quizás tenía cirrosis en el hígado por tanto alcohol.

Le comenté a Weinstein que debía llamar a Kevin, porque no iba a poder seguir con la película en estas condiciones. Necesitaría al menos un mes para recuperarme.

Weinstein me dijo que lo llamaría y que después regresaría conmigo. Le insistí en que no quería que Kevin me viera así, le pedí que se asegurara de que no viniera a verme.

También le pedí a Weinstein que hiciera que Carlos firmara los papeles lo más pronto posible, antes de que se le pasara la culpa que sentía en ese momento. Finalmente se fueron, Rosa me ayudó a lavarme tanto como podía tolerar. Deborah otra vez me había recetado Xanax para dormir y descansar. Tomaría al menos uno esa noche. Le agradecí a Dios por haberme salvado esa noche, y recé por el perdón de Carlos.

No creo que seguiría con vida si Rosa y Coqui se hubieran ido todo el fin de semana. Cuando Carlos las vio, regresó a la realidad. Pensé en Kevin mientras despertaba. Sabía que el estudio no me esperaría hasta recuperarme, para continuar con la película. Así que pensé que probablemente no volvería a ver a Kevin nunca más.

Rosa me despertó. Weinstein había ido a visitarme. Él subió las escaleras y me pidió que firmara los papeles de divorcio que había elaborado. Había hablado con Carlos, y tan pronto como firmé, él llevaría los papeles a Carlos, quien acordó firmarlos ese mismo día. Weinstein había solicitado una orden de restricción para mantener a Carlos alejado de mí. También había redactado un contrato de arrendamiento de la casa por seis meses. Yo pagaría todos los gastos, luego la casa pasaría a manos de Carlos, una vez que me mudara.

Le pregunté si le había contado a Kevin sobre lo ocurrido. Weinstein me dijo que Kevin estaría en Los Ángeles todo el fin de semana. Él le había enviado las fotografías, esperando que me diera un mes para recuperarme. Él confiaba en Kevin y en que no diría nada o nadie ni mostraría las fotografías.

Dijo que Kevin estaba furioso y estaba en camino de regreso de LA. Weinstein me comentó que dudaba que pudiera evitar que Kevin fuera a visitarme.

Weinstein me enviaría un mensaje una vez que todos los papeles quedaran firmados. Él presentaría ante la corte que la disolución del matrimonio era un mutuo acuerdo, así lograría divorciarme ese mismo día. Weinstein creía que Carlos tenía pensado mudarse a Argentina hasta que yo me fuera de la casa.

En cuanto se fue, les pregunté a Rosa y a Coqui si podían ayudarme a bañarme y lavarme el cabello. Kevin regresaba esa noche y estaba segura de que iría a verme. Parecía una llanta ponchada, pero debía hacer todo lo posible para aparentar estar bien.

Me encontraba viendo las noticias, cuando recibí una llamada de seguridad. Me preguntaban si Kevin James podía entrar a la casa. No quería verlo en ese estado, así que lo llamé por teléfono. Rosa estaba en mi puerta insistiéndome en que dejara entrar a Kevin. Él respondió: "No me iré hasta que hables conmigo, así que déjame entrar". Acepté. Entró a la casa. Saludó a Rosa y le pidió a Coqui si podía prepararle algo de beber. Eran las cinco de la tarde. Rosa le dijo que le serviría algo de cenar. Coloqué la almohada sobre mi cara y lo dejé entrar.

Se sentó en la cama a un lado de mí. Le dije: "Por favor, no quiero que me veas así". Me respondió que estaba bien, que él sólo quería hablar. Después notó los agujeros de bala en la habitación. Me preguntó: "¿Cómo pudo Carlos hacerte esto?". Le dije que Carlos estaba celoso de él. Kevin me contó que vio las fotografías y leyó el reporte.

Rosa y Coqui le llevaron su bebida y un plato de comida. Le di la noticia de que no podría terminar la película.

Él tomo mi mano y dijo: "De ninguna manera". Tenía mucho que filmar en un mes hasta que yo pudiera sanar y regresar a la película.

"Así que finalmente te has divorciado", comentó. Y yo le respondí: "Sí, a la mala". Él retiró la almohada de mi cara y me besó ambos párpados aún hinchados. Una vez más, Kevin estaba besando mis heridas para sanarlas.

Kevin se sentó y las lágrimas corrieron por sus mejillas. En ese momento, dijo: "Esto es mi culpa". Insistió en que, si no me hubiera tratado tan mal esas dos semanas, en ese momento estaríamos casados y cabalgando en Colorado. Le recordé que habíamos dejado todo al destino, y simplemente no estábamos destinados a estar juntos. Y él se negó a aceptarlo: "Debe haber alguna forma", dijo. Le recordé que estaba casado y ahora tenía una hija. Él aún no entendía cómo fue que Melissa se había embarazado. Él intentaba borrarme de su mente. Ella era una cazafortunas y el tipo de mujeres que odiaba.

No se arrepentía de su hija Missy, pero sólo se había casado con Melissa para darme una oportunidad de ser feliz. "Y mira lo que ha pasado", recalcó. Le dije que jamás me interpondría en su matrimonio. Yo era huérfana, y no le iba a quitar a una niña el derecho de estar con su padre. También le recordé que yo jamás tendría una aventura con él.

Kevin se quedó ahí con lágrimas en los ojos. Me dijo que no podía dejarme, que jamás había amado a alguien como me amaba a mí. Me amaba tanto que, al no querer perderme, me destruyó. Me senté y le dije: "No puedo hacer esto, Kevin. Debes irte. Déjame sanar y averiguar qué quiero en la vida, y sólo después de eso, quizás, podamos volver a lo que debimos ser siempre, amigos". No pude resistir y enfaticé: "Sin beneficios". Me besó las manos y me dio las buenas noches.

Apretó mi mano y me dijo: "Come bien, descansa y yo te llamaré mañana, y todos los días. Por cierto, luces como si pronto fueras a necesitar una dosis de vitamina". Le arrojé mi almohada mientras él la esquivaba y salía de mi habitación.

Me llamó todos los días durante un mes, e incluso me envió 24 rosas, mis primeras flores. No iba a tener una aventura con él, pero nos necesitábamos el uno al otro, aunque fuera como amigos.

El mes pasó, y estaba lista para regresar a trabajar. Estaba muy entusiasmada de estar de vuelta en el set. Kevin les dijo a todos que me estaba recuperando de un virus, y que me había alejado de todo el elenco para no contagiarlos. Todo el elenco estaba muy feliz de verme. Incluso Jeffrey me abrazó, pude notar que sabía la verdad.

Kevin siempre buscaba que me quedara hasta más tarde y coqueteaba conmigo todo el tiempo. Entonces, yo le decía: "Alto. Mi corazón no puede aguantar más dolor. Por favor, sólo seamos amigos". No podía tener su cuerpo o sus manos cerca de mí. No iba a convertirme en la otra mujer. Él me besaba las manos y me decía que no volvería a lastimarme, que sólo seríamos amigos. Terminamos la película y Kevin regresó a casa. Yo debía empezar a buscar un lugar dónde vivir, quería irme de la casa de Carlos. Necesitaba a Rosa y a Coqui, así que debía buscar un lugar para nosotras tres.

Una semana después, Alfred me llamó diciéndome que necesitaba hablar conmigo. Fui al estudio y ya había aprendido a leer las miradas de mis amigos, así que sabía que algo andaba mal. Alfred no sabía por dónde empezar, así que yo inicié la conversación: "Sólo dime qué ocurre".

Me dijo que Carlos había regresado a Miami, y Kevin le había conseguido a Nicky una visa para entrar al país. Kevin le había dado a Nicky, y a Carlos, su representante, un contrato. No podía creer lo que estaba escuchando. ¿Por qué Kevin ayudaría a Carlos?

Alfred me dio más noticias: "Carlos ya está mucho mejor de la hepatitis C, se ve mucho más sano y ha dejado de beber". "¿Cómo que hepatitis C?", pregunté. Alfred me interrogó sorprendido: "¿No te contaron Kevin y Weinstein lo que hizo que Carlos te lastimara aquella noche?"

"¿De qué hablas?", le pregunté. "Sé que eres amigo de Carlos, pero no me mientas", insistí. Me hizo sentarme y me explicó qué pasó cuando Carlos se fue de la casa esa mañana.

Él se estrelló contra un árbol a unas cuadras de nuestra casa. Lo llevaron al hospital, donde le diagnosticaron hepatitis C, tenía un nivel muy alto de amoniaco en la sangre, debido al daño en el hígado.

Carlos no recordaba lo que me había hecho. Alfred estuvo con él cuando Weinstein le llevó los papeles de divorcio y le mostró a Carlos las fotografías de lo que me había hecho. Kevin fue a visitarlo al hospital al día siguiente. Carlos le pidió a Kevin que me dijera que jamás volvería a molestarme, pero que por favor me contara lo de los niveles de amoniaco. "¿Kevin nunca te dijo?", me preguntó Alfred. "No, nunca. Kevin me dijo que Carlos se quedaría en Argentina hasta que mi alquiler en su casa terminara y yo tuviera que mudarme", respondí.

Alfred preguntó entonces: "¿Cuál alquiler?" Carlos se negó a firmar ese documento y le dijo a Weinstein que yo podía quedarme con la casa para siempre. Le dije a Alfred que debía irme, necesitaba hablar con Weinstein. "Espera", Alfred me detuvo y continuó: "El estudio en Los Ángeles quiere que grabes un video musical con la nueva canción de Nicky".

"Como ya eres muy conocida, ellos creen que podrías ayudarle a despegar su carrera. Debes hacerlo, Carmen", enfatizó. "Aún estás vinculada al contrato con el estudio", me recordó. "¿Entonces tengo que trabajar con Carlos?", le pregunté. Me dijo que Carlos estaba bien y que nunca volvería a lastimarme. Le dije: "Es fácil para ti decirlo, no te disparó ni te golpeó". Alfred lo justificó diciendo que Carlos estaba muy enfermo y no sabía lo que estaba haciendo. Carmen le insistió: "Tú conoces al verdadero Carlos".

Si no quería hablar con él, no debía hacerlo, pero Carlos estaría ahí en el estudio durante los ensayos y en la grabación del video musical. "¿Cuándo comenzará la grabación del video?", pregunté. Me dijo que Nicky era un joven muy loco y que sólo sabía bailar con él mismo; sin embargo, su canción era similar a una salsa rápida. Ron, el coordinador de baile comenzaría el lunes a ver qué podía hacer con Nicky. "Debes estar ahí", me ordenó Alfred.

Le pedí que le dijera a Carlos que no me hablara ni se me acercara. Yo estaría ahí y Alfred agregó que debía estar en Los Ángeles en dos semanas para comenzar la nueva película. Le pregunté: "¿Mi contrato terminará después de esa película?". Él asintió con la cabeza.

Me dirigí a la oficina de Weinstein. Estaba tan molesta. Le pregunté por qué no me había dicho que Carlos estaba en el hospital con altos niveles de amoniaco en la sangre, y que él no recordaba todo lo que me había hecho. Ni siquiera había firmado nada sobre el alquiler. Weinstein también estaba molesto, me comentó que Kevin se había ofrecido a contarme todo cuando fuera a verme.

"¡Oh, Dios, todos en mi vida me han usado como una marioneta!", exclamé molesta. Weinstein me dijo que llamaría a Kevin, él había confiado en su palabra.

Salí de ahí y me fui a casa. Le conté a Rosa y a Coqui todo lo que había pasado. Ni siquiera debíamos dejar la casa porque no había ningún contrato de arrendamiento. Kevin seguía llamando, pero yo no pensaba responder el teléfono. Estaba tan molesta. Ahora yo era la mala que debía sentir compasión por Carlos y enfrentarlo el lunes siguiente. Era fin de semana y yo estaba feliz de estar sola en casa. No tenía intención de responder las llamadas o mensajes de Kevin.

Llegué al estudio el lunes a las 10 de la mañana. Ron estaba trabajando con un chico que se veía de unos veinte años. Era tan joven. Había un vestidor para mí a un costado de la pista de baile. Estaba feliz de poder ir directamente a ensayar a la pista de baile, sin tener que ver a los ejecutivos del estudio.

Dejé mi bolsa y me cambié en el vestidor. Después salí a la pista de baile. Tenían cuatro sillas de dirección colocadas frente a la pista. Me senté y Ron se sentó conmigo. Me dijo que Carlos estaba ahí, y ese tal Nicky lucía como un bebé. Le dije a Ron, probémoslo con una bailarina y veamos qué tiene. Carlos entró a la habitación con una taza de café, mantuvo su distancia. Era cierto, se veía bien. Había recuperado peso y tenía un lindo bronceado.

Ron llamó a Nicky para que nos conociéramos, estaba muy entusiasmado por conocerme y se sentía honrado de bailar conmigo en su primer video musical. Le dije que trabajaríamos muy duro, todos los días, y yo estaba segura de que sería un éxito. Ron era el mejor coreógrafo de todo el país. Nicky sólo pudo decir que él sabía todo sobre mí, que Carlos le había estado hablando de mí todos estos años.

Vimos a Nicky y a la bailarina. Fue ahí cuando nos dimos cuenta de que teníamos mucho trabajo por hacer. Nicky no tenía ni la menor idea de cómo bailar salsa en pareja. Le dije a Ron que no bailaría con él hasta que mejorara, porque podía perder todos los dedos de mis pies. Fui al vestidor y me cambié. Ya había hecho mi parte, y era muy incómodo estar cerca de Carlos. Cuando salimos, Carlos hizo un gesto con la cabeza, yo hice lo mismo y me fui.

La siguiente semana continuamos tratando de enseñar a Nicky cómo bailar salsa, pero no estaba funcionando. Carlos y yo comenzamos a hablar sobre Nicky, él era muy educado, y yo igual. Él comenzó a llevarme café y jugo, ya no sabía qué hacer por mí. Yo sólo le agradecía y seguía trabajando.

El fin de semana del Día de los caídos estaba por llegar, se supone que ya debíamos haber terminado la rutina, y debíamos estar listos para filmar el video musical después del fin de semana. Kevin seguía llamando y enviando mensajes al estudio, pero yo jamás respondía sus llamadas.

Ron, Carlos y yo nos sentamos en nuestras sillas de director buscando una solución a la poca habilidad de Nicky para bailar. Tuve una idea, me volteé hacia Carlos y le dije: "¿Te acuerdas de la rutina de salsa que hicimos para nuestro video musical?" Él respondió: "Sí, claro".

Me levanté y le pedí a Ron que nos pusiera algo de música. Me regresé con Carlos y le extendí la mano. Le dije: "Vamos a mostrarles cómo luce una pareja bailando salsa". Carlos puso su mano en mi cintura. Pude sentir que estaba algo frío, y que los dos estábamos nerviosos. Pero cuando comenzó la música, empezamos a bailar. Él conocía cada curva de mi cuerpo, y sabía cómo moverme y darme vueltas, siempre atrapándome en cada vuelta.

Nuestras piernas se entrelazaron y nunca perdimos el ritmo. Nuestros cuerpos no se habían olvidado de bailar. Cuando terminamos, Nicky nos miró y dijo: "Los amo, pero no puedo hacer eso". Tenía razón, era una mala idea, ese no era Nicky, los cuatro nos sentamos en nuestras sillas de director, perplejos.

Les dije: "Nicky es un adolescente, el sueño de toda joven. Él no debería estar bailando con una mujer 10 años mayor que él. Esto no va a funcionar. Nicky está llenando sus conciertos con sus canciones y su propia forma de bailar solo".

Sugerí que debíamos quedarnos con lo que funcionaba. Podíamos conseguir a algunas chicas de su edad y ponerlas a bailar salsa a su alrededor mientras él cantaba su canción. Añadí: "Cada joven que vea el video soñará con ser alguna de esas chicas". Todos estuvieron de acuerdo. No sería problema encontrar en menos de una semana a algunas chicas que fueran buenas bailarinas de salsa". Era lunes, y teníamos hasta el viernes para terminar la rutina, Ron dijo que podía encontrar a las bailarinas, pero aún faltaba convencer al estudio y a Kevin.

Le propuse a Carlos que fuéramos a ver a Alfred para contarle sobre el cambio de planes y que él pudiera avisarle a Kevin. Carlos me dijo que tal vez él debía llamar a Kevin. Le dije que no. Alfred era el ejecutivo del estudio y podía transmitirles a todos que Nicky simplemente no podía bailar salsa en pareja.

No quería que Carlos llamara a Kevin porque él diría que no. Y yo no hablaba con Kevin. Alfred me llamó esa noche y me dijo que el estudio había aprobado el cambio. Alfred necesitaba que yo me quedara con Ron hasta terminar el video. Para el jueves, ya teníamos a las nuevas bailarinas, y la rutina de baile con Nicky haciendo su extraño baile era perfecta. Acordamos regresar el viernes en la mañana, antes del fin de semana largo, y tener nuestra prueba de vestuario.

Había terminado. Lo único que debía hacer era una película más, y sería libre de ese contrato. La prueba de vestuario fue perfecta, todos los ejecutivos miraban desde los balcones. Alfred nos dio su aprobación. Carlos iría con Nicky a Puerto Rico para algunos compromisos de fin de semana.

Todos nos despedimos, y yo caminé hacia el vestidor para empacar. Ya no necesitaría esa habitación.

Mientras estaba empacando, la puerta se abrió y era Kevin. Lo miré y le dije: "¿Qué haces aquí?" Él respondió: "No contestas mis llamadas ni respondes mis mensajes, así que aquí estoy". Yo le dije: "Si no te he llamado es porque no quiero hablar contigo". Me preguntó si podía sentarme y darle un segundo para explicarme todo. Me comentó que las cosas no habían pasado como yo creía. Me contó que había visto el ensayo, y se dio cuenta de que había tomado una buena decisión. Entonces, agregó: "Puedo ver que tú y Carlos se hablan de nuevo". Yo sólo lo ignoré.

Me contó que de cualquier forma el estudio pensaba firmar contrato con Carlos y Nicky, así que pensó que sería mejor si él lo tenía bajo control. De esa forma, podía mantener a Carlos alejado de mí. Le dije: "Oh. Hiciste un gran trabajo al ponerme en el video musical, entonces". Me contestó que esa no había sido su idea, sino del director en Los Ángeles, y al estudio le gustó, así que él no podía detenerlo. Yo no contestaba sus llamadas, así que no podía explicarme.

Kevin me dijo que necesitaba mi ayuda, pues tuvo un problema con las gemelas y necesitaba mi consejo. Le pregunté qué había pasado y me dijo: "Escucha. Es el fin de semana largo y no hay nadie". Él tenía su avión esperando en el aeropuerto, tenía planeado ir a Colorado y quedarse ahí hasta el lunes, así que me pidió que fuera con él como su amiga, ahora él me necesitaba a mí.

Lucía un poco desesperado, así que acepté, pero le dije: "Sin vitamina". Me dio su mano derecha y me dijo: "Lo juro, sólo amigos". Le dije que necesitaba llegar a mi casa por un poco de ropa, pero que esta conversación no había terminado, aún debía explicarme muchas cosas.

Rosa se fue a Texas para pasar el fin de semana con su otra hija que estaba embarazada. Coqui se había ido a Puerto Rico. Amaba estar en el rancho de Colorado, y me encantaba cabalgar. Entonces, pensé, si me quedaba en Miami, ¿quién cocinaría para mí?

Abordamos el avión, y él había ordenado un Medianoche sin pepinillos para mí y un sándwich cubano para él. Me preparó un mojito y él se sirvió güisqui con hielo. Él abrió su laptop y dijo que debía trabajar durante todo el vuelo, para poder relajarse durante el fin de semana. Tomé un mojito y me recosté en el sillón. Me quedé dormida hasta que aterrizamos en Colorado.

Llegamos a la casa, y le pregunté qué cuarto podía usar. Él me dijo que podía elegir, así que subí las escaleras y puse mi mochila en un cuarto cerca del de Kevin. Él preparó unas hamburguesas a la parrilla, y después fuimos a la biblioteca. Le dije que había sido un largo día, y que necesitaba dormir. Hablaríamos al día siguiente. Me fui a dormir, daba muchas vueltas. Dormir en la misma casa que Kevin no sería sencillo. Mi cuerpo quería ir con él, pero mi mente decía "no".

Me desperté y fui abajo. Kevin estaba viendo las noticias y tomando café. Me dijo que había ido a la panadería y había comprado unos *croissants* y unos panecillos para el desayuno. Me serví un poco de café y tomé un *croissant*. Me dirigí hacia donde él estaba sentado.

Apagó la televisión y le pregunté qué pasaba con las gemelas. Me dijo que su mamá estaba luchando contra el cáncer de páncreas desde hace más de un año. La enviaron a casa, pero no esperaban que viviera más allá de un par de semanas.

El padrastro de las gemelas era quien lo mantenía informado, y le dijo a Kevin que dependía de él dónde vivirían las niñas cuando ella falleciera. Le dijo a Kevin que él era crupier de *blackjack* y trabajaba en el turno de la madrugada. Su madre había intentado ayudarle con las niñas, pero ya era una mujer mayor. Ellas necesitaban ayuda con la tarea. Vanessa tomaba clases de natación y Laurie estaba en gimnasia. Eran buenas niñas, pero necesitaban ayuda, no dinero.

"Wow", le dije. Lamentaba mucho todo lo que les estaba ocurriendo a sus hijas. Parecía que su mamá había hecho un gran trabajo criándolas, y ahora ocurría esto. Le pregunté: "¿Cómo puedo ayudarte?"

"¿Qué debo hacer?", me preguntó. Lo miré y le dije: "Kevin, ¿no crees que deberías estar discutiendo esto con Melissa, no conmigo". Él me comentó que Melissa sólo se preocupaba por el bótox, la liposucción, por comprar ropa e ir a Palm Beach con sus amigas los fines de semana. "No hay nada entre nosotros", recalcó. Dormían en cuartos separados desde que se casaron y jamás le importó Missy desde el día que nació. Missy la llamaba Melissa, no mamá. Melissa sólo hablaba de cómo Missy arruinó su cuerpo, y la había hecho pasar por varias cirugías para recuperar su figura.

La niñera de Missy, Ana, y el resto del personal de casa eran quienes estaban criando a Missy. Me dijo que él veía las caricaturas y comía cereal con ella, pero trabajaba hasta muy tarde. No sabía qué hacer con una niña de tres años. Me preguntó: "¿Cómo puedo traer a estas dos niñas que han tenido una vida normal a casa con Melissa?" No se había divorciado de ella porque sabía que se llevaría a Missy, y su vida sería mucho peor. Así que vivían bajo el mismo techo, y sólo hablaban cuando ella necesitaba dinero o para discutir.

Estaba impactada. Kevin jamás había dicho nada acerca de su matrimonio. Podía notar que él no quería perder a Missy. Entonces, dijo: "Por cierto, las gemelas te adoran; aman tus canciones de la película *Luna*. Les conté que eras mi mejor amiga, y les prometí que un día podrían conocerte. A Missy también le encanta ver *Luna*, y cantar tus canciones cuando está feliz".

"Kevin, son tus hijas, y confía en mí, yo habría dado todo por vivir con mi padre si hubiera tenido la oportunidad", le dije. "Sí, será difícil, están acostumbradas a vivir con su padrastro, pero algún día te iban a contactar sin importar lo que estuviera ocurriendo con su madre", le di mi consejo.

Le pregunté cuándo debía estar en LA para iniciar los ensayos de la película. "Mañana", respondió. Sabía que eso no era cierto, así que le pedí una respuesta sería. Me dijo que al menos en dos meses. Pensé sobre qué podía hacer y le dije: "Creo que ya sé cómo puedo ayudarte con las gemelas en esos dos meses".

Carlos y Nicky estaban viviendo en un hotel, y yo le daría a Carlos la casa de la playa cuando me fuera a Los Ángeles por seis meses. Podía notar que Nicky admiraba a Carlos como si fuera su padre. Ambos podían vivir en la casa de la playa. Kevin comenzó a reírse y movió su cabeza. "¿Qué es tan gracioso?", le pregunté. "Nada", respondió y se quedó en silencio. Seguí hablando: "Cuando termine la película, tengo planeado buscar un departamento en Miami Beach para Rosa, Coqui y yo".

Le recordé que debíamos filmar el video de Nicky el martes, después de eso, guardaría mis cosas y podía ir a Los Ángeles para ayudarle con las gemelas durante los dos meses siguientes.

"Necesito ese tiempo para aprender mis líneas, de cualquier forma. Necesito encerrarme en un cuarto de hotel con un cuarto de servicio y un estudio". Me miró y me dijo: "Sabía que encontrarías una solución. Pero enviaré a los de la mudanza a empacar tus cosas; debes guardarlas en Los Ángeles, en caso de que necesites algo. La película tardará al menos seis meses".

"Entonces, viajamos a Miami el lunes, tú terminas el video el martes, y el miércoles volamos de regreso a Los Ángeles", me dijo que notificaría al piloto y se aseguraría de que su secretaria Jean reservara una habitación en el Regents, donde tenían un gran restaurante de cortes. Le dije: "Siempre estás pensando en comida, quieres que me quede en ese hotel para que puedas comer ahí. Él sonrió y me dijo: "Al menos una vez a la semana".

Por cierto, él estaba preparando la receta de espaguetis con albóndigas de su abuela para la cena de esa noche. Riendo, dijo: "Tengo que poner un poco de carne en esos huesos, Amiga". Debía ayudar a Kevin, él había hecho tanto por mí, que decidí no mencionar el hecho de que nunca me dijo sobre el nivel de amoníaco de Carlos. Kevin estaba pasando por muchas cosas, y todo ese asunto ya estaba cerrado.

Fuimos a cabalgar al pico de nuestra montaña favorita, después comimos su delicioso espagueti y vimos el atardecer. Tomamos una botella de vino, y después de ver televisión, ambos estábamos listos para ir a dormir. Subimos las escaleras, él se fue a su cuarto y yo me fui a la habitación que había elegido. Me quedé ahí pensando en que finalmente me había divorciado, y había pasado demasiado tiempo tratando de respetar el matrimonio que Melissa no respetaba, así que me di la vuelta y me dirigí a su habitación.

Kevin estaba acostado en su cama, así que entré y le dije: "No puedo ver el amanecer desde mi habitación, ¿puedo quedarme aquí esta noche?" Me respondió: "Claro. Tu camiseta está colgada en tu armario". Bajé un par de escalones para dirigirme al otro armario, y ahí estaba la camiseta de Kevin que tanto me gustaba usar, donde estaban colgados los dos vestidos color café que dejé en Los Ángeles, el atuendo de vaquera y las botas que había pedido a Manolo para la parrillada.

Me puse su camiseta y colgué mi ropa. De cualquier forma, lo había llamado "mi armario". Me metí a la cama y él apagó las luces. Ambos nos dimos las buenas noches. Él me prometió que no intentaría nada, así que accidentalmente rocé mi pie con el suyo. La electricidad siguió aumentando hasta que nuestros cuerpos quedaron completamente abrazados.

Fue una buena noche después de todo, y sabía que había sido un gran fin de semana. Nos dormimos hasta pasado el amanecer. En la mañana, todo eso de ser amigos había quedado en pausa. Nos besábamos cada vez que pasaba a mi lado; jugábamos en la alberca y coqueteábamos como en los viejos tiempos. Los días malos estaban por venir para ambos, y esto alimentaría nuestra relación.

Melissa ya no me iba a mantener lejos de los brazos de Kevin. Tuvo su oportunidad y la dejó ir, no podía respetar a una mujer que no se preocupaba por su propia hija.

Regresamos a Miami y terminamos el video. Carlos estaba feliz con que yo le ofreciera la casa, pero me preguntó: "¿Volverás en seis meses?", le dije que sí, empaqué todo y me fui a Los Ángeles con mi amigo con beneficios. Éramos como un par de adolescentes. Nunca nos cansábamos de estar juntos, aunque algunas veces él me decía: "Tranquila, potra, debes alimentarme".

Kevin trabajaba todo el día, después iba a casa con Missy hasta que ella se quedaba dormida. Más tarde él iba a verme y se quedaba conmigo toda la noche. Siempre había sido un madrugador, así que ordenaba mi desayuno y salía a su casa para vestirse y comer cereal con Missy. Dijo que siempre mantenía la puerta de su habitación cerrada, por lo que Melissa ni siquiera sabía que se había ido, tampoco le importaba mucho.

Kevin y yo acordamos que ya no esconderíamos nuestra relación de nadie. Ambos éramos adultos, y no sentíamos culpa por estar juntos.

Disfrutaba esos días para leer el guion. Era una película que no iba a disfrutar. Había algunas escenas de abuso sexual que debía interpretar con un actor ruso que se suponía era el líder del círculo de esclavas sexuales que me había secuestrado junto con otras mujeres. A Kevin tampoco le gustaba, había traído a un director europeo más familiarizado con el tema. Kevin me prometió que siempre estaría en el estudio cuando me tocaba filmar, en caso de que algo no me gustara.

Fue un gran cambio para mí el pasar de *Luna*, la película animada, a esta película. Pero el estudio insistía en que me quería a mí para interpretar ese papel. Sería mi última película y pensé que podía dañar mi imagen, pero Kevin me dijo que era un tema difícil, un drama que jamás se había grabado en Hollywood. Incluso, existía la posibilidad de que esta película fuera nominada para un Óscar. Así que decidí dar lo mejor de mí.

Al día siguiente, Kevin me llamó a las 10 de la mañana. Había recibido la llamada que tanto temía, la mamá de sus gemelas había fallecido a las seis de la mañana. No sabía qué hacer. Nos sentamos juntos y decidimos que iríamos al funeral, ella sería cremada, así que no habría entierro. Le dije a Kevin que iría con él, las niñas ya me conocían y podíamos llevar todo un paso a la vez.

Ambos estuvimos de acuerdo en que diríamos que éramos buenos amigos. Kevin las llevaría a su casa porque estaba casado. No quería que las niñas tuvieran una mala impresión de nosotros. Anunció a todos en su casa que intentaría convencer a las niñas de regresar con él. Les prepararían dos habitaciones cerca del cuarto de Missy.

Viajamos a Las Vegas a las seis de la tarde y nos quedamos en el MGM. Llegamos al funeral. Era impresionante lo mucho que las niñas se parecían a Kevin. Me presentó con ellas, y no pude evitar abrazarlas. Les dije que lo sentía mucho, que estaba ahí para ellas y para ayudarles en todo lo que necesitaran.

Después del funeral, regresamos a su casa. Era una casa pequeña y modesta. Las niñas compartían una habitación. Kevin no sabía qué hacer, así que se sentó en el sillón y comenzó a hablar con el padrastro de sus hijas. Ellas estaban en su habitación. Aproveché el momento y toqué a su puerta. Ambas estaban acostadas en su cama, mirando hacia el techo. Les dije que iríamos a un hotel y que nos que nos quedaríamos unos días en Las Vegas. Me presenté como la mejor amiga de su papá, y les conté que su papá estaba muy nervioso. Les dije que, si tenían alguna duda, podían preguntarme a mí. Les di mi número de teléfono y el de Kevin, y mientras me preparaba para irme, Laurie dijo: "Espera, tengo algunas preguntas".

Me senté al borde de su cama de gemela y le pregunté: "¿Qué quieres saber?" Querían saber si vivía en la casa de Kevin, les dije que no. Les conté que vivía en Miami y estaba en Los Ángeles porque iba a empezar a filmar una nueva película. Me di cuenta de que Laurie era la más fuerte de las dos gemelas, quería saber quién vivía en la casa de Beverly Hills.

Les platiqué sobre su hermana Missy, y los empleados de la casa. Me preguntaron dónde estaba la esposa de Kevin. Decidí contarles toda la verdad, pues pronto lo sabrían de cualquier forma. Les dije que Kevin y Melissa estaban pasando por un momento difícil en su matrimonio, algo que a veces podía ocurrir en las relaciones.

Les dije que no conocía a Missy, pero estaba segura de que ella estaría feliz de tener dos hermanas mayores. Ella era la única niña en esa casa, y tenía una niñera que la cuidaba. Ambas dijeron que no querían una niñera. Yo las apoyé y les dije que estaba de acuerdo con ellas, ya eran unas jovencitas de 12 años que no necesitaban una niñera. Caminé adentro de la habitación y pude ver todos los trofeos que ambas tenían; Vanessa, por natación, y Laurie, por gimnasia. Laurie quería saber si cada una tendría su propio cuarto y les dije que sí. También las animé diciéndoles que podían llevar con ellas todos sus trofeos.

Laurie preguntó si aún podía continuar con gimnasia, y Vanessa con la natación. Yo les dije que sí, estaba segura de que a su padre le parecerían las mejores tanto en natación como en gimnasia. Les dije que sabía que no conocían muy bien a Kevin, pero era un hombre muy bueno y no tenía ni idea de cómo criar a tres hijas, pero estaba dispuesto a intentar aprender. Laurie preguntó si podían volver a casa en caso de que no les gustara vivir en Los Ángeles.

Les propuse que intentaran adaptarse durante el verano, y así podrían decidir. Vanessa me preguntó si estaba casada y si tenía hijos. Les conté que me había divorciado pero que tuve un bebé llamado David, quien murió en un accidente. Ambas dijeron que lo sentían mucho.

Supuse que Kevin se estaría preguntando qué estaba pasando, así que les dije a las chicas que me llamaran cuando estuvieran listas para que las recogieran. Kevin había traído su avión, por lo que había mucho espacio para todas sus cosas. Laurie dijo que nunca había estado en un avión, así que le dije que era genial y ambas se rieron. Fui a la puerta, me di la vuelta y les dije que íbamos a superar esto, el tiempo tiene su propia forma de arreglar las cosas.

Salimos y nos dirigimos al hotel. Kevin estaba ansioso por saber de qué había hablado con ellas, así que le conté todo lo que las chicas habían preguntado. Estaba seguro de que estarían listas en unos días para ir a Los Ángeles.

Dos días después, fuimos por las niñas y volamos de regreso a Los Ángeles. Estaban emocionadas de estar en un avión, tenían un millón de preguntas y Kevin comenzó a relajarse y hablar con ellas. Laurie dijo que nunca habían ido a Disneylandia, les conté que yo tampoco había ido, y antes de aterrizar, habíamos planeado nuestra primera salida juntos. Kevin era el único que había ido a Disney, y disfrutaba contándonos todo sobre eso, dijo que Missy tampoco había ido nunca.

Llegamos a Los Ángeles y Cliff me llevó a mi hotel. Las chicas me preguntaron por qué no podía ir a casa con ellas.

Les dije que debía estudiar mis líneas y que ese era mi hogar mientras hacía la película. Kevin dijo que mañana vendría a recogerme y todos iríamos a comprar ropa para ir a Disney el sábado. Me dijo que mañana también llevaría a Missy.

Les dijo a las chicas que esperaran en el coche mientras él recogía mi equipaje, Cliff se quedó esperando en la limusina. Entramos en mi habitación; me abrazó y me dijo que nunca habría podido superar esto sin mí. Le dije que estaba bien; Jeffrey y todos en la casa lo ayudarían. Le dije que no volviera esa noche, sería la primera noche de las niñas y él necesitaba estar allí.

Le pregunté si estaba seguro de que Missy me conociera, y él me dijo que era hora. Pero, ¿y si Missy le mencionaba mi nombre a Melissa? Él me dijo que Melissa nunca hablaba con Missy. Y ahora mismo las tres chicas y yo éramos su prioridad.

Los cinco pasaríamos el próximo mes juntos tanto como fuera posible. Habíamos ido juntos a inscribirlas en la escuela, la natación y la gimnasia para comenzar en el otoño. Las chicas se habían unido a Missy; pero ella se aferraba a mí cada vez que estábamos juntas y me pedía que le cantara mis canciones de Luna.

Un día, todos comíamos el almuerzo y yo fui al baño. Laurie me siguió. Me dijo que Melissa era una bruja y trataba muy mal a Missy. Ella me preguntó: "¿A ti tampoco te gusta ella?" Le dije que sólo la había conocido una vez, pero su padre me había dicho que no era una persona muy agradable, así que no tenía interés en conocerla. "A mi papá le gustas", confesó. Le dije que éramos amigos desde hace muchos años. Pero ella insistió: "Está bien, pero le gustas, puedo decirlo por cómo te mira. ¿Por qué no se divorcia de la bruja como tú te divorciaste de tu esposo?" Le respondí: "Es complicado para tu papá, ¿querrías que Melissa se llevara a Missy con ella?" Ella era muy lista y sacó una conclusión: "Por eso no se ha divorciado de ella, es por Missy".

Era lindo ver a las niñas aceptar a Kevin como su padre; supongo que la sangre pesa más que el agua. Kevin realmente se estaba esforzando. Yo había acostumbrado a las niñas a mi tradición latina de dar un beso en la mejilla al saludarnos y al decirnos adiós. Ahora también lo hacían con Kevin.

Se habían vuelto más cercanas a Jeffrey, María y Linda. Me contaron que María y Linda siempre estaban rezando y encendiendo velas. Incluso habían ido a la iglesia con María los domingos.

María insistió en que tuvieran un poco de religión en sus vidas. A Kevin le inculcaron la religión católica, como a mí en el orfanato, pero nunca fuimos a la iglesia, o el cielo no lo quiera, confesión.

Kevin no se oponía a nada mientras las niñas fueran felices, eran muy lindas y educadas, y solía decírselos con frecuencia, su madre las había criado muy bien. A pesar de su muerte, quería que ellas siempre la recordaran, se había ganado un lugar en su memoria. Las niñas tenían muchas preguntas sobre mi vida, les conté que era huérfana, después, aceleré la cinta hasta la historia de Carlos, y cómo conocí a su padre. Eran muy jóvenes para saber de todos los hombres que habían estado en mi vida.

Kevin me contó que la tensión entre Melissa y Laurie seguía creciendo. Laurie no permitía que Melissa maltratara a Missy. Él ya había amenazado a Melissa con que llevaría el asunto a la corte, pero como él temía, ella le dijo que podía alejar a su hija de él para siempre.

El viernes por la mañana, Kevin me llamó y me dijo que estaba en el hospital. Cliff podía pasar por mí para ir con él, pues algo horrible había pasado. Me dijo que me explicaría cuando llegara ahí. Missy se había caído de las escaleras, tenía unas cuantas cortadas y moretones, pero ninguna fractura. Él no podía hablar porque estaba con Missy, las gemelas también estaban en el hospital preguntando por mí.

Llegué a la sala de urgencias y las niñas corrieron a abrazarme. Ambas estaban llorando, diciendo que Melissa había aventado a Missy por las escaleras. Les pedí que mantuvieran la calma. María y Jeffrey también estaban ahí. Necesitaba entrar para ver a Kevin y a Missy, y averiguar qué había pasado.

Entré y Kevin estaba pálido. Me abrazó y pude notar las lágrimas correr por sus mejillas. Missy quería que la cargara y la enfermera me dijo que estaba bien, así que me senté en la cama y la tomé en mis brazos. Me dijo que Melissa la había pateado porque se atravesó cuando ella iba pasando con su maleta, y se había caído. Le dije que cerrara los ojos e intentara dormir. Le pedí a Kevin que saliera con las niñas para ayudarlas a tranquilizarse. Los doctores estaban esperando los resultados de las pruebas de laboratorio, y después de eso, Missy podria ir a casa. Kevin volvió a entrar a la habitación, y Missy se había quedado dormida en mi pecho.

"¿Qué pasó?", le pregunté. Me contó que Missy estaba jugando a las escondidas con Ana, y Melissa pasó con su maleta para irse a Palm Springs. Ana dijo que Missy estaba corriendo cuando chocó con el equipaje de Melissa. Ella la llamó mocosa malcriada y la pateó. Entonces, Missy rodó por las escaleras. Jeffrey lo despertó y llamó al 911. Melissa seguía diciendo que había sido un accidente, pero Ana insistía en que ella la había visto patear a Missy a propósito. Melissa intentó irse, pero Jeffrey le dijo a Cliff que la detuviera hasta que pudiera llamar a la policía.

Entonces, él y las chicas fueron al hospital con Missy. Él había llamado a Weinstein, quien ahora vivía en LA y trabajaba para el estudio, para que fuera y hablara con la policía. Él sólo había hablado con Weinstein, mientras que la policía se había llevado a Melissa y Anna a la estación para interrogarlas. También necesitaban a un terapeuta especialista para hacerle algunas preguntas a Missy, en ese momento, antes de que pasara el tiempo, ya que como era pequeña, era muy probable que olvidara lo ocurrido o cambiara la historia.

El doctor había documentado todo lo que Missy le había platicado, y una psicóloga infantil estaba en camino para hablar con Missy en la sala de urgencias. Llevamos a las gemelas para que pudieran ver a Missy y estar tranquilas. También le dijeron a la psicóloga lo que Missy había dicho sobre cómo Melissa la pateó hacia las escaleras, llamándola "mocosa malcriada".

La psicóloga les pidió a las gemelas que se quedaran con su hermana en la cama del hospital y jugaran con Missy, mientras ella le hacía algunas preguntas. No debíamos contestar nada de lo que le preguntaban a Missy, para que ella pudiera responder por sí misma. Un detective también estaba en la habitación. Las gemelas abrazaban a Missy mientras la psicóloga la interrogaba. Ella repetía las preguntas varias veces, pero Missy volvía a contar la misma historia. Cuando terminaron, el doctor entró y nos dijo que Missy podía irse a casa.

Le dijo a Kevin que le enviaría los resultados de los estudios en cuanto estuvieran listos. La policía nos dijo que la psicóloga enviaría su reporte al juez a cargo del caso, después de eso decidirían si presentarían cargos contra Melissa,

y si podían arrestarla por maltrato infantil e intento de ase-
sinato. Lo más seguro era que Melissa pasaría la noche en la
cárcel. También llevaron a Ana a declarar y le permitieron
irse a casa.

Kevin me llamó esa mañana para contarme que él y
Weinstein tuvieron que ir a una audiencia de emergencia por
el caso de Missy. El juez le había otorgado total custodia a
Kevin y habían girado una orden de restricción para evitar
que Melissa se acercara a la casa o a cualquier persona que
viviera ahí. El juez le dio a Kevin autorización de quitarle a
Melissa todas sus pertenencias y enviarla al condominio a
donde vivía antes de conocer a Kevin.

El juez le dijo que Melissa enfrentaba cargos por maltrato
infantil, y cuando terminara su tiempo en la cárcel, tendría que someterse a asesoramiento, antes de que siquiera
pudieran considerar visitas, y sólo bajo la supervisión de la
corte. Kevin le dijo a la jueza que Melissa jamás había pasado
tiempo con Missy, aunque vivían en el mismo techo, y estaba
seguro de que ella no tendría ningún interés en volver a
ver a Missy.

Kevin también solicitó el divorcio. Tenía un acuerdo pre-
nupcial con Melissa. Kevin le permitiría quedarse con su
ropa y joyas, pero no recibiría pensión alimenticia, indepen-
dientemente de los cargos de maltrato infantil.

Kevin había enviado a las niñas a Universal Studios con
Ana, María, Jeffrey y Cliff por todo un día. Él estaba des-
armando todo el cuarto principal y el baño. No pensaba
sentarse en el mismo lugar donde Melissa se había sentado, y
quería librar toda la habitación de cualquier cosa que tuviera
su aroma. Él pensaba visitarme esa noche, una vez que las
niñas regresaran y fueran a dormir. Él sólo quería estar en mis

brazos y dejar que esta pesadilla terminara. Toda la familia había logrado deshacerse de Melissa para siempre. No podría lastimar a ninguna de las niñas nunca más.

Cerca de las nueve de la noche, Kevin me llamó para avisarme que estaba en camino a mi habitación de hotel. Me pidió que le sirviera un doble en las rocas. Entró y se sentó en el sillón. Bajó su cabeza y me dijo que era un idiota. Le pregunté: "¿Pasó algo después de que hablamos?" Tomó un poco de güisqui y no dijo nada.

Minutos después, me dijo: "Sabes, cuando nacieron las gemelas; pedí una prueba de ADN para asegurarme de que eran mis hijas". Continuó: "Cuando Melissa se embarazó, había usado condón, pero sólo podía pensar en casarme con ella para vengarme de ti por dejarme en LA y regresar con Carlos".

Me dijo que cuando Missy estuvo en el hospital el otro día, le preguntó al doctor si podía hacer una prueba de ADN para confirmar que ella era su hija. El doctor lo llamó hace una hora para decirle que Missy no era suya.

Seguía diciendo que había sido castigado porque todo lo que quiso en ese tiempo era lastimarme. Le pedí que se detuviera, que Missy era y siempre sería su hija. Si hubiera solicitado la prueba de ADN desde antes, ¿qué tipo de vida creía que Melissa le hubiera dado? Ella probablemente la habría abandonado en un orfanato. Me miró, sonrió y me dijo: "Tienes razón, Missy siempre será mi hija y la hermana de las gemelas". Me preguntó si debía decirles a las niñas, pero le sugerí que no era el momento, pues eran muy jóvenes y recién habían experimentado suficientes tragedias a tan corta edad. Algún día, cuando fueran más grandes, él podría decirle la verdad a Missy.

Lo tomé de la mano y dije: "Vamos. Relájate. Necesitas descansar, ha sido un largo día". Kevin se quedó dormido mientras le acariciaba la espalda. Me preguntaba hacia que camino nos llevaría el destino ahora.

Desperté con el llamado del servicio a la habitación entregando el desayuno. Kevin jamás olvidaba una comida. Fui a la sala y Kevin veía las noticias, pude notar que se sentía mucho mejor. Me trajo café, y me dijo: "Tenemos que hablar".

Me contó que las niñas iniciarían clases el lunes, y que yo comenzaría a ensayar con Ivan ese mismo día. Las gemelas le habían estado preguntando por qué no me mudaba a su casa ahora que Melissa se había ido. Así no tendría que estar sola en una habitación de hotel, pidiendo servicio a la habitación.

Querían verme todos los días. Cenar juntas, nadar en la piscina y ver películas. Tomó mi mano y me dijo: "Todos te necesitamos". Le dije que él aún estaba casado y que me mudaría siempre y cuando durmiéramos en cuartos separados todas las noches, teníamos Colorado para hacer el amor. Él sólo pudo decir: "Trato hecho, vístete y empaca tus cosas. Vamos a sorprender a las niñas en cuanto despierten".

Pasamos un gran fin de semana, Kevin y Jeffrey le compraron una parrilla y Kevin preparó hamburguesas para toda la familia y el personal de la casa. No podían creer que él sabía cómo usar una parrilla. Esa era su terapia cuando iba a Colorado. Pero les aseguró a todos que sus filetes eran aún más deliciosos que sus hamburguesas.

Vanessa me enseñó algunas técnicas de natación, y Laurie me enseñó algunas coreografías de gimnasia. Incluso aprendí a colorear con Missy. La vida iba bien para todos nosotros. Sólo extrañaba dormir con Kevin en la misma cama. Pero quería ser un modelo a seguir para las niñas. A pesar de que algunas noches Kevin solía entrar a escondidas en mi habitación por unas horas.

El cuarto principal lucía muy bien. Kevin lo había pintado con tonos tierra, le gustaba verme vestida con vestidos color café. Me dijo que un día, cuando durmiera en esa habitación, las paredes contrastarían muy bien con mi cuerpo desnudo.

El lunes resultó algo caótico, el primer día de clases de las niñas, y mi primer día en el estudio. Kevin y yo llegamos al estudio. Conocí a Jean, su secretaria, que era una mujer mayor. Ella había trabajado en el estudio durante 30 años, y había trabajado con Kevin desde que él comenzó en el estudio.

Me dijo que había panecillos esperándome en la oficina de Kevin. Kevin había sido muy claro con los panecillos. Ella sonrió y me dijo que también el café estaba listo. Le agradecí y fui a su oficina. Era un lugar muy amplio con vista a los jardines del estudio. Tenía una pared llena de fotografías de mí en las películas que había hecho.

Detrás del escritorio, había una fotografía enmarcada donde aparecíamos nosotros cinco. Le dije que esa pared era toda sobre mí. Él me respondió que yo era su estrella y que estaba muy orgulloso de mostrar mis logros. Le insistí: "Kevin, tú has ayudado a muchos otros artistas". Pero me dijo que no había amado a ninguno de ellos. Él siempre me decía lo mucho que me amaba, y yo nunca se lo había dicho. Tenía miedo de que si lo hacía podía arruinar nuestra relación. Esas dos palabras son algo con lo que toda mujer sueña cuando crece y se enamora. Yo había amado a Carlos, y no dejaba de pensar en cómo había resultado eso. No estaba lista para decir esas palabras de nuevo.

Kevin me llevó a una reunión en el estudio, donde conocería a todo el elenco. Ivan me recordaba al lobo de la caperucita roja. Me miró y ya estaba salivando. El director hizo lo mismo y besó mi mano. Pude notar que a Kevin no le agradó para nada. Pero el director lo miro a él como si estuviera esperando que se fuera para comenzar con los ensayos.

Kevin me pidió que fuera a su oficina al terminar. Le susurré: "No me agradan estas personas". Él inclinó la cabeza. En cuanto Kevin se fue, Ivan, el lobo, se me acercó y me preguntó: "¿Ese es tu novio?" Le dije que no era su asunto y me fui. Hablé con las otras chicas del elenco y todas decían que Ivan era un patán. Tendríamos que mantenernos juntas para alejar lo más posible de nosotras a él y al director.

Pasamos los días siguientes ensayando, entonces, un día, Ivan tocó mi pecho. Le dije que se alejara y fui a la oficina de Kevin. Le dije a Kevin que tuve que detener a Ivan porque estaba manoseando a todas las mujeres, y hoy me había puesto su mano en mi pecho. Me dijo que hablaría con él o con el director.

Amaba ir a casa. Todos nos sentábamos en la mesa de la cocina, y comíamos nuestra cena como lo hacíamos en la casa de la playa. Las niñas comenzaron sus clases de gimnasia y natación después de la escuela, así que se sentaban con nosotros y nos contaban todo sobre su día y sus nuevos amigos.

Estaba segura de que extrañaban a su madre, pero debían acostumbrarse a su nueva vida, rara vez hablaban de Las Vegas. Yo era 20 años mayor que ellas, pero me confiaban todos sus secretos de amor, lo que a mí me hacía muy feliz.

Tuve que arrastrarme al estudio todos los días para enfrentar al lobo. Kevin me lo había dicho, había hablado con Ivan y le había negado todo; él sólo estaba haciendo su parte. Le conté a Kevin que nos estaba frotando con su parte y le pedí que fuera a observar a Ivan desde la distancia. "Tienes que detenerlo", insistí.

Esa mañana, Kevin fue a una reunión, y yo regresé al estudio. Cuando entré, me di cuenta de que los únicos en el lugar eran el director e Ivan. Algo no andaba bien. Les pregunté dónde estaba el resto del elenco, y me dijo que todos tendrían el día libre, sólo estaríamos Ivan y yo para ensayar nuestra escena. Le pregunté en qué página estaba la escena y el director me dijo que improvisaríamos con la práctica.

Antes de que pudiera irme, Ivan se colocó detrás de mí y comenzó a tocar mi cuerpo. Le pedí que se alejara de mí, pero pude sentir que tuvo una erección y se estaba frotando con mis nalgas. El director sólo se quedó ahí sonriendo. "¡Auxilio!", grité. Ivan puso su mano sobre mi boca para callarme.

Después de unos minutos, la puerta del estudio se abrió y entraron dos guardias de seguridad. Ivan me soltó y caí al piso. Después de unos minutos, Kevin y Jean entraron a la habitación. Kevin se acercó para levantarme. Le dije: "No me toques". Jean me ayudó a levantarme. En ese momento Kevin le gritó a Ivan: "¿Qué está pasando?" El director dijo que no había ocurrido nada, sólo estábamos ensayando y yo me había puesto histérica.

Ivan le dijo a Kevin: "Como te dije el otro día, no está pasando nada, tú sólo eres un hombre viejo e inseguro, saliendo con una mujer joven". Kevin iba directo a golpearlo, pero el guardia de seguridad lo detuvo. El guardia dijo que Johnny, el técnico de video, le había llamado porque Carmen estaba siendo agredida. Johnny entró a la habitación con una grabación y se la entregó a Kevin. Él le dijo que Ivan que estaba atacando sexualmente, y era evidente que no se trataba de un ensayo, así que lo grabó todo y llamó a seguridad. Kevin le agradeció a Johnny, y le dijo que el personal de seguridad se encargaría de que esos dos enfermos se fueran. Fue a la oficina a ver el video.

Jean me llevó a la oficina de Kevin, pero ahora, Weinstein y dos ejecutivos más estaban ahí. Kevin explicó lo que un guardia de seguridad le había dicho, y que tenían detenidos a ese par de raros hasta que él viera el video. Me molestaba cada vez más con cada minuto que pasaba. ¿Acaso estaba diciendo que no me creería hasta no ver la cinta? Les pregunté: "¿Por qué no llaman a la policía? Ese sujeto intentó violarme.

Kevin comenzó a ver la grabación en la televisión de la oficina. El video y el audio mostraban que yo había sido agredida sexualmente y gritaba por ayuda. Kevin golpeó su puño contra el escritorio y todos comenzaron a disculparse, diciendo cuánto lamentaban que hubiera tenido que pasar por algo así.

Ya había tenido suficiente. Ya no tenía más lágrimas. Entonces, dije: "¿Lo lamentan ahora que vieron todo lo que pasó?" Miré a Kevin y señalé con mi dedo a la televisión. Continué hablando: "Permitiste que me hiciera esto. Durante días te rogué que le pusieran un alto, pero entiendo por qué no querías hacerlo. Él lastimó tu ego, llamándote un hombre viejo e inseguro. Así que no hiciste nada, ni siquiera tenías porque dejar correr esa cinta. Debiste creerme y protegerme".

Le dije que había terminado con él y había terminado con esa película y mi contrato. Tomé mi bolso y les dije que era mejor que me liberaran del estudio o los demandaría por la agresión sexual. Salí hacia la puerta principal.

Kevin fue detrás de mí, gritándome: "Carmen. ¡Espera!" Me alcanzó antes de llegar hasta la puerta y me preguntó: "¿Qué harás ahora? ¿Regresar corriendo a los brazos de Carlos?" Lo miré con asco y le dije: "Te odio". Él sólo pudo responder: "Por fin, una emoción de tu parte. Pasé años esperando a que me dijeras que me amabas, y esta es la verdad, me odias. Seguramente aún amas a Carlos".

Salí del estudio y Kevin seguía ahí a mi lado diciéndome que eso no era lo que él quería decir. Entonces, vi a Melissa acercarse a nosotros, traía puesto un abrigo, lo que me resultó extraño porque hacía mucho calor.

Kevin seguía hablándome, parecía que no la había visto; entonces, vi que sacó una pistola y apuntó hacia Kevin. Ella dijo: "Bastardo. Tú me arrebataste mi vida y mis amigos, ahora yo te mataré a ti".

La vi colocar su dedo en el gatillo y, por un segundo, pensé en las niñas perdiendo a su padre, así que me coloqué frente a Kevin. Caí al suelo y escuché otro disparo. La gente comenzó a gritar: "¡Un arma! ¡Un arma!". Kevin me sostenía con sus brazos y me decía: "Espera. No me dejes". Seguía repitiendo las mismas palabras mientras las lágrimas caían por sus mejillas.

Lo último que recuerdo es haber escuchado a alguien decirle a Kevin que seguridad le había disparado y que estaba muerta. Imaginé que hablaban de Melissa. Me quedé en los brazos de Kevin. Pude ver mi sangre filtrarse por su camisa, y me desmayé.

Desperté dos días después en el hospital. La enfermera me dijo que me habían disparado en el abdomen y que fui sometida a una cirugía. La bala no había perforado ninguno de mis órganos vitales, así que me recuperaría sin ningún problema. Sólo necesitaba descansar.

Me dijo que había dos hombres esperándome a que terminara de cambiarme para entrar a verme. Ambos se habían quedado ahí desde que llegué a la unidad. Le pregunté: "¿Quiénes son?" Me respondió que uno era Carlos, de Miami, y el otro era Kevin James.

Le pedí que sólo permitiera a Carlos entrar. Ambos estaban parados afuera de la cortina. Carlos entró y, antes de que él pudiera decir algo, le pedí que le dijera a Kevin que se fuera. No quería verlo. Escuché a Carlos decir: "No quiere verte". Kevin aceptó y dijo: "Está bien, pero Carlos, debes decirle toda la verdad sobre Argentina". Me pregunté de qué hablaban, pero aún estaba mareada y me quedé dormida.

Al siguiente día, me transfirieron a una habitación. Carlos se quedaba conmigo durante el día. Me contó todo sobre el tour de Nicky, y que Rosa se había ido a vivir con su hija para ayudar con su bebé en San Antonio. Entonces, le dije: "Oh no, Rosa se convertirá en fan de los Spurs", haciendo referencia a los rivales de los Miami Hit en San Antonio. Nos reímos y hablamos como viejos amigos.

Coqui se iba a quedar a vivir con él. Rosa le había enseñado a cocinar y le había compartido algunas recetas. Le pedí que les dijera que les llamaría pronto. Carlos me preguntó a dónde quería ir cuando me dieran de alta del hospital. Le dije que quería regresar a Miami. Me dijo que se quedaría y me llevaría de regreso cuando estuviera lista.

Finalmente pude salir de la cama y darme un baño. Me habían quitado toda mi ropa, pero la intervención no fue muy grande. Cuando salí del baño, el doctor me estaba esperando para decirme que me podía ir al día siguiente. Carlos le dijo que rentaría una camioneta y me llevaría para que pudiera descansar. El vuelo a Miami duraba cinco horas, así que se dio la vuelta y me dijo: "¿Está bien?" Le dije que sí. No podía sentarme por cinco horas en un avión, y de esa manera podría ir a casa con más cosas.

Sonó el teléfono y contesté. Las gemelas estaban en el teléfono. Estaban muy emocionadas porque contesté. El teléfono había estado desconectado y sonaba ocupado. Comenzaron a gritar: "¡Está en el teléfono!" Todas tomaron turnos para hablar conmigo.

Carlos me dijo que saldría un momento para comprar café, pero que regresaría. Le había contado todo sobre las gemelas, y que vivía en una habitación en casa de Kevin. Laurie me preguntó si era cierto que el doctor le había dicho a su papá que iría al día siguiente a Miami.

Respondí: "Wow. Las noticias viajan muy rápido". No había pasado ni una hora desde que el doctor se fue de mi habitación. Laurie me contó que su papá llamaba al doctor todos los días para preguntar por mí. Querían saber si podían ir a visitarme antes de irme. Les dije: "¡Claro, cuando ustedes quieran!" Escuché a Laurie decirle a Kevin: "Dice que ya podemos ir".

Laurie me dijo que ella y Vanessa irían en ese momento, pero no podían decirle a Missy porque aún era muy joven y no la dejarían entrar a mi habitación. Estuve de acuerdo, y les pedí que me llevaran algo de comer porque moría de hambre y la comida en el hospital era horrible. Jeffrey me dijo que me enviaría una rica comida, y que esperaba verme pronto.

Carlos regresó y le conté que las gemelas irían a visitarme. Me dijo que esperaría hasta que ellas llegaran, y entonces él iría por algo de cenar, para que pudiera estar con ellas a solas. Una hora después, las gemelas corrieron hacia mi cuarto. Se acercaron a mi cama besándome y abrazándome. Laurie quería ver el agujero en mi estómago, y Vanessa decía que no, prefería no ver. Les presenté a Carlos, y él dijo que regresaría en dos horas.

Las chicas estaban revisando todo el cuarto. Escuché cuando Carlos saludó a Kevin, quien estaba afuera. Escuché a Carlos preguntarle a Kevin si me había hablado de Argentina. Kevin le dijo que no, que era su trabajo hacerlo. Carlos le dijo que me diría esta noche cuando regresara. Le dijo a Kevin que le avisara cuando dejaran el hospital para que él regresara a cuidarme. Entonces recordé su conversación afuera de la unidad de terapia intensiva. Había olvidado preguntarle a Carlos qué debía decirme sobre Argentina.

Las niñas me contaron que Melissa estaba muerta, y que Missy quería que su mamá regresara a casa. Les dije que quería que fueran mucho más cariñosas con Missy, hasta que se olvidara de Melissa.

Me preguntaron si podían visitarme en Miami y les dije que sí. Yo también las llamaría todo el tiempo y podíamos tener video llamadas. Laurie me dijo que sabía que estaba molesta con su papá, pero que él lo sentía mucho, y me insistió en que lo dejara pasar a despedirse. No pude decirle que no a ella y acepté: "Sí, dile que puede entrar un momento". Ambas me abrazaron y corrieron a decirle a su papá que podía entrar a verme. Ellas irían a la recepción a comprar barras de chocolate y esperarían por él en la planta baja.

Entró Kevin y me dijo que le daba gusto que me había recuperado. Me dijo que sabía que probablemente esa sería la última vez que nos veríamos. Quería disculparse por todas las veces que me había lastimado, particularmente ese último día. Me dijo que la película se había cancelado y que habían llamado a la policía para entregarles el video. Era libre de mi contrato.

Me preguntó por qué me puse frente a él cuando Melissa disparó. Le dije que cuando la vi, pensé por un segundo en las gemelas, y en cómo habían perdido a su madre. No quería que perdieran a su padre también. Fue una decisión de milésimas de segundo.

Me dijo que me deseaba lo mejor en Miami, y que sabía que yo continuaría con mi carrera como cantante. Realmente nunca me gustó vivir en LA. Le dije que iba a Miami para resolver mi vida, pero no iba a regresar a vivir con Carlos. Quería encontrar un condominio en Miami Beach, y pasar un tiempo a solas.

Me preguntó si cuando fueran a su casa de Miami Beach, podía a pasar el día con las niñas. Si aceptaba, me prepararía una de sus hamburguesas a la parrilla. Le recordé que no tenía parrilla en Miami. Él sonrió y dijo: "El primer día que te conocí, te dije que eras muy inteligente y talentosa, tendré que conseguir que Jeffrey compre una para la casa de Miami Beach".

Le dije: "Será mejor que te vayas, las chicas están esperando abajo. Por cierto, ¿qué es eso de lo que tú y Carlos están hablando sobre Argentina?" Me contó que era algo que Nicky le había dicho accidentalmente antes del fin de semana del Día de los Caídos. Kevin me dijo que sus intenciones no eran que Carlos me dijera para intentar mantenerme ahí, pero era algo que merecía saber. Carlos era el único que debía decírmelo. Dije: "Adiós, Kevin", apretó mi pie y lo besó, pensé que estaba sanando mis heridas con un beso.

Estaba vestida y sentada en una silla, esperando a que el médico firmara mis órdenes de alta para poder irme. Pensé en la conversación de la noche anterior, Carlos me había confesado que tenía una relación con su secretaria Alina en Argentina, incluso antes de conocerme. Lo había terminado cuando me conoció. Pero una noche se había emborrachado y habían estado juntos. Alina quedó embarazada y tuvo un hijo llamado Daniel, justo una semana antes de que naciera David.

Alina se casó con otro hombre, pero siempre le dijo a Daniel que él era su padre. Daniel ahora quería venir a vivir con él y con Nicky, ya que ambos eran como hermanos. Le dije a Carlos que ya nada de eso importaba. Me daba gusto que tuviera una familia, simplemente no estábamos destinados a estar juntos.

Carlos me dijo que Kevin era un buen hombre, y que había visto cuánto me querían las niñas, y yo a ellas. Kevin siempre había luchado por mí. Intentó convencerme de que a pesar de que cometió algunos errores, no eran tan malos como los que él había cometido. Le dije que regresara a Miami, tenía algunas cosas de las que ocuparme en LA, y me quedaría en un hotel por un par de semanas hasta que pudiera viajar en avión.

La enfermera entró y me dijo que estaba lista para irme, que le avisara en cuanto estuviera lista para ayudarme a bajar en silla de ruedas. Me senté ahí, pensando en todo lo que Carlos me había dicho. Tomé el teléfono, y envié un

mensaje: "Estoy en el hospital y necesito que me lleven a casa".
Él respondió: "Ahí estaré. Voy en camino. No te vayas".

A los 15 minutos, Kevin apareció en mi habitación diciendo:
"¿Alguien pidió un viaje a casa?" Él preguntó: "Sólo necesito saber si es un viaje en avión o un viaje en limusina".

Me levanté y lo abracé. Lo besé en los labios y le dije:
"Vamos a casa, me debes tu vida, amigo, así que más vale
que te comportes". Le pregunté dónde estaban las niñas y
me dijo que era sábado, probablemente estaban dormidas o
viendo las caricaturas y comiendo cereal. Agregué: "¡Vamos
a sorprenderlas!"

Entramos a la casa agarrados de la mano. María comenzó
a gritar: "¡Carmen está de regresó!" Las tres niñas salieron
corriendo del cuarto de TV, aún en pijama, y me recibieron
con los brazos abiertos. Kevin les dijo que tuvieran cuidado.
Missy me miró y me dijo: "Mi mamá regresó". Las gemelas
se miraron y con cara de sorpresa dijeron: "Así que a ella es
a quien Missy llama mamá". Carlos tenía razón, el destino le
había dado una familia, y a mí también.

Kevin me cargó para ayudarme a subir las escaleras y me
mostró cómo había quedado el cuarto principal. Le dije: "No
me puedo quedar aquí". Él respondió: "Lo sé. Todo a su
tiempo". Él tampoco se había mudado a este cuarto todavía.
Todos me siguieron a mi habitación. Me acosté en mi cama
y Kevin dijo: "Come bien y descansa". Entonces, les dijo a
las niñas: "Las veo en la cocina". Yo respondí: "¡Oigan! ¿Qué
hay de mí?" Me dijo que descansara y que más tarde vendría
por mí.

María y Jeffrey me llevaron algo de comer, moría de ganas
de probar comida de verdad. Me quedé dormida y, unas

horas después, las chicas entraron a mi habitación con una gran sonrisa dibujada en sus rostros. Me dieron una invitación que habían hecho para una cena especial.

Kevin llegaría a las siete de la tarde y me llevaría abajo. Me dijeron que me pusiera un vestido color marrón. Les dije que me contaran de qué se trataba todo y me dijeron que no, que sería una sorpresa. María se acercó y me ayudó a ducharme y vestirme.

Me puse un vestido del color que me pidieron. No creo que pudiera haber estado más feliz. María no me diría de que se trataba. Así que esperé a Kevin. Llamó a la puerta y entró. Le dije que se veía muy guapo con ese bonito traje marrón. Le dije: "Pensé que el marrón era mi color". Dijo: "Esta noche, todo será marrón". Kevin me llevó abajo, y afuera, a la mesa del balcón, donde me había dicho que me iba a casar con él, años atrás. Todo el mundo estaba disfrazado, incluso el personal de la casa, incluido Cliff.

Kevin les pidió a todos que tomaran sus asientos; tenía una historia que contarles. Comenzó diciendo que nos conocíamos desde mucho tiempo atrás. Yo había sido su mejor amiga, pero desde el día en que me vio por primera vez, se enamoró de mí. Siguió la historia: "Años después, en ese balcón..." dejó de hablar y sacó mi anillo de diamantes chocolate, pendientes y pulsera.

Después, continuó diciendo que había cometido un error, años atrás, con esas piezas de joyería. Pero esa noche, después de una reunión con las chicas, habían decidido que enmendaría su error de muchos años. Entonces, les dijo a las niñas que se pararan a su lado y frente a mí. Kevin se arrodilló y dijo: "Carmen, mis hijas y yo tenemos una pregunta que nos gustaría hacerte".

No pude evitar que las lágrimas rodaran por mis ojos, las tres chicas estaban tan felices y todas las demás lloraban como yo. Dije: "¿Qué quieren preguntarme?"

Kevin me puso el anillo en mi dedo y dijo: "¿Nos harías el honor de casarte conmigo y con mis tres hijas?" Y respondí: "Sí, me encantaría casarme contigo y las niñas".

Nos abrazamos y las niñas dijeron: "Por fin vamos a ser una familia de verdad". Kevin dijo que sólo tenía una pequeña solicitud, y le pregunté: "¿Qué deseas?" Él me dijo que quería que la boda fuera lo más pronto posible, porque no quería arriesgarse a que yo huyera de nuevo. Acordamos que la boda sería en dos semanas, cuando me sintiera con fuerzas para bajar las escaleras. La ceremonia sería en la piscina de nuestro hogar. No iba a permitir que ninguna planificadora de bodas se entrometiera en mi boda. Así que sería una aventura familiar.

Nos casaríamos al amanecer en nuestra casa de LA con familia y amigos cercanos. Después de la celebración, Kevin y yo volaríamos al rancho de Colorado para ver el atardecer ese mismo día, en el pico de nuestra montaña favorita.

Una semana antes de la boda, Kevin me sorprendió con traer a Rosa y Coqui. Serían nuestras invitadas, pero Rosa pasó toda la semana cocinando para nosotros, y enseñándole a Jeffrey y a María cómo preparar mis platillos favoritos.

El día de la boda finalmente llegó, las niñas y yo nos arreglamos en la habitación principal. Desde ese momento, nunca más dormiría en una segunda habitación.

Manolo me había diseñado un vestido corto color café claro para la boda. Bajamos las escaleras; Missy, la niña de las flores, aventando con su puño los pétalos de rosa mientras caminaba. Iba seguida de las gemelas, como mis damas de honor. Salimos al patio. Pude ver la mirada de orgullo de Kevin mientras caminábamos hacia él. Estaba vestido con un traje color *beige* y una corbata café.

Me quedé ahí por un momento, y pensé en la última vez que me casé. Carlos traía puesta una corbata roja. Carlos había sido mi primer amor, pero ahora, me casaría con Kevin, mi roca y el hombre con quien pasaría el resto de mi vida.

Jeffrey se acercó a donde yo estaba, me dio su brazo y me llevó hasta Kevin. Él levanto mi corto velo, me besó en la mejilla, y me entregó a Kevin. Jeffrey había estado con nosotros en las buenas y en las malas, sin perder la fe en nosotros, y no habría querido que nadie más me llevara al altar. Rosa tomó mis flores y también me dio un beso en la mejilla; ella se pararía a mi lado como mi madrina de honor.

Aún estaba oscuro afuera. Weinstein, quien ofició nuestra ceremonia, dijo unas palabras sobre cómo la vida nos había arrojado varias bolas curvas, pero habíamos logrado fortalecer nuestros caminos para encontrarnos donde estábamos en ese momento, unidos como una familia.

Cuando salieron los primeros rayos del sol, Kevin y yo nos colocamos nuestros anillos. Nos agarramos de las manos, y me dijo que viviríamos en LA durante otoño e invierno, mientras las niñas iban a la escuela, y en el verano iríamos de vacaciones a nuestra casa de Miami Beach. Y en medio de todo eso, encontraríamos un espacio para ir al rancho de Colorado.

Me prometió que mientras estuviera vivo, él me amaría y me cuidaría, a mí y a las niñas. Me dijo que me daba su corazón y su familia. Me prometió no volver a dejarme sola nunca más.

Lo miré a los ojos, y el sol comenzó a salir. Yo le dije: "Kevin, sólo tengo una cosa que decirte. Prometo que mientras viva, en cada amanecer y atardecer que estemos juntos, siempre te diré: Te amo".

Sonrió y puso su mano en mi barbilla, diciendo: "Te tomó demasiado tiempo, pero valió la pena la espera".

Kevin miró a Weinstein, y preguntó: "¿Ya puedo besar a la novia?" Weinstein respondió: "Claro. Yo los declaro marido y mujer".

—Te amo, señora James, exclamó Kevin.

Nos besamos entre los aplausos de nuestra familia y nuestras niñas.

Jeffrey había preparado un gran desayuno tipo buffet. Todos comimos y bailamos. Nos tomamos nuestra primera foto como la familia James. Nos dijimos adiós y nos preparamos para irnos. Le dijimos a las niñas que teníamos un regalo de bodas para ellas. La siguiente vez que decidiéramos ir a Colorado, las llevaríamos con nosotros y ellas podrían escoger a sus caballos. Brincaron de felicidad y emoción al saber que tendrían sus propios caballos. Las besamos y abrazamos.

Kevin y yo subimos a cambiarnos, y habíamos tomado demasiadas mimosas. Cuando llegamos a nuestra nueva habitación, él abrió la puerta, me cargó y me llevó hasta nuestra nueva cama. Me dijo que no se iría de esa habitación hasta que no utilizáramos nuestra cama.

Nos bañamos y bajamos las escaleras para ir al aeropuerto. Rosa nos había preparado un expreso doble. Fue muy especial tenerla conmigo esa semana.

Llegamos a nuestro rancho de Colorado una hora antes del atardecer. Kevin me cargó de nuevo y me llevó por el umbral de la puerta.

Le dije: "Vaquero, más vale que no te lastimes la espalda. Estaremos aquí una semana y espero estar de luna de miel todos los días". Él respondió: "Será mejor que ordene unos filetes". Le dije que ensillara nuestros dos caballos y se reuniera conmigo en la cima de nuestra montaña en 30 minutos.

"¿Pero por qué no vamos juntos?", preguntó. Y le dije que tenía una sorpresa para él, pero debía estar ahí en media hora.

Fui a mi armario y me puse mi vestido de vaquera con mis botas que habían estado guardadas ahí desde hace años. Cabalgué hasta la cima de la montaña y Kevin movía la cabeza. "Te ves increíble", dijo.

Siguió hablando: "Todos estos años, nunca pensé que te vería usar ese vestido". Caminamos hasta la cima y dijo: "Nunca pensé que te casarías conmigo, y nunca pensé que algún día estaría aquí, abrazándote como mi esposa, Carmen James".

Lo miré y sonreí. "Kevin, por favor, entre nosotros, nunca digas nunca".

Nos volteamos y miramos la puesta de sol en el primer día de nuestras vidas juntos. Y como le había prometido, le dije: "Kevin James, te amo". Nos besamos hasta el fin del atardecer.

Pasamos los años siguientes criando a nuestras tres hijas, ellas amaban montar sus caballos. Kevin las llamaba "vaqueritas", y yo era su potra favorita.

Nunca volví a hacer otra película, mi vida había sido ya una película. Criar tres niñas y ser la esposa del amor de mi vida era todo lo que siempre había querido. Las pequeñas eventualmente crecieron y fueron a perseguir sus propios sueños.

Kevin y yo pasamos nuestro retiro en Colorado, como siempre lo habíamos planeado. Nos sentábamos en nuestras mecedoras, en el porche trasero y veíamos la puesta de sol todos los días.

Kevin hablaba de cómo tendríamos que empezar a pensar en comprar algunos ponis; nuestros nietos vaqueritos y vaqueritas pronto tendrían la edad suficiente para aprender a montar.

El sol comenzó a ocultarse, y yo miré a Kevin. Él alcanzó mi mano y le dije: "Te amo". Besó mis manos como siempre lo hacía, y sanaba mis heridas.

Algún día, Kevin y yo seríamos enterrados uno al lado del otro, en la cima de nuestra montaña. Donde el sol saldría y se pondría cada día, sobre nosotros.